W0355325

NOËL AU CAT CAFÉ

De la même autrice, aux éditions Nami :
Concours de pâtisserie au Cat Café, 2025

Retrouvez l'autrice sur son site :
https://racheljrowlands.com/

Titre original : *Snowed in at the Cat Café*
Copyright © Rachel Rowlands, 2024
Représentation internationale : Susanna Lea Associates

Traduit de l'anglais par Suzy Borello

Pour la traduction française :
© Nami, une marque des éditions Leduc, 2025
76, boulevard Pasteur
75015 Paris – France

ISBN : 978-2-487606-00-5
Maquette : Camille Carlos

Pour suivre notre actualité, rejoignez-nous sur Instagram (@editionsnami) !

Nami s'engage pour une fabrication écoresponsable !
Amoureux des livres, nous sommes soucieux de l'impact de notre passion et choisissons nos imprimeurs avec la plus grande attention pour que nos ouvrages soient imprimés sur du papier issu de forêts gérées durablement.

Rachel Rowlands

NOËL AU CAT CAFÉ

Roman

Traduit de l'anglais par Suzy Borello

NAMI POCHE

À la mémoire de Lily, une chatte douce
et pas comme les autres

RÈGLEMENT DU CHATPUCCINO CAFÉ

1. Si un siège est occupé par un chat, interdiction de déplacer le chat.

2. Merci de ne pas porter les chats, les éloigner de leurs équipements ou les acculer dans un coin. Mais n'hésitez pas à les câliner et à les caresser.

3. Lavez-vous soigneusement les mains avant et après avoir touché les chats.

4. Les photos sont les bienvenues – mais pas de flash !

5. Ne donnez pas à manger aux chats. Recouvrez votre nourriture à l'aide des couvercles fournis de sorte à éviter les pattes baladeuses.

6. Ne vous promenez pas avec vos boissons chaudes. Nous vous les apporterons à table.

7. Marchez, ne courez pas ! Évitons d'écraser queues et pattes !

8. Seuls les enfants âgés de onze ans et plus sont autorisés à entrer. Surveillez les vôtres de

près, et ne les laissez pas tripoter ni escalader les accessoires pour chats.

9. Les cigarettes, vapoteuses et pointeurs laser sont interdits.

10. On ne dérange pas un chat qui dort. (Le sommeil est d'or.)

11. Vous tomberez peut-être amoureux d'un chat.

12. Tomber amoureux d'un être humain est optionnel.

1

Dérouté par ce qu'il voyait, Jared faillit percuter une borne en entrant sur le parking du café. Après s'être inséré sur une place avec l'autoradio à fond, il cligna des yeux en se disant qu'il n'avait pas dû boire assez de café ce matin-là. Ou alors, que son chagrin lui provoquait des hallucinations.

Il coupa le moteur et pressa un bouton sur son téléphone pour consulter l'heure, envahi comme toujours par la tristesse à la vue de son fond d'écran. Un visage écaille de tortue à moustaches le fixait – Poppy, lézardant dans le soleil qui se déversait par les fenêtres de son appartement. Il avait la boule au ventre rien qu'à voir ses petits yeux félins remplis d'amour, mais n'avait pas pu se résoudre à changer l'image.

Il déglutit et fourra son téléphone dans sa poche avant d'éteindre la radio et de quitter la chaleur de sa voiture à contrecœur. S'élançant dans l'air froid, il fit le tour du bâtiment pour s'approcher de l'entrée.

Et puis Jared s'immobilisa, l'air figé dans ses poumons. En fin de compte, il n'avait pas halluciné.

Chatpuccino, annonçait le panneau suspendu au-dessus de la porte. Le logo cartoonesque sur l'enseigne présentait un chat aux yeux écarquillés qui sortait la tête d'une tasse de café, les pattes pressées sur ses joues rosies de plaisir. Le bâtiment était en briques brun-rouge, comme beaucoup d'autres à Oakside, et les guirlandes de Noël accrochées dans les arbres à l'avant scintillaient en clignotant. Un auvent beige et blanc avait été déployé au-dessus des fenêtres, mais aucune table n'avait été sortie en terrasse. Il faisait bien trop froid pour s'installer dehors si près de Noël, même avec une boisson chaude et des milliers de couvertures. Un tableau noir avec des oreilles de chat indiquait le prix d'entrée.

C'était forcément une blague. Il ferait mieux de rebrousser chemin et de reprendre sa voiture, tant pis pour son découvert et ses factures impayées. Les décorations festives lui flanquaient la nausée. Il avait espéré qu'elle tiendrait au moins jusqu'à Noël avant de… Mais non.

Jared était sur le point de tourner les talons quand la porte du café s'ouvrit en tintant pour laisser sortir une femme vêtue d'un tablier – orné de chats joufflus, évidemment. Dessous, elle portait un col roulé à manches longues et un pantalon noir. Ses boucles auburn étaient ramassées sur le sommet de son crâne en un chignon flou retenu par une pince blanc et rose en forme de patte de chat.

— Jared Beck ? lança-t-elle en lui décochant un grand sourire qui éclaira son visage tout entier, plissant ses joues et les coins de ses yeux.

Elle frissonna et se frotta les mains pour lutter contre le froid glacial de l'hiver.

— Je me disais bien que c'était vous ! J'étais assise près de la vitrine.

Elle désigna les larges vitres derrière lesquelles des clients se penchaient sur des cafés mousseux et des chocolats chauds saupoudrés de vermicelles colorés. Derrière eux se dressait un arbre à chat élaboré qui s'élevait par sections, tellement grand qu'il touchait presque le plafond. Tout en haut somnolait un chat noir.

— Je suis Sylvie Lindsay, poursuivit la femme. Je suis ravie de vous rencontrer en personne. Vous êtes déjà venu ici ? C'est assez calme à l'intérieur, je suis sûre qu'on pourrait se trouver un coin où bavarder tranquillement.

Elle parlait vite, presque sans respirer, et il peinait à la suivre.

— Euh, bonjour, bafouilla Jared. Mon frère…

— Oh, Shane ! s'exclama-t-elle, tout sourire. Sa femme, Danni, passe souvent à notre club de lecture. Lui, je ne l'ai croisé qu'une ou deux fois… Il est toujours très occupé, pas vrai ? Il m'a assuré que vous étiez le candidat idéal pour ce poste. On entre ? On va attraper la mort dehors. Je vais vous présenter à Emmie, ma nièce. Elle vient d'arriver, elle occupe l'appartement au-dessus du café…

Jared la laissa monologuer à toute vitesse, tout en ne l'écoutant que d'une oreille. Qu'est-ce qui avait bien pu passer par la tête de son frère ? Il savait pourtant ce qui était arrivé à Poppy, combien les derniers mois du déclin de sa chatte avaient été difficiles. Et malgré ça, il l'avait envoyé ici ?

— En fait…, dit-il lentement. Mon frère ne m'avait pas dit qu'il s'agissait d'un bar à chats.

Enfin, Sylvie ralentit son débit et reprit son souffle. Son nez virait au rouge dans le froid, comme si elle aurait mieux fait de diriger le traîneau du père Noël plutôt qu'un café. Elle croisa les bras, coinçant ses doigts sous ses aisselles pour les réchauffer.

— Ah bon ?

— Eh non.

— Ça vous pose un problème ? demanda-t-elle. Je sais que ce n'est pas fait pour tout le monde… Mais notre livreur d'avant est parti assez précipitamment pour des raisons personnelles et ça nous a mis dans le pétrin, en pleine période des fêtes…

Il serrait les dents si fort que, s'il continuait comme ça, elles allaient finir réduites en poudre. Son découvert bancaire, ses soucis financiers… Il n'avait aucune envie de se faire expulser de chez lui, et les petits travaux de graphisme auxquels s'était limitée sa carrière ne suffisaient plus. Ces derniers temps, il n'avait même pas réussi à décrocher de nouvel entretien – même les postes saisonniers avaient tous été pris pour les fêtes. Et il avait acheté ses cadeaux de Noël pour sa mère et son frère, ainsi que sa famille élargie, avec sa carte de crédit.

Il laissa dériver son regard vers la vitrine du café. Un chat avait sauté sur l'un des fauteuils vides et s'était juché sur le dossier, où il observait les branches nues d'un arbre qui s'agitaient dans le vent comme les doigts d'une main. Avec son visage taché de noir et de roux, le chat ressemblait beaucoup à Poppy. Il avait les mêmes marques sur le nez – une toute petite éclaboussure de roux –, sauf que son pelage était calico, avec une dominance de blanc, plutôt qu'écaille de tortue. Jared sentit son cœur faire un drôle de bond dans sa poitrine.

Sa mère, assez portée sur le mysticisme, aurait dit qu'il s'agissait d'un présage. Il n'était pas sûr d'y croire. S'il ne se prenait pas en main, l'unique présage qui se présenterait à lui serait un avis d'expulsion et les mots « MISE EN DEMEURE » en grosses lettres rouges.

— Jared ? reprit Sylvie.

— Désolé, répliqua-t-il.

Il se dandina pour se réchauffer un peu. Après tout, ce n'était qu'un travail de chauffeur, dont le salaire suffirait à compléter ses revenus en tant qu'indépendant ; s'il était assez futé, il n'aurait peut-être même pas à entrer dans l'établissement.

Le chat dans la vitrine le considéra de ses beaux yeux verts. Jared sentit sa poitrine se gonfler de manière caractéristique, comme lorsqu'il repérait un matou dans la rue et ne pouvait résister à l'envie de s'arrêter pour le gratouiller derrière les oreilles.

— Ah, ça, c'est Lilian ! Elle est belle, non ? lâcha Sylvie en jetant un coup d'œil au félin.

— C'est sûr, approuva-t-il avec un pincement au cœur.

Ça ne se passerait peut-être pas si mal, tant qu'il garderait ses distances.

— En fait, je suis… euh… allergique aux chats, prétendit-il.

— Vous êtes allergique… et votre frère ne vous a pas précisé qu'il s'agissait d'un bar à chats ? s'étonna Sylvie.

— Il n'y pense jamais.

Il fut aussitôt assailli par un sentiment de culpabilité, comme un picotement qui lui envahissait le crâne. Un jour, à l'époque où il était cuisinier, un client avait laissé une montre de luxe sur la table et il l'avait trouvée plus tard ce soir-là, à la fermeture. Ils avaient attendu que le type revienne, mais en vain, et son patron lui avait dit de la garder, d'autant plus que le client en question n'avait pas tari d'éloges sur la cuisine de Jared. En fin de compte, il s'était senti tellement coupable qu'il avait donné la montre à un magasin caritatif.

Enfin, ce n'était pas comme s'il mentait sur un sujet important. Pas comme Megan…

Plus question de revenir en arrière à présent, pas s'il voulait du travail.

— On n'a jamais eu d'animal de compagnie chez nous, alors ça lui sort régulièrement de l'esprit, décréta-t-il. Bon, ça ne m'empêchera pas de m'occuper des livraisons, ajouta-t-il vivement, les paumes moites. Seulement, je ne pourrai pas entrer s'il y a des animaux.

— Être allergique aux chats, quelle tristesse ! Je ne pourrais pas imaginer pire, mais je suppose que cela ne vous manquera pas, puisque vous n'avez jamais connu ça, lança Sylvie en lui adressant un sourire radieux. Si on allait au fond ? proposa-t-elle en lui faisant signe de la suivre vers l'arrière du café. Les chats n'entrent jamais dans la salle de pause. Nous pourrons y discuter tranquillement.

— Bien sûr.

Il savait pertinemment qu'il s'agissait d'une idiotie de sa part ; il avait cherché à rendre la situation plus supportable, et les mots lui avaient échappé.

Ils traversèrent le parking pour se diriger vers la zone réservée exclusivement aux livraisons, avec d'épaisses lignes blanches peintes sur le béton. Il attendit que Sylvie ouvre les portes de service et lui fasse signe d'entrer.

— Par ici, dit-elle en ôtant son tablier.

Il la suivit, quittant le froid de l'extérieur pour gagner un couloir étroit, puis une salle de pause aux murs blancs et crème où on avait installé une table entourée de chaises en plastique. Quelque part au loin on entendait des chants de Noël en version instrumentale. Dans un coin, un frigo bleu vif était décoré d'une profusion d'aimants en forme de pattes, de cartes de Noël et de post-it couverts de rappels griffonnés.

Des photos encadrées de chats que Jared supposa être ceux du café étaient accrochées aux murs : des visages avec de longues moustaches et de grands yeux.

— Une tasse de thé ? proposa Sylvie en indiquant une kitchenette dans un coin. Ou un chocolat chaud ?

— Oui, un thé, avec un sucre, merci, acquiesça-t-il en la suivant.

Lorsqu'elle eut fini de préparer le thé, Sylvie se mit à le bombarder de questions, même s'il s'agissait plus d'un échange informel que d'un entretien d'embauche à proprement parler. Elle l'interrogea sur son permis de conduire et lui expliqua en quoi consistait le travail : livrer certaines de leurs spécialités les plus prisées à des particuliers et des entreprises du coin.

— Les gens d'Oakside et des alentours adorent nos biscuits, donuts, pâtisseries en forme de chat…, l'informa-t-elle. Grâce aux livraisons, nous réalisons beaucoup de bénéfices en dehors du café. Nous avons une excellente pâtissière, Clem, qui travaille en cuisine. C'est grâce à elle que nos livraisons ont décollé.

Elle désigna un sac en papier kraft posé sur le comptoir derrière elle qui portait le logo du café. Jared haussa les sourcils.

— Je suis étonné que vous ayez suffisamment de clients pour rester ouverts toute l'année, même en hiver.

— Oh, si ! Comme à Ambleside, nous avons beaucoup d'aménagements à Oakside, et ce bâtiment est assez proche de certains des hôtels, bed and breakfast et auberges de jeunesse les plus populaires, sans oublier une pépinière de sapins de Noël génialissime qui est très visitée à cette époque de l'année. Nous organisons aussi quelques événements – des soirées de discussion sur l'art, un cercle de lecture. Et puis… (Elle eut un sourire éclatant.) nous sommes très présents sur les réseaux sociaux. Dix mille followers, quand même ! Alors, on vient nous voir toute l'année, de partout.

— Impressionnant, commenta-t-il, sachant combien d'efforts cela pouvait représenter après avoir lui-même tenté de se faire connaître sur internet en tant que graphiste. Mais la région du Lake District, ça reste un drôle d'endroit pour ouvrir un bar à chats. Plutôt qu'en ville. Sans vouloir vous vexer.

— Oui, c'est ce qu'on aurait pu croire, il n'empêche que ça a marché, renvoya Sylvie en se calant le dos dans son siège. Et puis, on ne se contente pas de servir du café et des gâteaux. On veut aider les gens, apaiser leur solitude, soulager leur anxiété, leur offrir un sanctuaire, comme pour les chats. Le monde est dur et stressant, et nous, nous voulons apporter du réconfort. Si ce genre de mission vous parle, vous aurez votre place ici.

Jared se sentit gagné par une émotion inattendue qu'il ne parvint pas tout à fait à nommer, comme un trop-plein de quelque chose. Il se racla la gorge, tâchant de ne rien laisser paraître.

— Bien sûr. Je… euh, j'ai sans doute des allergies, mais je suis d'accord, on a tous besoin d'un endroit comme ça. Où trouver un répit au milieu de la frénésie ambiante.

— Exactement !

Malgré sa réticence du début, il ne put s'empêcher d'apprécier ce que Sylvie essayait de faire. Ils discutèrent encore une dizaine de minutes, tout en sirotant leur thé pendant que Jared détaillait son parcours professionnel. Sylvie lui parla des soigneurs animaliers, Sophie et Miles. Elle aussi était qualifiée en soins félins, mais, comme elle était trop occupée avec la gestion des lieux, c'était eux qui proposaient des activités de stimulation aux chats, observaient leur comportement pour s'assurer qu'ils étaient heureux et en bonne santé, et veillaient à leurs besoins nutritionnels, à leur toilettage et à leur hygiène.

Une fois qu'elle lui eut exposé tous ces aspects, Sylvie s'abandonna sur son siège.

— Vous avez une solide expérience en hôtellerie, déclara-t-elle. Qu'est-ce qui vous a incité à vous tourner vers le graphisme ?

— J'ai toujours voulu explorer mon côté créatif. Je me suis mis à travailler en cuisine après le lycée en faisant du graphisme à côté. Mais ça fait du bien de sortir un peu de chez soi, ajouta-t-il rapidement, alors je cherche une activité en plus de mon travail en free-lance.

Ce n'était pas tout à fait un mensonge – cet appartement vide lui devenait insupportable, en plus du reste. Il en vint presque à resonger à… *Non. Ne pense pas à ça.*

— Je comprends très bien. Si ce poste vous convient, nous pouvons remplir la paperasse tout de suite. *A priori*, nous n'aurons besoin de vous que trois ou quatre jours par semaine, les jours de rush. Et inutile de prendre votre voiture, nous disposons d'un van dont vous pourrez vous servir. Ça vous irait ? Il se peut qu'il y ait des heures supplémentaires par la suite, si ça vous dit.

Après avoir échoué à décrocher le moindre autre entretien, Jared ne s'était pas attendu à ce que celui-ci se déroule aussi bien. Il songea avec envie à un autre poste imaginaire qui aurait pu surgir comme par magie… Mais, à vrai dire, il ne pouvait pas se permettre de jouer les difficiles.

— Si vous avez besoin de temps pour y réfléchir…, reprit Sylvie.

— Non, pas du tout. Ça me va. Merci, Sylvie.

— Parfait ! Dans ce cas, bienvenue à bord. Quel dommage que vous n'ayez pas pu rencontrer ma nièce, Emmie, mais elle s'occupe du service. Enfin, vous finirez bien par la croiser.

Je n'ai pas non plus besoin de croiser de nouvelles femmes, songea Jared alors qu'ils se penchaient sur les formulaires à remplir. Il n'avait absolument pas la tête à ça, et puis il savait où ce genre de choses menait.

Il l'avait bien compris avec Megan.

*

— Je n'arrive pas à croire que tu aies pu faire ça, Shane ! s'exclama Jared au téléphone, mais le cœur n'y était pas, et il acheva sa phrase par un soupir.

Malgré son deuil qui semblait omniprésent ces derniers temps, il devait reconnaître que son frère lui avait lancé une bouée de sauvetage dont il avait grandement besoin, et ça, ce n'était pas rien. Il n'empêche qu'il se sentait presque coupable de ne pas avoir laissé Sylvie en plan, comme s'il avait insulté la mémoire de Poppy en acceptant ce travail chez *Chatpuccino*.

— Donc, ça s'est bien passé ? en conclut Shane, dont Jared perçut le sourire dans la voix.

— Oui, ça s'est bien passé. Tu m'as sauvé la mise. Espèce de connard, ajouta-t-il après une hésitation.

— Voilà que tu deviens affectueux, maintenant ? Bon, je suis peut-être un connard, mais un connard qui t'aime. Si je t'avais dit la vérité, tu n'y serais pas allé.

— Pas faux.

Jared avait déjà repris la voiture pour s'éloigner du café, et s'était garé sur une petite aire de stationnement à mi-chemin entre Oakside et Ambleside. La campagne vert pâle s'étendait de part et d'autre, et la route était longée par un muret de pierres qui s'étirait sur des kilomètres jusque dans les collines. Un filet de brume voilait des bouquets d'arbres lointains et l'un des lacs étincelants, et des moutons parsemaient le paysage comme autant de petits flocons. Le ciel, une étendue hivernale de blanc et de gris, promettait de la neige.

— J'en déduis que tu as accepté le poste ? lança Shane.

— Oui, confirma Jared. Écoute, merci. C'est sympa de veiller sur moi. Ça n'aurait peut-être pas été mon premier choix, mais j'en avais besoin.

— Pas de souci. Je ne voulais pas te laisser en plan à cette période de l'année.

Son frère hésita, et Jared l'entendit presque évoquer les sommes astronomiques qu'il avait déboursées chez le vétérinaire.

— Je voulais seulement t'aider à t'en sortir, reprit-il.

— Je sais. Merci, petit frère.

— Indépendamment de l'argent, ça va te faire du bien. Depuis ce qui s'est passé avec Megan, tu ne quittes presque plus ton appartement. Il faut que tu passes à autre chose. Ça fait six mois ! Sylvie a une nièce…

Jared émit un grognement. *Encore cette nièce !*

— Je vais m'occuper des livraisons, Shane, je ne vais pas avoir de temps pour la drague. Et puis, Sylvie est persuadée que je suis allergique aux chats.

Il y eut un silence à l'autre bout du fil, comblé uniquement par les *bêê* des moutons qui passaient devant la voiture de Jared et le *zoum* d'un véhicule filant à travers les imposantes collines vertes.

Puis Shane éclata de rire – un rire mêlé d'incrédulité.

— Pardon ?

— Sylvie pense que je suis allergique aux chats.

— Bon… et qu'est-ce qui la pousse à croire ça ?

— Je…

Jared hésita, les oreilles en feu à cause de ce mensonge qui lui semblait à présent idiot.

— Disons que j'ai paniqué en arrivant et que j'ai raconté des craques, d'accord ? Tu ne m'avais pas précisé qu'il s'agissait d'un bar à chats, et j'ai réagi d'instinct.

— Tu as réagi d'instinct ? Tu te fiches de moi ? Je ne sais même pas si tu es capable de marcher dans la rue sans t'arrêter quand tu vois un chat. Pour toi, un bar à chats, ça devrait être le paradis.

— Peut-être pas tout de suite, dit lentement Jared.

Silence au bout du fil.

— Tu ne trouves pas que tu...

Shane semblait chercher ses mots. Jared sentait ce qui allait venir comme une pluie imminente ; il savait pertinemment que son frère allait dire quelque chose qui n'allait pas lui plaire.

— Disons que tu en fais un peu trop ?

— Pardon ?

— Je veux dire que..., s'interrompit Shane, en émettant un sifflement à mi-chemin entre frustration et réflexion. Enfin, tu dramatises peut-être un peu. On croirait que tu as perdu un membre de ta famille. Je sais que Poppy t'a aidé à traverser des périodes difficiles, mais c'était un chat, et il faut que tu relativises si tu...

Jared avait l'impression d'avoir un volcan en éruption dans la poitrine. Ce fut à peine s'il entendit la fin de la phrase de son frère par-dessus le martèlement sourd de son cœur et le bourdonnement dans ses oreilles.

— Tu es sérieux, là ?

— Je voulais seulement dire que...

— Non, attends, Shane. Tu me dis que je ne devrais pas être en deuil parce que ce n'était

… être humain ? Mais ça ne fait que deux …maines ! Et c'est presque Noël.

Jared tâchait de parler d'une voix égale, même s'il avait le sentiment de trembler de l'intérieur. Pourquoi son frère ne comprenait-il pas à quel point ce choc l'avait ébranlé ?

— Écoute, je sais que c'est perturbant, mais ce n'est pas pareil que de perdre, disons, un parent, pas vrai ? Il faut que tu tournes la page.

Jared serrait le téléphone si fort dans sa main qu'il craignit d'en fracturer l'écran.

— Tourner la page, au bout de deux semaines ? Mais elle faisait partie de ma famille ! Je me fiche de savoir qu'elle n'était pas humaine. Elle comptait beaucoup pour moi, elle s'est éteinte et… Je sais que tu n'as jamais trop aimé les animaux, et que tu ne comprendras jamais que parfois, ils peuvent compter autant qu'un être humain. Mais tu pourrais au moins faire preuve de tact.

Shane se tut. Jared garda le silence aussi, afin de le laisser s'imprégner de ses paroles.

— Écoute, je suis désolé, dit enfin son frère. Je ne comprends sans doute pas, mais je sais qu'elle comptait beaucoup pour toi. Je voulais seulement t'aider.

— Je sais, concéda Jared. Mais ne va pas croire que j'ai une vision déformée de la réalité. Je sais faire la différence.

Shane poussa un lourd soupir.

— J'essaie juste de veiller sur toi.

— J'ai compris. Mais tu dois me faire confiance quand je te dis que c'est la vie, c'est tout. Je gère. Et tu sais que je te le dirais si j'avais l'impression de ne plus m'en sortir.

Nouveau silence. Ils semblaient danser autour de non-dits qui flottaient entre eux tels des spectres silencieux.

— Bien, lança Shane, soulagé.

— Bon, on se reparle plus tard ? reprit Jared. J'ai de la paperasse à envoyer à Sylvie.

— OK. À plus.

Il passa son doigt sur l'écran pour mettre fin à l'appel.

Son frère l'aimait, mais ne comprenait pas. Pour n'importe quel amateur de félins, les chats faisaient partie de la famille. Il avait eu Poppy lorsqu'elle n'était encore qu'un chaton, dès qu'il était parti de la maison pour emménager dans son tout premier appartement, et elle ne l'avait jamais quitté depuis – enfin, jusqu'à quelques semaines plus tôt. Elle avait été à ses côtés pour tous les événements marquants. Pendant sa dépression, les fluctuations de sa santé mentale, et lorsqu'il s'était mis à travailler à la maison. D'un bout à l'autre d'une pandémie où tout le monde s'était enfermé chez soi. Elle avait été là sur son lit chaque soir, chaque matin, à ronronner ; elle semblait savoir quand il était triste, malade, ou qu'il avait besoin d'elle. Elle était sa petite complice. Avec elle, les mauvaises passes avaient paru plus faciles.

Enfant, Jared avait supplié ses parents de prendre un chat. Un de ses meilleurs amis en avait un, et il en était tombé amoureux : une superbe femelle maine coon à poils longs et duveteux. Ses parents – enfin, surtout son père, ce vieux grigou bourru – refusaient de lui offrir un animal de compagnie. *Quand tu seras plus grand, tu feras tout ce que tu voudras*, lui disait-il. Le jour où celui-ci avait quitté la maison alors qu'ils étaient encore au lycée, Jared avait décidé de cesser de harceler sa mère, qui devait à présent s'occuper seule de deux garçons et qui comptait ses sous pour leur acheter de quoi manger et s'habiller. Il attendrait d'être plus grand pour adopter un animal de compagnie. Et il l'avait fait.

Poppy le contemplait depuis son fond d'écran et il sentit le trou béant dans sa poitrine s'élargir davantage, si cela était même possible.

L'écran de son téléphone s'alluma. Un texto de sa mère.

J'espère que tout va bien, mon chéri. N'hésite pas à me dire si tu as besoin de quoi que ce soit. J'ai trouvé de vieilles photos de Poppy dans un tiroir si tu les veux xx

Elle avait joint un cliché des photos qu'elle avait dénichées. Il y en avait de Poppy chaton, lorsqu'il venait tout juste de l'avoir – dans son tout premier appartement. Sur l'une d'elles, elle jouait avec les lacets de ses baskets et, sur une autre, elle était assise dans une de ses pantoufles. C'était un modeste appartement, avec une infecte moquette marron tachée, probablement vieille de plusieurs dizaines d'années, et un plan de travail craquelé dans la cuisine. La petite Poppy avait tout égayé. Grâce à elle, il s'était senti chez lui. Et sa mère leur rendait tout le temps visite, avec des souris en caoutchouc et des friandises.

Le chagrin le gagna, lui noua la gorge et lui piqua les yeux. Son frère ne comprenait sans doute pas, mais elle, oui.

Merci maman, je passerai les prendre la prochaine fois xxxxx

Il rangea son téléphone dans la boîte à gants et tâcha d'y loger ses pensées dans la foulée.

Tout en suivant les routes sinueuses qui traversaient les collines en direction d'Ambleside, il alluma la radio pour se changer les idées, et un bulletin d'informations résonna dans l'habitacle.

Quant aux prévisions météo pour les dix jours à venir…

Jared laissa son esprit vagabonder en serpentant au milieu des collines, jusqu'à ce qu'une information happe son attention.

Dans les jours qui viennent, les conditions météorologiques devraient être plus extrêmes. Un puissant courant d'air connu sous le nom de jet-stream suivant une trajectoire courbe créera une région de basse pression avec quelques éléments assez virulents qui apporteront des vents extrêmement puissants, particulièrement dans le Nord. Avec une autre zone de basse pression attendue, et l'arrivée de l'air froid, nous allons devoir rester vigilants. Pour commencer, une alerte a été lancée pour vents violents dans la partie nord du pays. Suivez nos bulletins météorologiques pour d'autres prévisions concernant la semaine à venir.

— Génial, marmonna Jared.

Du mauvais temps, voilà qui tombait à pic alors qu'il venait de décrocher un poste de chauffeur-livreur.

2

Emmie saupoudra du cacao sur un pochoir en forme de chat, de sorte à coiffer le *latte* d'un motif mignon. C'était ce qu'elle préférait dans son travail – donner un look original aux boissons, les adapter à l'ambiance générale du café. Elle épongea la mousse qu'elle avait renversée, puis recula pour contempler son œuvre. Un chat chocolaté la saluait. Parfait. Le sourire aux lèvres, elle apporta le *latte* et une théière aux clients assis près de la grande vitrine de devant. Il n'y avait aucun vrai sapin de Noël à l'intérieur du café, puisque les chats l'auraient escaladé, mais les murs étaient couverts d'autocollants de flocons de neige amovibles, et on avait troqué leurs couchages habituels contre des petits lits en forme de sapins. Des guirlandes lumineuses rouges et jaunes avaient été suspendues au plafond, où les félins ne pouvaient pas les atteindre.

La jeune femme qui avait commandé le *latte* décocha un grand sourire à Emmie et s'exclama :

— Merci ! C'est trooop mignon !

— Emmie, après il y a un Earl Grey, annonça Faye, l'employée à temps partiel, depuis son poste à la caisse.

— Ça marche, répondit Emmie en repassant derrière le comptoir, esquivant en chemin des jouets pour chat en forme de sucres d'orge et de bonshommes de neige.

Son téléphone vibra dans sa poche, comme un insecte insistant. Elle savait pertinemment qui ce serait. Dustin, son frère, qui l'appelait sûrement pour la centième fois.

Elle sortit l'appareil et fit glisser son doigt sur l'écran pour rejeter l'appel. Il n'avait pas cessé de l'appeler – elle, ou tante Sylvie, d'ailleurs – depuis qu'elle était arrivée, même si elle lui avait dit de ne pas le faire.

Travailler ici, au café, était apaisant. Elle n'avait pas envie que son frère gâche cette tranquillité.

Dehors, le vent rugissait et de gros nuages noirs s'amoncelaient dans le ciel. Au milieu de la morosité ambiante, le café était calme et cosy : les arbres à chat alternaient avec des tables en bois et des fauteuils moelleux et colorés – certains des arbres s'élevaient jusqu'au plafond, et des étagères couraient le long des murs. Assis tout en haut, Baron, avec ses poils longs et son pelage brun et roux, contemplait la scène tel un prince en remuant les oreilles. Une télévision encastrée dans l'un des murs diffusait des vidéos silencieuses, les rouges-gorges qui sautillaient d'une branche à l'autre succédant aux flocons de neige qui virevoltaient. Les chats étaient dispersés çà et là : Thomas juché sur une bibliothèque, Jess endormie dans un fauteuil en forme d'œuf destiné à la clientèle, Binx et Kitty se faufilant entre les pieds d'une table.

Emmie avait pris le rythme de son nouveau boulot assez vite, se félicitant d'avoir travaillé dans la vente à l'université – et après. Elle savait se servir d'une caisse et d'un percolateur, et mémoriser le règlement du bar à chats ne lui avait posé aucun problème. Elle devait également être prête à le faire respecter, comme une sorte de policière pour chats. L'idée la fit sourire. Cela ferait un bon dessin, ou un bon concept pour un album illustré. Elle le noterait plus tard.

Elle entreprit de préparer l'Earl Grey que Faye lui avait réclamé, tâchant d'éviter de songer à son diplôme en art. Inutile de s'appesantir là-dessus, il fallait aller de l'avant.

Une fois le thé prêt, elle l'apporta à la cliente qui patientait à une table, et qui était accompagnée d'une jeune adolescente.

Le reste de la matinée passa rapidement, dans un flou de boissons et de pochoirs en forme de chat.

— Bon travail ce matin, Em, la félicita Faye en posant une main sur son épaule.

Avec un pétillement dans ses yeux sombres, elle poussa un soupir de contentement.

— Tu n'as pas idée du soulagement que c'est d'avoir une collègue qui sait ce qu'elle fait – enfin, en plus de Clem, évidemment, ajouta-t-elle avec un sourire affectueux.

Clem était leur pâtissière, et elle fabriquait les sucreries et desserts les plus succulents qu'Emmie avait jamais vus – et goûtés. Elle travaillait dans l'arrière-salle, en cuisine.

— Caroline n'a tenu qu'une semaine. Elle avait peur des chats, poursuivit Faye. Je ne sais même pas ce qui lui a pris de vouloir travailler ici.

Emmie sourit.

— Tante Sylvie m'en a parlé.

C'était en partie ce qui avait motivé Emmie à proposer d'emménager ici et de donner un coup de main. Au départ de Caroline, tante Sylvie avait eu besoin de quelqu'un capable de travailler en tant que barista à plein temps – et, de son côté, Emmie cherchait à fuir le chaos de Dustin coûte que coûte. C'était donc une opération gagnant-gagnant. Enfin, exception faite des incessants coups de fil et SMS de Dustin malgré tous les efforts d'Emmie pour le chasser de sa – de leur – vie. Ce n'était qu'une question de temps avant qu'il débarque. Elle n'avait pas hâte.

— Ça va ? lui demanda Faye.

— Euh… Oui, très bien.

La voyant se rembrunir, Emmie lui décocha un sourire rassurant.

— Je suis fatiguée, c'est tout. La matinée a été longue.

— Si tu prenais ta pause-déjeuner ? J'ai quelques photos à publier sur nos réseaux sociaux, après quoi je lèverai le camp.

— Merci, Faye.

Celle-ci hocha la tête et chassa Emmie d'un geste de la main tout en sortant son téléphone de sa poche arrière. Avec ses grands yeux noirs et ses cheveux sombres et lisses qui lui arrivaient aux épaules en un carré plongeant, elle était jolie. Sa famille habitait Leeds, mais elle était venue étudier à l'université de Cumbria et avait pris un job ici. Emmie lui savait gré d'être là ; elles travaillaient bien en tandem, telles des danseuses dans une chorégraphie parfaitement synchronisée. En plus de quoi, elles adoraient toutes les deux les jeux vidéo et les dessins animés, aussi avaient-elles déjà eu plus d'une discussion enflammée où elles s'étaient confié leurs préférences respectives et avaient échangé quelques recommandations.

— Au fait, Emmie, avant que tu partes… Tu aurais vu Salem ? s'enquit Faye alors que sa collègue s'apprêtait à se diriger vers la salle de pause.

Emmie n'était pas encore habituée à tous les petits habitants du café – elle se répétait leurs noms chaque fois qu'elle les voyait –, mais Salem était leur unique chat noir, et il avait une petite tache blanche en forme de diamant entre les yeux. Avec son nom de chat de sorcière – elle était à peu près sûre que Sylvie s'était inspirée de la série *Sabrina, l'apprentie sorcière* – et son tempérament doux et affectueux, il était difficile de l'oublier.

— Je ne crois pas, non, répondit-elle.

— Je ne l'ai pas revu depuis que Jared est arrivé ce matin avec une livraison, affirma Faye en se mordant la lèvre. Tu crois qu'il s'est encore coincé quelque part ?

Apparemment, Salem était parvenu un jour à déloger une latte branlante au sous-sol – où les chats pouvaient aller se prélasser à l'écart des clients –, et s'était retrouvé coincé en dessous. On l'avait cherché tout l'après-midi et c'était Sophie, l'une des soigneuses, qui avait fini par le trouver.

Tante Sylvie surgit du fond du café, où elle venait de s'entretenir rapidement avec Clem.

— On le retrouvera, Faye, pas d'inquiétude. Il passe son temps à disparaître. Un vrai petit magicien, ajouta-t-elle d'une voix bienveillante, tout en consultant sa montre. Bon, tu ferais mieux de partir, c'est presque l'heure.

— Emmie allait prendre sa pause-déjeuner…

— Ça ira. Je vais m'occuper de la caisse.

— D'accord. Vous m'enverrez un texto si vous retrouvez Salem ?

Sylvie et Emmie hochèrent la tête, et Faye les salua avant d'aller récupérer ses affaires en salle de pause.

Au moins était-il impossible à Salem de sortir ; pour entrer dans *Chatpuccino*, il fallait franchir trois portes. Quand on poussait la première, on pénétrait dans un petit vestibule flanqué de deux fenêtres, dont l'une était recouverte d'une immense affiche présentant le règlement. Il y avait là un comptoir de réception vitré, pour discuter avec les clients qui entraient, et une autre porte donnant directement sur l'entrée et la boutique de souvenirs adjacente, où l'on vendait diverses babioles – jouets pour chat, T-shirts et pulls, bijoux et mugs. Ensuite, on franchissait une autre porte pour pénétrer dans un sas, derrière lequel se trouvaient la première salle du café – où l'on pouvait commander à boire et à manger –, une autre salle appelée non pas salon, mais « Chatlon », et l'escalier qui menait à l'étage.

— Je jetterai un coup d'œil aux alentours histoire de voir si je n'aperçois pas Salem avant de prendre ma pause, dit-elle à sa tante.

— Merci, Em, répondit celle-ci en souriant.

Ce jour-là, Sylvie avait rassemblé ses cheveux auburn en une longue natte qui pendait sur son épaule, exhibant ses boucles d'oreille en forme de pattes de chat. Depuis le début, Emmie admirait son talent pour porter des accessoires assortis au café. De son côté, il allait vraiment falloir qu'elle s'y mette, peut-être en faisant quelques emplettes dans la boutique.

— Si tu n'arrives pas à le trouver, je jetterai un œil aussi, déclara sa tante.

Emmie hocha la tête, mais, à vrai dire, elle aimait se rendre utile. C'était le moins qu'elle puisse faire pour tante Sylvie, qui lui avait permis de se loger dans l'appartement au-dessus du café et qui lui avait donné un travail lorsqu'elle avait eu besoin de fuir Dustin.

Il fallait que son frère reste à sa place : dans le passé. S'il la rappelait, c'était ce qu'elle devrait lui dire. Même si elle avait les mains moites rien que d'y penser. Elle n'aimait pas faire de la peine aux autres, encore moins quand il s'agissait de sa famille, mais il fallait qu'elle s'affirme face à lui.

Elle traversa la salle principale, cherchant Salem derrière le mobilier en faisant des « chh, chh » tout en l'appelant par son nom, sans grand succès. Elle passa même par le sous-sol, réservé exclusivement aux chats – il y avait une alcôve dans le sol, et quelques marches pour leur permettre de s'y replier s'ils éprouvaient le besoin de se reposer à l'écart de la clientèle. Elle y trouva Eric, un matou rayé à la queue touffue, pelotonné sur un coussin, et Duchess, leur ragdoll, qui faisait sa toilette non loin. Mais pas de Salem.

Lorsqu'elle revint les mains vides, Jess, une grande chatte noir et blanc souvent affamée, s'approcha à pas feutrés en sortant d'une chatière encastrée dans le placard sous l'escalier. Emmie sourit à la chatte, qui émit un long miaulement en la sondant de ses immenses yeux verts.

— Salut, Jess, dit la jeune femme en se penchant pour la gratter derrière les oreilles.

Sa quête la mena dans le Chatlon, qu'on atteignait par une porte proche du comptoir. Là, c'était plus cosy que dans la salle principale, avec une cheminée en briques grises et un poêle à bois, un grand divan, un fauteuil et un panier en osier garni de couvertures en laine. Des bûches crépitaient dans le poêle, avec des flammes rouges et vives. Ce coin était prisé par les clients, mais les derniers qui l'avaient occupé étaient repartis juste après avoir déjeuné, et la table était jonchée de tasses vides à côté d'une assiette contenant les restes d'un gâteau au chocolat. Elle était sûre d'y avoir entendu des miaulements, mais se demandait à présent si elle ne s'était pas fait des idées.

— Salem ? appela-t-elle, en multipliant les *chh*, *chh*. Tu es là ?

Après un bref coup d'œil, Emmie rapporta quelques tasses et mugs à la cuisine avant de poursuivre ses recherches ailleurs. Elle entendait encore de faibles miaulements. *Et s'il était dehors ?* Le système à trois portes était certes efficace, mais s'il avait réussi à se faufiler sous les lattes du plancher… mieux valait vérifier.

Emmie se dirigea vers l'avant du café et contourna le bâtiment vers le mur latéral, où était peinte une immense fresque colorée. C'était l'œuvre d'enfants d'un des hôpitaux du coin – un étalage de grands coquelicots, tournesols et roses, avec des chats-bâtons qui erraient entre les tiges, queue en l'air. Salem n'était nulle part, et elle n'avait pas entendu d'autres miaulements. Par chance, il ne semblait pas être sorti.

Lorsqu'elle tourna les talons pour retourner à l'intérieur, son cœur s'arrêta – mais ce n'était pas Salem. Un chat noir, tout sale et trempé, se tenait de l'autre côté de la rue. Il était terriblement maigre, un vrai sac d'os, le pelage plus terne que brillant, quelques brindilles accrochées aux poils. Elle savait que ce n'était pas Salem, car ce chat-ci avait une touffe blanche sous le menton, comme la barbe d'un vieillard, mais tout emmêlée. Peut-être un chat errant ?

— Salut, souffla Emmie en s'avançant d'un pas hésitant. Ça va, petit gars ?

L'animal avait fait mine de s'approcher, mais, dès qu'elle avait parlé, il s'était figé, avant de repartir comme une flèche dans les arbres sur le côté de la route.

Elle ne l'avait encore jamais vu dans les parages, et la pauvre bête semblait galeuse et affamée. Peut-être devait-elle contacter le refuge pour chats, ou au moins le suggérer à sa tante ?

Elle repartit à l'intérieur pour continuer à chercher Salem, même si elle n'arrivait pas à chasser le chat errant de ses pensées.

Où es-tu, Salem ? Emmie franchit rapidement les trois portes avant de se faufiler vers les toilettes réservées à la clientèle, tapissées pour les fêtes

été recueillis par le refuge quand leurs maîtres d'origine n'avaient pas pu les garder à cause de problèmes de santé ou autre. Elle espérait que ce n'était pas ce qui s'était passé pour le chat errant. Qu'est-ce qui pouvait bien pousser quelqu'un à abandonner son animal domestique dans la rue plutôt que de l'emmener dans un refuge ?

— Si tu venais t'asseoir cinq minutes avec moi dans le Chatlon, ma chérie ? suggéra tante Sylvie, qui retirait son tablier après avoir fini de nettoyer la caisse et le comptoir.

Les autres membres du personnel étaient déjà rentrés chez eux.

Emmie rangeait des jouets pour chat, qu'elle fourrait dans leurs panières respectives un peu partout dans la pièce.

— Oh, j'allais justement monter dessiner, peut-être faire quelques esquisses numériques sur ma tablette…

— Mais tu viens de finir de travailler ! Et tu n'as pas déjà dessiné jusqu'à tard hier soir ?

— Si, mais…

— Emmie, il faut que tu apprennes à faire une pause. Viens là, assieds-toi un peu avec moi. Tes dessins ne bougeront pas. Le poêle est allumé. Je vais te préparer un chocolat chaud, celui à la menthe que tu aimes, et tu mangeras bien un bout ?

Voyant Emmie hésiter, elle ajouta :

— On ne travaille pas le ventre vide.

— C'est tentant, reconnut Emmie avec un sourire. Merci.

Sylvie partit préparer les boissons chaudes. Alors qu'Emmie se dirigeait vers le Chatlon, son téléphone se remit à vibrer contre sa poche arrière. Elle inspira profondément et jeta un coup d'œil à l'écran, où le nom « DUSTIN » hurlait en lettres majuscules. Son ventre se retourna, vrillé par l'angoisse à l'idée de parler à son frère. Lilian surgit, serpenta autour des chevilles d'Emmie, et celle-ci se pencha pour caresser la chatte calico, qui pressa la joue contre sa paume.

Il fallait qu'elle lui parle. Elle ne s'était pas montrée assez ferme en partant, elle le savait. Si elle ne décrochait pas, il continuerait de la harceler.

Elle redressa le dos et balaya l'écran pour accepter l'appel, porta l'appareil à son oreille, et eut à peine le temps de dire « allô » que son frère l'apostropha.

— Enfin ! Pourquoi tu ne répondais pas ? demanda-t-il, son articulation légèrement indistincte. Tu m'en veux ou quoi ?

— Hein ? Tu es saoul, c'est ça ?

Elle essaya de réfléchir, mais son esprit était embrouillé. C'était toujours tellement dur de lui parler. Il y avait trop de choses qu'elle voulait lui dire, et pourtant les mots ne sortaient pas, car elle devinait toujours comment il allait les déformer.

— Non ! protesta-t-il.

— Si, tu bafouilles. Écoute, on parlera quand tu seras sobre. Va décuver, et rappelle-moi quand tu auras les idées claires, d'accord ?

— De toute manière, tu refuses constamment de me parler ! Et tu m'as laissé tomber…

— J'avais besoin d'être seule, Dustin…

— Tu n'étais pas obligée d'aller t'installer chez Sylvie.

— Si, insista-t-elle. J'ai vraiment essayé, Dustin, mais il fallait que je parte.

Elle avait sorti toutes ses affaires de l'appartement pendant qu'il passait un long après-midi de plus à boire au pub. Et ça, c'était encore après une autre cuite quelques soirs plus tôt, celle qui avait été la dernière goutte d'eau pour Emmie. Ça faisait des mois qu'il ne payait plus sa part de loyer, préférant tout dépenser dans des jeux d'argent. Et puis, il avait commis un acte qui avait dépassé les bornes. Rien que d'y penser, elle avait envie de vomir.

Le coup de poing qu'il avait flanqué dans le mur entre la cuisine et sa chambre avait laissé un trou béant. Elle ne l'avait encore jamais vu réagir comme ça, et ça lui avait fait peur. Elle avait simplement suggéré, une fois de plus, qu'il se fasse aider, qu'il aille chez le médecin, qu'il voie un thérapeute. Elle avait affirmé qu'elle tenait à lui et ne voulait pas le voir ainsi, que ce n'était pas bon pour lui. Et voilà comment il avait réagi. Du coup, elle n'avait plus voulu le côtoyer, pas pour Noël, pas comme ça.

Elle avait attendu la dernière minute, le jour de son départ, pour lui dire qu'elle partait. Probablement trop bourré pour se rappeler la moitié de cette conversation, il était resté planté en tanguant devant la voiture de Sylvie, qui était pleine à craquer. Mais elle en avait assez d'essayer de l'aider, de l'inciter à s'aider lui-même. Il n'arrêtait pas de promettre qu'il allait le faire, et elle avait espéré qu'il tiendrait parole. Qu'un jour, il redeviendrait le frère de ses souvenirs. Le frère qui la protégeait et ne cognait pas sur tout ce qui l'entourait.

— Tu étais tellement saoul que tu ne m'écoutais même pas, reprit Emmie. Dustin…

— J'ai déjà dit que j'étais désolé d'avoir bu ! s'écria-t-il, avec une prononciation de plus en plus indistincte. Je ne me rappelle même pas la moitié de ce que j'ai pu dire ou faire ! Arrête de tout dramatiser comme ça.

— Je ne dramatise pas…

— Je t'ai dit que je me ferais aider quand je serais prêt, pas avant, et toi, tu veux toujours me forcer la main !

Paroles, paroles. Elle les avait déjà entendues avant. Et pourtant, elle peinait à taper du poing sur la table avec plus de fermeté, à couper les ponts avec lui comme l'avaient fait ses parents. Car il y avait eu des bons moments : les fois où ils avaient joué à des jeux vidéo en mangeant de la pizza jusqu'à tard le soir, où il lui avait raconté des histoires effrayantes qu'il avait lues sur internet et où ils avaient débattu pour savoir si les fantômes existaient vraiment, comment fonctionnait l'univers et s'ils y étaient seuls ou pas. Les fois où ils avaient fait des dessins idiots ensemble, tracé des visages sur leurs mentons respectifs, suspendu des boules de Noël sur le sapin. Le jour où il avait affronté une bande de filles qui s'en prenait à elle à l'école primaire, les avait rabrouées, et qu'elles ne l'avaient plus jamais embêtée. Comme leurs parents vivaient en Espagne, elle répugnait à le chasser de son existence. Il était son frère, après tout. Sa famille. Pouvait-elle vraiment le rayer de sa vie ? Ce qu'elle voulait, au fond, c'était qu'il aille mieux.

— Tu as cogné un mur, dit-elle à voix basse. Je suppose que ça non plus, tu ne t'en souviens pas ?

Il garda le silence. Peut-être parviendrait-elle à l'atteindre ?

— Dustin, je t'en supplie. Je sais que tu en es capable. Tu n'es pas obligé de vivre comme ça, tu peux améliorer les choses. Tu ne peux pas être heureux dans cette vie-là. On n'a qu'à travailler ensemble, te trouver de l'aide pour que tu t'en sortes, d'accord ?

— Tu te fiches de ce qui peut m'arriver, c'est ça ? asséna-t-il, d'une voix de plus en plus forte. Et le loyer, tu y penses ? Comment je suis censé le payer tout seul ? Si tu tenais à moi, tu ne m'aurais pas laissé en plan comme ça !

— Dustin, bien sûr que je tiens à toi, protesta-t-elle, blessée par son accusation et gênée par la boule qui lui obstruait la gorge.

Sylvie pénétra dans le Chatlon en portant deux chocolats chauds couronnés de guimauves roses et de vermicelles de chocolat, tous deux dans des mugs en forme de chat noir au visage blanc peint sur les côtés. Elle évita Lilian et haussa les sourcils d'un air interrogateur. *Dustin*, articula Emmie en silence. Sa tante se rembrunit, posa les mugs sur la table en face du canapé en cuir et s'accroupit pour s'occuper de Lillian, qu'elle gratta près de la queue. La chatte émit un miaulement heureux.

— Dustin, tu m'écoutes ? reprit Emmie.

Il s'était tu. C'était mauvais signe ; il était probablement en train de bouillir, plongé dans de sombres pensées.

— Oui, je tiens à toi, mais ni toi ni moi ne pouvions continuer comme ça, martela-t-elle. Et je ne peux pas t'aider si tu refuses de t'aider toi-même.

— Non, tu n'en as rien à foutre de moi ! rugit-il subitement, la faisant sursauter. Tu m'as abandonné… comme… comme… Tu n'es rien qu'une petite salope égoïste qui ne pense qu'à elle !

Des larmes lui montèrent aux yeux. Égoïste, après tout ce qu'elle avait fait, essayé de faire, pour lui ? *Salope ?* C'était l'alcool qui parlait, mais ça n'en était pas moins blessant pour autant. Elle en avait assez, assez de se battre pour le bonheur et le bien-être de son frère. À présent, elle avait besoin de penser à elle. Elle tâcha de parler d'une voix égale.

— Dustin. Je ne veux plus jamais que tu essaies de me joindre. Je t'aime, mais je pense que ça vaut mieux pour le moment. Maintenant, je dois te quitter. Je suis désolée. Je ne peux pas te regarder t'infliger ça. Tu fais n'importe quoi, et si tu continues, tu vas te retrouver à la rue ou à l'hôpital.

Le mot « désolée » lui avait échappé. Elle planta son doigt sur l'écran pour mettre fin à l'appel, un peu en rogne contre elle-même pour avoir flanché.

Elle était éreintée. Blessée. Et, comme toujours après une conversation avec son frère, elle était aux prises avec des sentiments contradictoires, sans savoir lequel était le plus légitime.

Tante Sylvie s'était assise sur le divan, son chocolat chaud à la main. Elle avait déjà entamé les guimauves sur le dessus, en laissant fondre quelques fragments. Sa mine était sombre. Lilian avait bondi sur l'accoudoir du canapé pour s'y installer, les pattes calées sous elle.

— Qu'est-ce qui s'est passé ? demanda sa tante.

Emmie s'assit sur le cuir moelleux.

— Il était saoul, criait des grossièretés, comme il a tendance à le faire.

— Je sais que c'est dur pour toi, ma chérie, mais tu as bien fait.

Emmie espérait qu'elle avait raison. Elle se rappelait les virées au cinéma, parfois avec Sylvie *et* Dustin, les soirées passées à regarder des films à la maison, les fish and chips à minuit, les jeux vidéo effrayants, les cabanes construites à l'aide de couvertures et de coussins. Elle se rappelait un temps avant que son frère ne se mette à boire, à jouer. Le négligeait-elle à cause de ses défauts ? Cela dit, quand ces « défauts » impliquaient de se saouler et de faire preuve de cruauté, de réclamer constamment de l'argent et de laisser présager des actes de violence… pouvait-elle vraiment les accepter ? Non, impossible de continuer comme ça.

Sylvie but une gorgée de chocolat et s'essuya la bouche.

— Je sais que c'est ton frère. Mais tu dois agir au mieux pour toi.

— Je sais, répéta Emmie. Tu as raison.

Elle attrapa son téléphone, prit une grande inspiration, et bloqua son numéro avant qu'il puisse l'inonder de SMS. Il avait encore son adresse mail, mais du moins ne pourrait-il plus l'appeler pour l'abreuver d'insultes.

— Il faut que je passe à autre chose. Que je me concentre sur l'avenir.

— Et tant qu'on y est… Comment ça se passe pour toi ici ?

Emmie se déchaussa d'un coup de pied ; à ce bruit, les oreilles de Lilian se dressèrent vers l'arrière. Sous ses chaussettes, elle remua ses orteils à la chaleur du feu.

— Je me plais bien, répondit-elle. Je préfère travailler pour toi plutôt que pour un inconnu, et j'adore les chats. Et puis, l'ambiance est tellement relax !

— Ravie de l'entendre.

Sylvie hésita, et Emmie comprit qu'elle songeait encore à Dustin.

La jeune femme avala une goulée de son chocolat, qui était sucré et collant, et avait un peu un goût d'Aero à la menthe, sa barre chocolatée favorite.

— Quelque chose te turlupine ? reprit-elle.

— Hmm.

Sylvie inclina son mug de chocolat dans ses mains.

— Si tu veux parler de Dustin, tu peux, insista Emmie. Je vois bien que tu penses encore à lui.

— Ta mère en a déjà vu de toutes les couleurs avec lui, et il casse encore parfois les pieds de tes parents, dit Sylvie. Tu leur as dit ce qui s'est passé ?

Emmie secoua la tête.

— Seulement que nous nous sommes disputés. Ils ont de la chance de vivre dans un autre pays, déclara-t-elle en songeant à ses parents et à leur école anglaise ensoleillée en Espagne. Enfin, je veux dire que c'est plus facile pour eux. Ils n'ont pas à craindre qu'il vienne frapper à leur porte. Et ça lui coûterait plus cher de les appeler pour se plaindre.

Leurs parents étaient venus passer Noël en Angleterre l'année d'avant ; cette fois, ils le fêtaient en Espagne avec des voisins et amis. Et ça ne posait aucun problème à Emmie, à présent qu'elle était ici avec Sylvie, et plus à la maison avec Dustin. En fin de compte, il valait mille fois mieux rester là.

— Il peut bien venir frapper à notre porte, affirma Sylvie d'une voix dure, son pâle visage éclairé par la lueur du feu. Si tu décides que tu ne veux pas le voir, il n'entrera pas.

La détermination dans sa voix fut remplacée par une inflexion malicieuse alors qu'elle flanquait un petit coup de pied à la jambe d'Emmie.

— On a un système à trois portes, et je peux m'en servir au besoin.

Emmie eut un sifflement de dérision.

— Ça, c'est pour empêcher les chats de sortir, pas pour empêcher les gens d'entrer.

Sylvie haussa les épaules, et Emmie éclata de rire. Un autre chat passa par la chatière pour les rejoindre, Thomas. Il était roux et imposant, et adorait se pelotonner sur le canapé dès que quelqu'un s'y asseyait. Il sauta à côté d'Emmie et elle se tapota le genou.

— Bon, assez parlé de lui, déclara-t-elle alors que Thomas s'installait sur son giron.

Elle posa son chocolat chaud sur la table basse.

— J'ai eu ma dose de négativité pour la journée. Il faut aller de l'avant.

Sylvie sourit, plissant les coins de ses yeux verts pétillants, ses cheveux illuminés par la lueur du poêle.

— Je voulais te demander quelque chose.

— Quoi donc ?

— Il y a une foire artisanale d'hiver ce week-end au manoir Crescent Wood. C'est juste à l'extérieur d'Oakside. J'y tiendrai un petit stand pour le café, on y vendra des cupcakes, des donuts, tu vois, les pâtisseries de Clem, histoire de récolter de l'argent pour le refuge. Je pensais y aller, mais je me demandais si tu aimerais t'y rendre à ma place ? J'ai déjà proposé à Clem dans le passé, mais elle est un peu timide… alors je me suis dit que toi, ça pourrait te plaire.

— Moi ? dit Emmie en passant les doigts sur le pelage soyeux de Thomas, qui émit une série de ronronnements sonores.

Elle s'était réjouie d'avance à l'idée de participer à certaines des manifestations du café depuis son arrivée, mais rien ne s'était encore présenté. Elle redressa le dos, radieuse.

— Vraiment ?

— Oui. Je pensais que tu pourrais emporter quelques-unes de tes illustrations. Tu as toujours les dessins que tu avais faits pour *Le Chat et le chaudron*. Tu pourrais les encadrer, les vendre là-bas. Qu'en dis-tu ?

Emmie avait travaillé dur pour décrocher son diplôme d'illustratrice six ans plus tôt, mais depuis elle avait essuyé pas mal de refus, pour ne décrocher qu'un seul contrat qui avait fini par tourner court. Malgré tout, elle continuait de plancher sur ses dessins comme s'il s'agissait d'un deuxième travail, car elle était sûre que si elle y consacrait assez d'efforts, elle finirait par réussir, par vivre de sa passion. Récemment, elle avait atteint les six cents followers sur Instagram et, si elle peinait certes à rembourser ses dépenses pour les tirages et autocollants qu'elle vendait en ligne, elle adorait voir des gens recevoir ses œuvres.

Au bout de six ans, il lui arrivait parfois d'avoir l'impression de faire du surplace, et de se demander si sa carrière allait enfin décoller comme elle le souhaitait. Peut-être qu'accepter la proposition de Sylvie lui remettrait le pied à l'étrier, lui permettrait de voir son art différemment.

— Ce serait super, répondit-elle avec vivacité.

Salem entra nonchalamment dans la pièce et sauta sur l'accoudoir du canapé à côté d'Emmie en fouettant l'air de sa queue noire. Elle lui sourit et lui chatouilla le menton.

— Salut, petit coquin. (Elle se retourna vers Sylvie.) Mes dessins ont un côté un peu automnal, mais je suis sûre que je pourrais en faire quelque chose.

— Tes dessins pour l'album illustré ?

La lettre qu'elle avait reçue de la maison d'édition l'année précédente lui revint subitement en tête. Les mots étaient restés gravés dans son esprit : *Nous sommes au regret de vous informer que nous résilions le contrat pour votre album illustré* Le Chat et le chaudron… Le visage renfrogné de Dustin surgit, sa bouche tordue et ses commentaires tout aussi mordants. Un soir, saoul, il lui avait balancé : *En même temps, tu as eu ton diplôme avec une mention bien, hein, pas avec les félicitations du jury ! Ils ont dû trouver mieux que toi. Tu aurais mieux fait d'étudier une matière plus utile, Em. L'art ? Ces jours-ci, ce genre de formation ne sert à rien.*

Elle avait résolu de lui prouver le contraire.

— Oui, dit-elle en chassant son frère de ses pensées.

Je peux y arriver.

— Tu as raison, autant que je m'en serve.

— Ce n'est qu'une petite manifestation locale, alors ça te fera un bon point de départ, déclara Sylvie. Tu es une excellente artiste, Emmie. Ils vont adorer tes dessins.

— Je l'espère.

Tante Sylvie la soutenait toujours moralement, à l'inverse de son frère.

— Tu as intérêt à me filer tout un stock des donuts de Clem !

— Bien sûr, répliqua Sylvie en lui décochant un clin d'œil. Assez pour en vendre et pour que tu en manges en travaillant ! Comme ton oncle Bennie à l'époque, il les engloutissait au bureau.

Emmie se fendit d'un sourire.

— Je ne peux pas dire non à ça. Et si je te préparais une tasse de chocolat à mon tour ?

Sylvie se claqua le front.

— Mon Dieu, je viens de me souvenir, je suis entrée directement en t'entendant parler au téléphone et j'ai oublié d'apporter de quoi manger ! Quel genre de tante ferait une chose pareille ?

— La meilleure des tantes, vu les chocolats que tu prépares, répliqua Emmie en désignant son mug. On peut grignoter à l'appart, si tu veux ? Je cuisinerai.

Elle avait encore du mal à parler de *son* appartement, même si elle versait une sorte de loyer à Sylvie. Il y avait deux logements à l'étage – Sylvie louait l'autre à des touristes. Des escaliers séparés menaient aux appartements, et une porte communiquait avec l'intérieur du café, mais Sylvie la verrouillait pour que les clients ne se retrouvent pas à gravir l'escalier par accident, et que les locataires ne dérangent pas les animaux.

— Bonne idée – mais inutile de cuisiner, affirma Sylvie. On n'a qu'à commander une pizza. Au fait, j'ai appelé le refuge tout à l'heure. Au sujet du chat que tu as vu dehors. Je ne l'ai trouvé sur aucun des groupes du coin.

— Qu'est-ce qu'ils t'ont dit ?

— Ils vont voir si quelqu'un a signalé la disparition d'un chat correspondant à sa description. Dans le cas contraire, ils viendront le récupérer et essaieront de voir s'il est pucé. (Sylvie secoua la tête.) C'est terrible, le nombre d'animaux qui sont abandonnés à cette époque de l'année… J'espère qu'il s'est seulement perdu.

Emmie baissa les yeux sur Thomas qui, rayé de roux, s'était blotti sur ses genoux, tandis que Salem, noir comme la nuit, reposait sur l'accoudoir du canapé.

— Moi aussi, j'espère qu'il a un foyer.

— Aucune inquiétude dans tous les cas, le refuge veillera à ce qu'on s'occupe de lui. Ce sont des gens bien.

Un sourire malicieux plissa les yeux verts de tante Sylvie.

— Au fait, tu as rencontré Jared ?

— Non, c'est Faye qui lui a apporté toutes les commandes à livrer.

— Il n'est pas beaucoup plus âgé que toi…

Sylvie laissa sa voix s'estomper et lui adressa un haussement de sourcils.

— D'ailleurs, il ressemble un peu à cet acteur que tu aimes bien, comment il s'appelle, déjà… ?

— Sylvie ! ronchonna Emmie. Je ne cherche pas de petit ami actuellement. Et de toute façon, je suis sûre qu'il est déjà en couple.

— Même si c'est le cas, ça reste une nouvelle aventure pour toi, Em – loin de ton frère. Tu devrais t'amuser un peu, accepter quelques rencards. Tu travailles trop.

Emmie haussa les épaules.

— Je dois travailler dur pour obtenir ce que je veux.

Elle avait beau se demander parfois pourquoi elle travaillait autant, et en quoi consistait cette « réussite » ultime, elle ne pouvait se résoudre à s'arrêter. Était-ce donc si mal que ça de travailler dur pour ce qu'elle aimait, en espérant que ses efforts seraient récompensés un jour ? Elle ne voulait pas passer à côté de la chance de sa vie. Alors, comment lever le pied ? Si elle ralentissait le rythme, il se pouvait qu'elle laisse filer l'occasion de devenir l'artiste à succès qu'elle avait toujours rêvé d'être un jour.

Et puis, elle ne pouvait rester éternellement dans l'appartement de Sylvie. Il s'agissait d'une solution temporaire ; elle ne savait même pas si elle serait encore au café six mois plus tard. Elle espérait avoir trouvé un vrai travail artistique d'ici là, ou même avoir lancé sa propre affaire.

— En plus de quoi, Jared est ton employé, tu ne peux pas parler de lui comme ça ! lança-t-elle à Sylvie d'une voix enjouée.

— Si tu le dis, lui rétorqua sa tante en riant.

Salem se faufila derrière la tête de Sylvie, qui tendit le bras en arrière pour lui chatouiller le dos. Il s'installa avec contentement, en calant sa queue autour de lui.

Le regard perdu dans les flammes qui crépitaient dans le poêle à bois, Emmie ne put s'empêcher de se demander à quel acteur Sylvie avait fait allusion, et à quoi Jared pouvait bien ressembler. *Enfin, peu importe*, songea-t-elle. S'il était si craquant que ça, il devait sûrement y avoir déjà une femme dans sa vie.

*

Le lendemain, Faye proposa de s'occuper de la caisse pendant qu'Emmie nettoyait derrière les chats et les clients, et prenait les commandes aux tables. Pendant sa pause-déjeuner, Emmie se blottit dans un des fauteuils près de la fenêtre, avec son carnet à dessin sur les genoux et les nuages gris pour compagnie. Clem lui avait apporté un donut – aux myrtilles, sa dernière création – qu'Emmie avait déjà dévoré et approuvé. Près de la vitre, Binx s'adonnait à son activité préférée : regarder la pluie tomber doucement dehors et essayer, les pupilles dilatées, d'attraper les gouttes à mesure qu'elles frappaient le carreau. Sylvie avait mis des autocollants représentant des bonshommes de neige de part et d'autre de la vitre, ainsi que des petits flocons un peu plus haut, et Sophie disposait de nouveaux jouets pour chat dans une panière.

Emmie sentait ses doigts lui démanger de dessiner, de créer, comme à chaque fois qu'elle était de repos. Elle avait été prête à tout arrêter quand l'éditeur avait annulé son contrat, persuadée que c'était fini, que plus jamais elle ne s'exposerait à ce point. Mais même lorsqu'elle refusait de tenir un crayon, ou de toucher son iPad, les idées continuaient de bouillonner dans son esprit, en un kaléidoscope de formes et de couleurs qui réclamaient son attention. Et elle se rendit compte qu'elle ne pouvait pas laisser les autres lui dicter ce qu'elle devait faire, qu'elle n'avait pas envie de renoncer à une activité qu'elle aimait tant. Et le bar à chats ? Rien que d'y penser, elle débordait d'idées à la fois mignonnes et colorées. Ce lieu murmurait à l'imagination.

Kitty, la superbe femelle bengal, somnolait sur un siège, sa robe orange-brun inondée de lumière. Elle remuait dans son sommeil, fouettait sa queue d'un côté et de l'autre. Emmie se lova en souriant pour crayonner sur son carnet. Elle changea la queue de Kitty en baguette magique crépitant d'étincelles, coiffa sa tête d'un chapeau de magicien. Elle l'avait dessinée à sa manière, dans son style mignon et cartoonesque, avec de grands yeux pétillants.

Lorsqu'elle s'arrêta pour admirer son œuvre, son sourire s'effaça. On aurait dit une page tirée du *Chat et le chaudron*. Si son contrat n'avait pas été résilié, elle aurait eu tout un livre rempli d'illustrations dans ce genre. Elle aurait pu entrer dans une librairie et le palper, faire courir ses doigts sur le dos, tourner les pages, admirer les images brillantes sur la couverture.

Un jour, oui, un jour, songea-t-elle en visualisant une foule de gens assister à sa nouvelle réussite et la maison d'édition regretter sa décision d'annuler son livre. *Vous verrez. Je vous montrerai, à vous et à Dustin, que je suis capable d'y arriver.*

Une idée surgit : pourquoi ne pas réaliser de mignons petits portraits des chats du café, sans dimension magique ? Ils ne ressembleraient pas à ce qu'elle avait fait pour le livre – pas de thématique Halloween, ni de chats mini-sorcières ou fantômes –, et elle était sûre qu'ils plairaient aussi à Sylvie. Avec cette idée à l'esprit, elle s'apprêtait à se pencher sur une page blanche lorsqu'un faible tintement la fit sursauter, presque au point de tracer un trait au travers de son dessin.

— C'est Jared avec une livraison, annonça Faye depuis son poste à la caisse, où elle préparait encore un *latte* en faisant claquer ses ongles rose et blanc semblables à des griffes sur les boutons des machines. Tu veux bien la réceptionner, Emmie ? Et lui dire que j'en ai une autre à lui confier.

— J'y vais ! lança Emmie.

Sylvie avait filé dehors faire une pause rapide – et déposer encore un peu de nourriture pour le chat errant –, de sorte qu'elles étaient seules pour l'instant. Emmie replia les pages de son carnet de croquis ; elle reprendrait ce dessin à son retour.

Son carnet pressé sur son cœur, elle longea le couloir à toute allure, en filant devant la cuisine, la salle de pause et la réserve.

Elle ouvrit la porte de service, laissant s'engouffrer une bouffée d'air glacial et de vent hivernal, et frissonna. Il pouvait faire chaud à l'intérieur avec toutes les machines à café et l'eau qui bouillait pour le thé, aussi ne portait-elle qu'un haut léger à manches longues, un tablier *Chatpuccino*, et un jegging. Ses cheveux balayèrent ses épaules et elle changea de position, peinant à s'acclimater au froid mordant de l'extérieur après la chaleur du café. Son dessin se détacha de son carnet et s'envola à travers le parking du personnel.

Elle poussa un cri en le voyant flotter au loin, et se mit à courir après. Pas question de le perdre.

Un homme lui tournait le dos et se dirigeait vers un van blanc affichant le logo du café. Lorsqu'il se retourna, elle fut tellement stupéfaite qu'elle faillit glisser sur les graviers gelés. Il vit la feuille tournoyer et, quand elle claqua contre le pare-brise de son van, il s'avança pour la dégager, les doigts fouettés par les bords qui papillonnaient telles des ailes d'oiseau.

Il pivota vers elle en haussant un sourcil tandis qu'elle retrouvait son équilibre.

Malgré le froid qui lui piquait les joues, Emmie fut inondée d'une curieuse sensation de chaleur. Les cheveux brun doré de Jared, plutôt longs, lui recouvraient les oreilles, et il avait une barbe de trois jours. Il portait un long manteau gris en laine qui lui arrivait aux genoux. Comment était-il possible de paraître aussi brut et raffiné à la fois ? Elle fut assaillie par une émotion à laquelle elle ne s'était pas attendue, et se surprit à retenir son souffle. Il leva les yeux vers elle, ses yeux bruns et chauds comme du chocolat, puis étudia son dessin.

Était-ce l'ombre d'un sourire qu'elle percevait sur ses lèvres ? Son dessin lui plaisait-il ? Elle sentit son cœur faire un bond dans sa poitrine, sans trop savoir si c'était l'idée qu'on jauge de nouveau son travail, ou le fait qu'il était beau à tomber.

Mais, lorsqu'il releva le visage, elle fut certaine de l'avoir imaginé, car son expression était à présent indéchiffrable. Il semblait presque… triste ? Mais pourquoi ?

Jared traversa le parking dans l'autre sens en lui tendant la feuille. Il portait essentiellement du noir sous son manteau, une écharpe à rayures grises calée dans sa veste. *Un parfait nuancier de gris*, songea-t-elle, bêtement.

— Je crois que tu as perdu ça.

Sa voix était puissante, affirmée, et elle n'était pas sûre que les frissons qui la parcouraient provenaient uniquement du froid.

— Tiens.

— Merci, dit-elle en prenant le dessin.

Leurs doigts froids se frôlèrent – il ne portait pas de gants –, et elle sentit une décharge électrique lui traverser le bras. Comme si de rien n'était, elle déglutit et remit le dessin dans son carnet – qu'elle referma convenablement cette fois. Lorsqu'elle releva les yeux, il fixait encore le cahier qu'elle tenait dans ses bras.

— Est-ce que… tu es… Tu dessines ? demanda-t-elle, troublée par son regard.

Il fit « oui » de la tête.

— Des fois. Mais plus trop sur papier. Je suis graphiste free-lance. Quand je ne suis pas livreur, ajouta-t-il en montrant le van.

— Vraiment ? lâcha-t-elle avec enthousiasme. Je parie que tu pourrais m'apprendre deux ou trois choses. Je ne suis pas encore au point côté numérique.

— Bien sûr. Il y a pas mal de ressources disponibles.

Il dégageait une intensité ahurissante. Ou peut-être que c'était simplement la nervosité qu'elle éprouvait à l'idée qu'il puisse évaluer son travail.

— Graphiste, c'est impressionnant. Je parie que tu as l'œil !

Il eut un petit sourire, et le cœur d'Emmie cessa de battre.

— Je l'espère.

— Tu en penses quoi ? l'interrogea-t-elle en désignant le carnet dans ses bras. Ce n'est pas vraiment un style qui plaît à tout le monde, mais je crois que ça fonctionne pour les animaux. J'aime bien les styles mignons, surtout quand il s'agit de dessiner des chats. Je trouve que ça marche plutôt bien. Et il y a tellement de comptes adorables d'illustrateurs…

— Ah, lâcha le jeune homme, dont les lèvres se retroussèrent. Je parie que toi aussi, tu as un de ces comptes adorables ? Tu en as l'air.

Qu'est-ce que ça voulait dire ? Qu'elle aussi était adorable ? Elle se figea, sentant sa nuque s'enflammer malgré le froid. *Ne te fais pas d'idées.* Il était sûrement en train de se moquer d'elle. Il ne semblait pas du genre à rester assis chez lui, à faire défiler des dessins mignons sur son téléphone.

— J'aimerais le voir un jour. Ton compte d'illustratrice, je veux dire, lança-t-il.

À son tour de paraître troublé. En fin de compte, il la prenait bel et bien au sérieux.

— Bien sûr ! s'exclama-t-elle, avec une gaieté forcée pour masquer sa nervosité. Je suis aussi des gens qui réalisent de superbes portraits d'animaux domestiques, parfois pour des particuliers qui ont perdu les leurs…

Voilà qu'elle se transformait en tante Sylvie, à parler sans réfléchir. Elle referma la bouche pour couper court à son torrent de paroles.

Le visage du jeune homme se ferma, et elle fut sûre de voir une ombre passer sur ses traits, mais, une fraction de seconde plus tard, son sourire revint. Il semblait un peu tendu cette fois, sans qu'Emmie ne sache pourquoi.

— C'est chouette, ça, commenta-t-il. Tu en as déjà réalisé ? Des portraits d'animaux domestiques ?

Il avait retrouvé sa voix normale ; sans doute avait-elle imaginé l'ombre. Bon sang, à force de le côtoyer, elle en avait le vertige. Elle secoua la tête.

— J'ai toujours cru que pour ça, les gens préféreraient un style réaliste. Pas… mignon. Quelque chose de plus adulte.

— Ton style mignon… Il a de la personnalité.

— Vraiment… ?

Il la regarda droit dans les yeux, et elle se sentit toute chose.

— Vraiment. Sûrement inspiré des dessins animés, des jeux et des mangas, pas vrai ?

— Vrai ! lança-t-elle, trop fort, mais ravie qu'il l'ait remarqué. J'adore les films d'animation. Pixar, Ghibli… Et je m'inspire beaucoup des romans graphiques, même de certains dessins pixélisés tout mignons que j'ai vus dans des jeux vidéo indépendants… Bon sang, je parle trop, bafouilla-t-elle.

D'où lui venait l'impression de fondre sous son regard comme neige au soleil ? Et voilà qu'elle s'étalait sur ses intérêts personnels alors qu'ils avaient tous les deux du pain sur la planche.

— Non, ce n'est pas grave, lui assura-t-il en lui décochant un grand sourire éclatant qui fit tambouriner son cœur. Une fois, je me suis essayé à la BD. Jusqu'à ce que je me rende compte que j'étais nul pour dessiner les gens. Surtout les mains.

Il remua les doigts comme pour lui montrer, ce qui la fit rire.

— Du coup, je m'en tiens à Photoshop et à la typographie.

— Hé, mais on doit être comme la chèvre et le chou, parce que moi, je suis nulle pour tout ça ! Je commence à m'habituer à dessiner sur une tablette, mais…

Qu'est-ce qui lui avait pris de parler de chèvre et de chou ? La honte. Et pourquoi essayait-elle de maîtriser son élocution, alors que d'ordinaire, elle s'en fichait ? *Reprends-toi, Emmie.*

— Au fait, je suis la nièce de Sylvie, Emmie Hartell.

— Elle m'a parlé de toi à mon entretien d'embauche, répliqua-t-il. Je suis Jared.

— Sylvie… Elle m'a dit que tu étais allergique aux chats. Et voilà que je te jette un dessin de chat au visage !

Elle se força à rire, tout en se demandant ce qu'il faisait là s'il était allergique. Pourquoi ne pas simplement trouver un poste ailleurs, ou s'en tenir au graphisme ?

— Je ferais mieux de sortir la nourriture et la litière du van, déclara-t-il, avant qu'elle ait pu décider si elle allait le questionner ou non.

Il s'éloigna et, après avoir ouvert l'arrière du véhicule, se mit à décharger des sacs de litière et des boîtes de nourriture pour les déposer près de la porte de service. Il s'en acquittait avec aisance, comme si ces charges étaient aussi légères que des plumes, et elle fut assaillie par l'image ridicule de lui la soulevant dans ses bras pour l'embrasser…

— Je vais commencer à en porter dans la réserve, annonça-t-elle en tâchant de chasser cette image de son esprit. Tu sais où c'est ? Je peux te montrer…

— Ah. Je… Eh bien, mes allergies…

Jared lâcha un autre énorme sac de litière à ses pieds. Il y en avait déjà trois, et ils avaient l'air lourds. Il les jaugea du regard en se passant une main dans la nuque.

— Laisse faire. Je peux bien te les porter. De toute manière, il n'y a pas de chats dans la réserve, si ?

— Ce serait super, se réjouit-elle en lui adressant un grand sourire. En plus, il y a une autre commande à livrer.

Il hocha la tête et attrapa deux des énormes sacs pendant qu'Emmie lui tenait la porte. Tante Sylvie lui avait raconté qu'il était venu en salle de pause pour son entretien, ce qui n'avait pas semblé lui poser problème – se trouver à proximité des chats pouvait certes déclencher une crise d'allergie, mais entrer dans un lieu qu'ils ne fréquentaient pas n'était sûrement pas un souci.

— Je vais t'aider à les porter, proposa Emmie.

— Non, c'est bon, merci.

Ils longèrent le couloir, et Jared déposa la litière dans la réserve en soufflant comme un bœuf. Il repartit chercher le reste sur le parking, ainsi que les boîtes de nourriture, en refusant qu'Emmie lève le petit doigt. Cela la plongea dans le ravissement, car elle avait l'impression d'être choyée. Il était à la fois canon et gentil. Lorsqu'il eut fini, une pile assez élevée de sacs et de cartons remplissait la réserve.

Faye apparut au bout du couloir et, faisant sautiller sa queue-de-cheval brune, appela Emmie par-dessus les bavardages et raclements de sièges du café.

— Hé, Em, quand tu en auras fini, Kitty aurait besoin de prendre son traitement. J'ai quelques commandes à régler, et Sophie est de corvée de coupage de griffes. Tu peux gérer les médicaments ?

— Aucun problème, lui assura Emmie.

— Merci !

Faye jeta un coup d'œil à Jared et lui décocha un sourire éclatant.

— Attends une seconde, Jared, j'ai une commande à te faire livrer !

Faye agita la main avant de disparaître dans le café.

Quand Emmie se retourna vers Jared, il faisait une drôle de tête. Peut-être se sentait-il mal ? Il était blême.

— Tout va bien ? s'inquiéta-t-elle en lui prenant machinalement le bras, comme elle l'aurait fait avec n'importe quel ami ou collègue.

Même ses épaules étaient crispées. Elle enfonça les doigts dans le creux de son coude, prise de bourdonnements à ce seul contact physique.

En contemplant le dos de la main d'Emmie, il sembla revenir à lui et se racla la gorge.

— Oui, merci.

— Si tu ne te sens pas bien, je peux apporter la livraison au van. Tu n'as qu'à attendre dehors. Prendre un bol d'air. Ça peut devenir étouffant ici avec le chauffage et les machines à café.

— Je… Oui, je veux bien. Merci, Emmie, répliqua-t-il avec un air reconnaissant.

Une fois qu'il fut ressorti par la porte de service, la jeune femme tâcha de ne pas tenir compte de son cœur qui avait battu la chamade lorsqu'elle avait entendu son propre nom sur les lèvres de Jared. Et puis, toutes ces marques d'attention qu'ils avaient eues l'un envers l'autre… Faye ne tarda pas à réapparaître, un sac de livraison marron entre ses longs ongles crochus.

— Et voilà, gazouilla-t-elle. Où est-ce qu'il est passé ? ajouta-t-elle en tendant le cou en direction de la porte de service. Qu'est-ce que tu penses de lui ? poursuivit-elle d'un air entendu en enfonçant un ongle dans les côtes d'Emmie. Il est mignon, non ? Te bile pas, j'ai déjà mes vues sur un type à la fac, alors il est tout à toi.

— Faye, fais gaffe avec tes griffes ! s'écria Emmie en feignant d'être atterrée, mais elle rit avec elle avant d'emporter le sac de livraison au parking.

Les joues pincées par l'air froid, elle sentit ses cheveux flotter autour de ses épaules et des frisottis glacés remonter dans sa nuque. Appuyé contre le van, Jared attendait, jambes croisées, le regard perdu dans les arbres de l'autre côté de la rue. En voyant son long manteau gris battre autour de ses jambes, elle fut assaillie par une vision absurde : Jared qui ouvrait son manteau et la blottissait contre lui pour chasser le froid.

En tout cas, il n'y avait pas de doute possible. Elle avait flashé sur le livreur. Elle était venue pour échapper à son frère, pour se concentrer sur sa carrière artistique tout en travaillant au café, pas pour se lancer dans une histoire d'amour. Et pourtant, lorsqu'il lui adressa un petit sourire, Emmie en eut le souffle coupé.

Elle traversa le parking en se sentant affreusement maladroite, avec l'impression de se dandiner comme un canard. Ce qui était idiot aussi, car elle était debout au café toute la journée et ne se préoccupait jamais de ses mouvements. Cependant, sous le regard de Jared, chacun de ses gestes lui paraissait malhabile, emprunté.

Il fallait vraiment qu'il arrête de la regarder comme ça, avec ces yeux craquants, sinon elle allait finir par l'embrasser sur-le-champ.

Lorsqu'elle parvint à sa hauteur, elle lui tendit le sac, qu'il prit avec un hochement de tête.

— Merci, dit-il d'un ton bourru.

— Pas de souci, renvoya-t-elle, avant d'hésiter. Ça va mieux ?

— Oui, tout va bien.

— OK.

Ils se turent.

— Il y avait autre chose ? s'enquit-il, le sourire aux lèvres. Tu voulais me demander s'il serait possible de prendre des cours de Photoshop, ou je ne sais quoi ?

— Bon, il faudrait d'abord que je m'assure que tu as de bonnes références, plaisanta-t-elle. Je n'accepte les critiques et les leçons que des meilleurs professeurs.

Les meilleurs professeurs. Pourquoi avoir dit ça ? Peut-être allait-il comprendre qu'elle le trouvait craquant. Et peut-être était-ce pour le mieux, après tout.

Il sourit de plus belle.

— Eh bien, je te montrerai mes références la prochaine fois.

— Au fait, tu aurais vu passer un chat errant noir ? demanda-t-elle, changeant de sujet.

Elle avait été sur le point de suggérer que oui, il allait falloir qu'il lui donne des cours de Photoshop – en privé, dans un coin de restaurant –, mais elle s'était dégonflée.

— On lui laisse à manger, et on essaie de savoir s'il a une maison, précisa-t-elle.

— Non, répondit-il lentement. Je ne l'ai pas vu. Mais j'ouvrirai l'œil. Il était dans les parages ?

— Oui, près du café. Sur le trottoir d'en face.

— Tu devrais contacter le refuge, si Sylvie ne l'a pas encore fait. Je sais qu'ils sont submergés à cette époque de l'année, mais quand même… Il fait froid dehors. Ce petit gars devrait se mettre au chaud.

Un pli soucieux était apparu sur le front du jeune homme, et Emmie éprouva une bouffée de chaleur en l'entendant s'inquiéter pour l'animal.

— Merci. Bon, je ferais mieux de retourner travailler, dit-elle. J'ai été ravie de te rencontrer.

Emmie pivota sur ses talons et regagna la porte au pas de course. Lorsqu'elle se retourna, il était encore planté là, à la regarder en se frottant la nuque, avant de lui adresser un petit geste de la main. Elle lui rendit maladroitement son salut, et referma la porte derrière elle en se sentant curieusement hors d'haleine.

Lorsqu'elle retrouva le café, les clients assis un peu partout bavardaient en admirant les matous, et Salem occupait une place de choix tout en haut de l'arbre à chat, battant l'air de sa queue en observant ce qui se passait en bas.

Les paroles de Faye résonnèrent dans l'esprit d'Emmie. *Il est tout à toi.* Et, dans un petit coin de sa tête, elle songea : *Ça ne me dérangerait pas qu'il soit tout à moi…*

3

Jared pénétra dans le *Sheila's Cottage*, un petit café à l'ambiance cosy qu'il aimait fréquenter à Ambleside. Il était situé dans une ruelle en pente et présentait une façade en pierre, des fleurs de part et d'autre de la porte en chêne et des fenêtres encadrées de blanc. Les seuls animaux étaient deux chiens, qui reposaient aux pieds de leurs maîtres. Il arrivait parfois à Jared de venir plancher sur des missions de graphisme en commandant un sandwich ou de copieuses quantités de café. Ces derniers temps, plus il sortait de chez lui, mieux ça valait – mais il ne pouvait guère se permettre de déjeuner à l'extérieur. *Sheila's* était décoré pour Noël, avec un imposant sapin qui étincelait de lumières jaunes et de boules dorées et argentées. Les tubes de Noël habituels étaient diffusés à bas volume.

Encore obnubilé par sa rencontre avec Emmie sur le parking, il faillit percuter une table. L'image de son petit nez qui avait viré au rose ne cessait de voleter dans son esprit, comme une pierre lancée en ricochet sur la surface d'un lac. Ses sourires, ses lèvres roses et brillantes. Il ne s'était pas senti aussi léger depuis des mois, depuis qu'il avait appris que Poppy était malade. Il s'était quasiment mis à la draguer en s'apercevant que non seulement elle était jolie, mais qu'ils avaient aussi des points communs.

L'ennui, c'est qu'il savait qu'il n'était pas prêt pour une nouvelle relation. Pas encore. Ce n'était pas le bon moment.

Son frère était assis dans un coin près de la fenêtre – et, à sa grande surprise, leur mère aussi. Elle le gratifia d'un large sourire en le saluant de la main. Comme toujours, sa tenue était excentrique, avec divers colliers autour du cou et des créoles en argent, l'arbre de vie scintillant au centre. Ses cheveux teints en blond vénitien étaient à moitié ramassés sur le sommet de son crâne en une masse de boucles désordonnées, et elle portait une longue robe noire avec un gilet à fleurs qui lui arrivait aux genoux.

— Maman ! lança Jared en atteignant leur table.

Il se baissa pour l'embrasser sur la joue et, humant l'odeur de bois de santal sur ses vêtements, s'assit en face de son frère.

— Je ne m'attendais pas à te voir ici.

— J'ai passé un coup de fil à ton frère alors qu'il était en route pour venir ici, et il m'a dit que je pouvais me joindre à vous.

— Ah, lâcha Jared en souriant. Ça me fait plaisir de te voir.

Sa mère se pencha pour lui prendre la main. La serveuse arriva quelques secondes plus tard pour demander à Jared s'il voulait boire quelque chose.

— Juste un verre d'eau, répondit-il. Merci.

Shane avait déjà devant lui une tasse remplie de café au lait et une moitié de scone tartinée d'une généreuse quantité de beurre et de confiture. Ses cheveux châtains, presque de la même teinte que ceux de Jared, étaient lissés en arrière avec du gel. On leur faisait souvent remarquer qu'ils avaient le même nez, la même forme de visage. Sauf que là où Jared avait les yeux noisette, son frère, lui, les avait vert mousse. Shane était déjà en uniforme de sauveteur en montagne – veste imperméable rouge et noir, la capuche fripée dans la nuque.

— Tu n'as pas perdu de temps pour commander à manger, releva Jared en haussant un sourcil.

Son frère avait toujours eu un faible pour les sucreries ; on le trouvait souvent avec un assortiment de gâteaux ou de viennoiseries, ou en train de faire cuire une fournée de biscuits. C'était sûrement pour ça que, même à vingt-cinq ans, il avait constamment mal aux dents. Sa mère, elle, s'était contentée d'un café.

— Quoi, les scones te posent un problème ? De toute façon, j'ai besoin d'énergie pour mon boulot.

Shane leva les yeux au ciel et s'empara de la deuxième moitié de son gâteau, qu'il enfourna comme pour confirmer ses propos, avant de se fendre d'un sourire débordant de miettes. Des bouts de scone chutèrent sur le devant de sa veste.

— Par contre, tu pourrais t'économiser quelques visites chez le dentiste, blagua Jared. Tu as eu combien de couronnes l'année dernière, cinquante ?

— Il a raison, approuva leur mère. À ce rythme, tu n'auras bientôt plus de dents.

La serveuse arriva et posa sur la table une bouteille d'eau et un verre.

— Vous voulez autre chose ? demanda-t-elle à Jared.

— C'est tout ce que tu prends ? De l'eau ? s'offusqua Shane. Attends, je vais te payer un vrai café.

— Ça ira, merci.

Sans tenir compte de sa réponse, Shane lui commanda un café au lait. La serveuse hocha la tête et repartit au pas de course.

— Merci, dit Jared, un peu gêné par sa générosité, tout en lui en sachant gré malgré tout.

Il était l'aîné – enfin, rien que d'un an –, alors c'était lui qui aurait dû veiller sur Shane, mais, ces derniers temps, c'était plutôt le contraire.

— Je suis désolé pour tout à l'heure…, commença Shane.

— Oublie ça, décréta Jared en balayant le commentaire d'un geste de la main.

— Oublier quoi ? demanda leur mère en buvant une gorgée de son café et en calant une mèche bouclée derrière son oreille.

— Rien du tout.

— J'espère que vous ne vous disputez pas…

— Jamais de la vie, l'interrompit Shane. Tu sais qu'on ne se dispute jamais, maman, pas depuis qu'on est gosses ! Comment ça se passe au boulot, au fait ? demanda-t-il à Jared. Tu parviens à éviter les chats ?

— Sans problème.

— Jared ? Éviter les chats ? répéta leur mère, incrédule. C'est pas demain la veille ! (Son visage s'éclaira.) Tu as accepté le poste ?

Jared acquiesça d'un signe de tête.

— Tu étais de mèche, toi aussi ? demanda-t-il.

Leur mère décocha un regard cinglant à Shane.

— Non. Il ne m'en a parlé qu'après.

— Ne fais pas cette tête-là. Je ne lui en veux pas, et j'ai accepté. Et puis, ce n'est qu'un travail de chauffeur-livreur.

Il ne précisa pas quel mensonge il avait proféré à Sylvie, et son frère eut la jugeote de ne pas en parler non plus.

— Tant mieux ! se réjouit sa mère, le visage épanoui, en agrippant un de ses colliers. Ça va te faire du bien de sortir un peu. De voir de nouvelles têtes.

Il ne put s'empêcher de songer à ce qui s'était passé avec Emmie et ses dessins – le petit chat avec des étincelles de magie sur la queue. Mais le souvenir de Megan et de ce qu'elle lui avait infligé mit un terme à ses rêveries. Pour l'heure, il ne voulait pas courir le risque de découvrir si Emmie était différente ou pas. Il ne voulait pas être blessé de nouveau.

Son frère hocha la tête.

— Maman a raison. Tu ne peux pas rester éternellement seul, Jared. Tu vis sur la planète Terre avec nous autres, tu sais.

— Je sais, concéda-t-il en souriant. Quel dommage.

— Des fois, je me pose la question…, railla sa mère.

— Hé !

Elle lui adressa un petit sourire moqueur avant de vider son café.

Les pensées de Jared étaient encore tournées vers Emmie. Elle était jolie – bon, d'accord, c'était plus que ça, elle était carrément sublime –, avec ses cheveux châtain cendré striés de blond qui lui frôlaient les épaules, le petit tablier qui accentuait ses courbes. Et, en voyant ses joues rougir au contact du froid, il avait éprouvé des sentiments qu'il n'avait pas ressentis depuis longtemps… Il se secoua et but une rasade d'eau, dans l'espoir de balayer cette image au loin. Il ne devait pas penser à elle. Il devait se concentrer, et se remettre sur les rails.

Shane but une lampée de café et haussa un sourcil.

— Pourquoi tu prends cet air-là ?

— Pour rien, répondit Jared. Ce n'est pas pour parler boulot que tu m'as donné rendez-vous ici, si ?

Son frère avait tenu à ce qu'ils se voient en personne – ce qui signifiait qu'il avait quelque chose à lui dire qu'il n'estimait pas pouvoir communiquer par téléphone ni par texto. Et ce n'était pas au sujet de leur discussion de plus tôt ni de Poppy : Shane avait été très clair là-dessus. Jared doutait d'être en mesure d'entendre une mauvaise nouvelle de plus. L'année avait déjà été assez atroce comme ça, avec la disparition de Poppy et, par la suite, les factures impayées qui lui avaient inspiré un sentiment croissant d'angoisse et d'appréhension.

Shane reposa sa tasse de café et soupira en se passant une main dans les cheveux. Il se pencha en arrière et, faisant grincer sa chaise en bois, prit une inspiration, comme s'il ne savait pas comment lui annoncer la nouvelle.

— Megan m'a contacté.

— Quoi ? demanda Jared, bouche bée.

Sa mère, elle, ne cilla pas, à croire qu'il lui en avait déjà parlé en chemin.

Quand la serveuse vint poser son café devant lui, Jared parvint à peine à bredouiller un remerciement. Il prit deux morceaux de sucre dans le petit bol rouge sur la table, les lâcha dans sa tasse et en remua le contenu avec une telle agressivité qu'il en répandit sur les bords et dans la soucoupe.

— Qu'est-ce qu'elle veut, après tout ce temps ? s'enquit-il, les dents serrées. Elle a déjà pris toutes ses affaires. Et pourquoi tu as encore son numéro ?

— Je ne l'ai pas, protesta son frère en haussant les épaules. C'est elle qui m'a trouvé sur internet.

Jared émit un grognement incrédule à l'idée que Megan ait pu aller aussi loin. Il s'était appliqué à la bloquer une fois leur relation finie. Il n'avait pas pensé devoir demander à sa famille de faire de même. Il avait espéré que ce serait suffisant – de toute manière, elle ne vivait même pas dans le comté de Cumbria. À l'époque où ils étaient ensemble, c'était toujours elle qui prenait la voiture pour le voir, depuis Liverpool ; rétrospectivement, il aurait dû se douter de quelque chose. Il n'empêche qu'il lui avait fait confiance, car les raisons qu'elle avait avancées sur le moment lui avaient paru valables, et qu'elle affirmait adorer la tranquillité du Lake District.

— Elle est…, reprit Shane. Bon, apparemment, elle vient dans le coin pour les vacances et elle aimerait te voir. Elle voulait savoir comment vous vous portiez, toi et Poppy.

— Elle vient dans le coin ? répéta Jared, et au nom de Poppy, son cœur s'arrêta – les paroles de son frère firent ressurgir une image de lui pelotonné sur le divan avec elle, à moitié endormie. Qu'est-ce qu'elle vient faire ici ? Elle n'a pas de famille dans la région. Quand elle venait, c'était uniquement pour me voir. Et tu ne lui as pas dit ce qui s'est passé, avec Poppy ?

Shane secoua la tête.

— Je ne pense pas que ce soit à moi de le lui dire. Je sais que tu n'as pas envie de lui parler, mais il me semble que c'est à toi de le faire malgré tout.

Jared supposa que Megan avait dû le repérer sur internet avant de contacter son frère. Il avait plusieurs profils professionnels liés à son activité de graphiste. C'était d'ailleurs comme cela qu'ils s'étaient rencontrés ; elle cherchait quelqu'un pour l'aider avec le design de son nouveau site internet, et elle lui avait proposé qu'ils se retrouvent chez lui. Il s'était réjoui à l'idée de ne pas avoir à prendre la voiture pour se rendre chez un client – ce qui semblait ironique à présent, vu qu'elle ne lui avait jamais permis de lui rendre visite –, et le courant était tout de suite passé. Très vite, ils s'étaient embrassés, et elle était devenue bien plus qu'une cliente.

Mais il avait mis un point d'honneur à bloquer l'adresse mail de Megan partout, y compris sur son propre site internet et sa messagerie professionnelle. Il lui avait déclaré que c'était fini entre eux – pas de retour en arrière, pas question de la garder sur ses profils comme le spectre des Noëls passés. Et voilà qu'elle venait ici, juste avant les fêtes ? À quoi jouait-elle ? Si elle pensait qu'il allait devenir sentimental et croire aux pouvoirs magiques de guérison de Noël, qu'il déciderait de raviver leur relation, elle se trompait.

— Voilà qu'elle se préoccupe du bien-être de Jared, maintenant ? s'étonna sa mère. C'est un peu tard pour ça.

Sa frange avait beau recouvrir ses sourcils, il voyait malgré tout qu'elle les fronçait.

— Tu m'étonnes, renchérit Jared. Elle s'en fichait bien quand elle était avec son *fiancé*. Moi, je n'étais qu'un minus à côté. Pourquoi s'en préoccuper maintenant ?

— Elle m'a dit qu'elle a cassé avec lui, répliqua Shane.

Jared, qui avait bu une gorgée de café pour se calmer, fut pris d'une quinte de toux.

— Elle comptait se marier avec lui ! Même s'ils ne sont plus ensemble, qu'est-ce qui pourrait lui faire croire que j'aurais envie de lui reparler, après ce qu'elle m'a fait ?

— La bêtise ? suggéra son frère avec légèreté.

— Tu sais, à cause d'elle, Poppy…

Pris d'une douleur dans la poitrine, Jared s'interrompit et serra le poing. Il se rappelait nettement les paroles du vétérinaire, comme si elles avaient été gravées à l'intérieur de son cœur. Jared le cuisinait pour savoir ce qui n'allait pas chez sa chatte – son véto habituel avait eu des soupçons lorsqu'il lui avait amené Poppy pour un scanner. *D'après ce que je vois, je dirais cancer ou péritonite infectieuse, mais il faudrait consulter un spécialiste.* Et le coût se serait élevé à plusieurs milliers de livres pour les examens et traitements – de quatre à huit mille, en plus des quelques milliers qu'il avait déjà déboursés pour divers examens sanguins, scanners et croquettes spécifiques. Il ne pouvait plus se permettre d'autres dépenses.

Jared avait besoin de savoir s'ils pouvaient arranger ça, la guérir avec le peu de ressources dont il disposait. En sentant Poppy, terrorisée, enfouir son petit visage dans le creux de son coude sur la table froide du vétérinaire, Jared avait refoulé ses émotions, tâchant de chasser la pierre logée dans sa gorge. *C'est dur à dire*, avait répondu le vétérinaire. *Si c'est un cancer et que nous l'avions repéré suffisamment tôt par scanner, nous aurions sans doute pu le traiter, mais je ne peux pas l'affirmer avec certitude. Et si c'est une péritonite infectieuse… Alors, il n'y a rien à faire. En tout cas, ses symptômes ne sont pas rassurants du tout – elle est gravement malade.*

Jared lui avait demandé quels choix s'offraient à lui, et les perspectives n'avaient pas été réjouissantes. Cracher quatre à huit mille livres de plus pour des analyses supplémentaires – avec des résultats sûrement déprimants de toute manière – et lui faire gagner un peu de temps, peut-être une année, ou lui offrir des soins palliatifs jusqu'à la fin. Il avait opté pour la deuxième solution ; il n'aurait pas pu se payer la première. Et cela avait failli le briser une fois de plus, le repousser dans cet obscur coin de son esprit où il préférait ne jamais retourner. Il avait encore l'impression de devoir se battre au quotidien, comme s'il essayait de nager à contre-courant en pleine tempête.

Il se secoua. Il devait cesser de se passer cet épisode en boucle en se demandant s'il aurait pu faire quelque chose différemment. *Arrête de réfléchir.* Le sentiment de culpabilité lui brûlait la poitrine.

— Tu en veux toujours à Megan ? interrogea doucement sa mère en serrant sa tasse entre ses mains. Je sais qu'elle t'a fait du mal et qu'elle n'a pas bien agi, mais elle ne sait même pas ce qui est arrivé à Poppy.

— Je sais, reconnut Jared en pressant son poing sur la table, au point de manquer de renverser son café. Mais elle était censée déposer Poppy chez le véto pour un scanner. C'est la seule fois où je n'ai pas pu y aller, et elle a oublié, parce qu'elle était au lit avec son fiancé.

Si Poppy était allée chez le vétérinaire ce jour-là, peut-être qu'ils auraient pu tout arrêter à temps ; peut-être que sa chatte aurait eu une chance de survie.

— Pourquoi tu ne lui en as jamais parlé ? demanda Shane.

— Je me serais mis en rogne, on se serait disputés, et de toute manière elle ne peut plus rien y faire. C'est trop tard.

Shane hocha la tête, acheva les dernières miettes de son scone et s'épousseta les mains sur une serviette.

— Tu tiens le coup ?

Son frère avait posé la question nonchalamment, les yeux rivés sur sa serviette, mais Jared remarqua le bref regard qu'il lui jeta, comme quand on essaie maladroitement d'éviter un sujet difficile et qu'on ne pose pas la question directement. Dans sa famille, on avait du mal à dire ce qu'on pensait vraiment, à s'attaquer de front aux émotions. Son frère n'aurait jamais lancé : *Alors, cette dépression ? Tu as toujours ce chien noir à tes pieds ? Tu arrives à te lever le matin ?* Avant, Jared ne leur aurait même pas confié qu'il souffrait – mais, après ce qui s'était passé, il savait qu'il ne pouvait plus agir ainsi. Voilà pourquoi, même si son frère n'avait pas compris pour Poppy, il avait tenu à lui expliquer clairement qu'il s'agissait là d'une réaction normale à un stress de la vie, et pas d'une dépression.

Jared but une gorgée de café, sans trop savoir quoi répondre. Il avait fait du chemin depuis l'époque qui avait précédé sa rencontre avec Megan, lorsqu'il avait été au plus bas, mais le fait qu'elle le trompe – enfin, en réalité, le fait qu'elle trompe son fiancé avec lui – et la mort de

Poppy l'avaient un peu détraqué. Il n'empêche que, oui, il tenait bon, pas vrai ?

— Je vais bien, répondit-il finalement. Enfin, pas pire qu'avant.

— Tu as annulé notre soirée plats à emporter en famille, mon chéri, lui rappela sa mère.

— Je sais. Mais c'était surtout pour faire des économies. Et je ne voulais pas que tu paies pour moi, maman, ajouta-t-il lorsqu'elle ouvrit la bouche pour répliquer. Je préfère que tu gardes ton argent.

— Bon, dès que tu te seras remplumé avec ton nouveau boulot, on n'aura qu'à se caler une nouvelle date, proposa-t-elle gentiment.

Shane se carra dans son siège.

— Sache que j'ai dit à Megan d'aller se faire voir, mais, si elle vient dans le coin, elle pourrait venir sonner chez toi. Ou, Dieu nous en préserve, s'incruster à une de nos soirées plats à emporter en famille.

Il émit un frisson exagérément théâtral.

— Merci pour l'avertissement, répliqua Jared, qui avala un peu de son café chaud en tâchant de réprimer les pensées anxieuses qui s'accumulaient comme de la poussière. Mais ça fait six mois, et j'en ai fini avec elle. Et avec les relations en général. Elle n'obtiendra rien de moi.

— Bravo, le félicita sa mère avec un pétillement dans le regard.

Shane hocha la tête.

— Je savais que tu dirais ça. Mais tu sais comment elle est. Il a fallu des mois pour qu'elle arrête de te contacter.

— Qu'elle essaie, rétorqua Jared en adressant un sourire narquois à son frère. Quand il s'agit de jouer les indifférents, je sais y faire.

— Attends, c'est plutôt bien de ne pas être indifférent – avec la bonne nana, je veux dire…

— Il n'y en aura pas, insista Jared en agrippant sa tasse de café.

Pas besoin d'avouer à son frère qu'il avait presque dragué une fille un peu plus tôt.

— Il n'y a plus que moi et…

Il se retint d'ajouter « Poppy ». Non, ce n'était plus lui et Poppy. C'était avec le néant qu'il se retrouvait, avec la coquille vide qu'était devenue sa poitrine, avec la douleur du deuil. Certes, il s'y était attendu, il avait su que ça viendrait, mais ça n'avait pas été facile pour autant. À présent, Poppy n'était plus là pour l'aider à affronter les ténèbres. Il avait l'impression d'être un canot de sauvetage à la dérive, et c'était pour lui un sentiment dangereux.

— Il n'y a plus que moi et ce bon vieux café, et mon boulot, acheva-t-il en levant sa tasse comme pour porter un toast avant d'en boire une nouvelle lampée.

— Pigé, dit Shane.

— Et tu nous as, nous, mon chéri, comme toujours, intervint sa mère. Oh, mais j'espère quand même que tu finiras par te trouver une gentille fille, tu le mérites après tout ce que tu as traversé…

Ils ne reparlèrent plus de Megan ni de Poppy, s'intéressant plutôt à Danni, la femme de Shane, et à ce qu'ils faisaient, au travail de secouriste en montagne de Shane, et aux clients parfois extravagants de leur mère. Pour gagner sa vie, elle tirait le tarot et lisait les lignes de la main, aussi sa clientèle pouvait-elle s'avérer assez excentrique.

Lorsqu'ils finirent par se quitter et que Shane partit déposer leur mère chez elle avant d'aller rejoindre le centre de secourisme en montagne, Jared passa par son van de fonction – il était venu directement au café après sa dernière livraison – pour envoyer un SMS à sa mère. Il s'en voulait encore pour la soirée plats à emporter ; il s'agissait d'un rituel familial régulier, qui leur faisait plaisir à tous. Le temps qu'il monte dans le véhicule et boucle sa ceinture de sécurité, elle avait déjà répondu, son statut indiquant *en ligne*.

Jared : Désolé pour la soirée plats à emporter. On se recalera une date dans pas longtemps. Je paierai ma tournée dès que j'aurai touché mon salaire x
Maman : Pas de souci. Mais tu es sûr que tout va bien ? Ton frère m'avait dit qu'il t'avait contrarié, et je comprends pourquoi xxxx
Jared : Je vais bien, promis.

Maman : Je sais que Poppy te manque et qu'elle comptait beaucoup pour toi, mais elle ne voudrait pas que tu sois triste. Tu pourras redonner de l'amour à un chat... Un jour, tu seras prêt pour une nouvelle boule de poils, et elle t'aidera à guérir xx

Jared n'aurait même pas pu envisager de prendre un nouveau chat à l'heure actuelle. Un jour peut-être, quand il serait prêt, mais pas encore.

Cela dit, sa mère était animée des meilleures intentions.

Jared : Merci, maman xx

Il éteignit l'écran de son téléphone, le rangea dans la boîte à gants et roula dans les rues d'Ambleside, au milieu du fouillis de toits et de bâtiments en briques, pour regagner son appartement près de la cascade Stock Ghyll Force.

Il gara le van sur la place libre à côté de sa voiture ; par chance, son aimable voisine avait accepté de lui céder sa place de parking, puisqu'elle prenait de l'âge et ne conduisait plus. Les arbres tanguaient dans le vent violent en éparpillant leurs feuilles qui tourbillonnaient au-dessus des toits telles des danseuses, et la chute régulière de la cascade faisait l'effet d'un souffle léger en fond sonore. Là, tout était tranquille, on n'entendait rien d'autre que des chants d'oiseaux.

Lorsqu'il parvint devant son appartement et qu'il ouvrit la porte, le vide le frappa comme une gifle. Il franchit le seuil pour gagner le petit couloir qui donnait sur le séjour. Le meuble de télévision et ses consoles de jeux se trouvaient sur la gauche, et le tapis était jonché de jouets pour chat – souris et canards en peluche –, ainsi que de lacets de chaussure. Des semaines plus tard, il ne les avait toujours pas rangés. Impossible de s'y résoudre.

Derrière le séjour s'ouvrait la cuisine, où un plan de travail séparait les placards sombres, le four et le réfrigérateur du reste de l'espace. On y trouvait encore quelques pense-bêtes pour les médicaments de Poppy, ainsi que la carte de visite de son vétérinaire, aimantés au frigo. Il les voyait de là où il se tenait et, lorsqu'il alluma la lumière, les papiers blancs lui firent l'effet de cinglants rappels.

Il n'avait pas décoré l'appartement pour Noël. Il n'en avait même pas eu l'envie.

Il s'était avancé de quelques pas dans le séjour quand son regard se porta sur les cendres de Poppy, placées dans un tube sur une étagère près de son canapé à côté d'une photo encadrée d'elle. Son fantôme était partout : sur le dossier du canapé, là où elle adorait s'installer pour dormir ; dans les jouets qui jonchaient le sol, les gamelles d'eau et de nourriture par terre dans la cuisine. Et voilà qu'elle était maintenant réduite à un tube en carton et un tas de cendres. Après les quatorze années qu'il avait passées avec elle, c'était irréel.

Cette prise de conscience était presque physiquement douloureuse, comme un coup porté à sa trachée. Et Jared entrevit ce qui l'attendait ce soir-là. Une soirée passée à cuisiner pour lui-même, assis seul sur le canapé, à regarder des séries en streaming ou à jouer à un jeu vidéo sans but, en s'imprégnant de l'intrigue comme si elle pouvait lui faire oublier les espaces vides et la joie qu'il aurait dû éprouver à cette époque de l'année.

Non, pas ce soir. Il ne pouvait se laisser aller à sombrer dans la tristesse. S'il s'enlisait trop, il ne parviendrait peut-être jamais à s'en extirper. Il fallait qu'il résiste.

Jared envisagea de passer chez sa mère, mais il lui arrivait parfois d'avoir des clients de dernière minute le soir, aussi se ravisa-t-il. Il retournerait chez *Sheila's* ou dans un autre café. Quitte à faire durer son verre d'eau et ses gressins le plus longtemps possible, car c'était ce qu'il y avait de moins cher. Il roulerait autour des lacs jusqu'à la nuit tombée ; peut-être irait-il se promener.

Il n'empêche, songea-t-il en attrapant sa sacoche d'ordinateur portable et ses clés de voiture avant d'éteindre, qu'au bout du compte, ce serait une nuit de plus qu'il passerait seul.

*

Emmie rectifia la position du téléphone devant elle – il était posé en équilibre sur un plateau de lit pliable, et les visages de ses parents lui souriaient depuis l'écran.

— Salut, dit-elle en agitant son crayon de couleur. J'espère que ça ne vous dérange pas que je fasse autre chose en même temps.

Elle travaillait sur les portraits des chats du café, se servant de photos prises sur son téléphone comme modèles pour ses croquis. Après sa conversation avec Jared, elle avait décidé de les dessiner à sa manière mignonne plutôt que dans un style sérieux et réaliste. Elle ajoutait à présent de la couleur, essayant de voir ce qui lui plaisait ou pas avant d'exécuter les versions finales, plus abouties, sur un papier de meilleure qualité. Jusque-là, son portrait préféré était celui de Kitty – les couleurs et taches de la chatte bengal ressortaient tout particulièrement avec ses grands yeux scintillants –, suivi de celui de Salem, dont les grandes prunelles vertes contrastaient avec son pelage noir.

— Je te reconnais bien là, mon petit bourreau de travail, lança fièrement son père. Ça fait plaisir de voir que tu dessines toujours.

— Comment ça va, ma chérie ? demanda sa mère.

Ses parents étaient assis à leur table de cuisine sur fond de tommettes inondées de soleil, baignés d'une lumière jaune. Son père portait son T-shirt à rayures habituel, ses lunettes suspendues par une chaîne à son cou, et sa mère une robe blanche qui mettait son bronzage en valeur. Elle s'était fait un balayage blond, et ses cheveux lui arrivaient sous les épaules. Ils s'étaient parlé plusieurs fois depuis qu'Emmie avait emménagé chez sa tante, et c'était devenu une sorte de rendez-vous hebdomadaire, même si elle commençait à en avoir assez qu'ils la questionnent sur Dustin.

— Pas trop mal, répondit-elle. Sylvie voulait bavarder aussi, mais elle fait encore le ménage en bas. Aujourd'hui, il y a eu un anniversaire.

— On lui parlera la prochaine fois, déclara son père, dont les yeux bleus se plissèrent lorsqu'il lui sourit.

— Sylvie me dit qu'elle a embauché un chauffeur-livreur qui ressemble à un acteur ! s'exclama sa mère en s'approchant de l'écran, le collier d'or délicat à sa gorge accrochant la lumière du soleil. Tu l'as rencontré ?

Emmie leva les yeux au ciel en ajoutant une pointe d'orange à un de ses croquis de chat ; le pelage multicolore de Baron était particulièrement complexe à réaliser.

Il n'y avait vraiment que Sylvie pour préciser ce détail-là à sa mère.

— Oui, je l'ai rencontré. Mais il n'entre jamais, à cause de son allergie.

Elle n'en dit pas plus, mais son esprit lui murmurait qu'il était tout à fait son genre, qu'il était craquant et d'une beauté brute, et qu'elle aurait donné n'importe quoi pour passer les doigts le long de cette mâchoire et…

— Tu devrais sortir de ta coquille, ma chérie, enchaîner quelques rencards tant que tu es là ! lui conseilla sa mère. Ça te ferait du bien.

— Je n'ai vraiment aucune envie de parler rencards ! répliqua Emmie, tâchant de retenir un frémissement d'agacement pour ne pas gâcher son dessin. On peut changer de sujet ? Là, on donne à manger à un chat errant qui…

— Tu as eu des nouvelles de Dustin ? la coupa sa mère.

Ayant fini les yeux de Baron, Emmie s'attaqua aux ombres.

— On passe des rencards à mon frère ! Vous avez vu de bons films récemment ? Des séries sur Netflix ? Je sais que tu adores les téléfilms de Noël, maman…

— On s'inquiète pour toi, Em, c'est tout, avoua sa mère en fronçant les sourcils. Comme nous ne sommes pas là pour veiller sur toi, et que Dustin…

Elle s'interrompit.

— Oui, je sais, reconnut Emmie. Mais je vous jure que tout va bien.

Ils étaient partis pour l'Espagne quelques années plus tôt, et elle les avait incités à le faire – après tout, c'était leur rêve, et elle était adulte, capable de se débrouiller toute seule.

Malheureusement, l'état de Dustin s'était dégradé depuis leur départ. Emmie regrettait amèrement d'avoir accepté de vivre avec lui, et elle avait laissé pourrir la situation beaucoup trop longtemps, au point de la subir pendant des années – jusqu'à récemment. Elle avait choisi de ne pas leur parler de l'incident avec le mur.

— Ça fait longtemps que j'essaie de le ramener à la raison, vous savez ? poursuivit-elle. Il m'a appelée au travail, et il était trop saoul pour se souvenir de la discussion qu'on a eue à mon départ, alors… Je doute d'être encore capable d'échanger avec lui.

Cela sembla perturber ses parents. Son père secoua la tête avec incrédulité.

— Je n'arrive pas à croire qu'il continue de boire autant, commenta sa mère en tripotant le collier à sa gorge, un de ses tics nerveux.

— Qu'est-ce que tu espérais ? soupira son mari, qui parut plus résigné qu'en colère. Il n'apprendra jamais. (Il scruta la caméra.) Tu veux qu'on lui parle ? On le fera, si tu…

— Non, laissez tomber, répondit vivement Emmie.

Elle n'avait pas envie de les mêler une fois de plus à tout ça.

— Ce n'est pas pour rien si vous avez coupé les ponts, reprit-elle. On a tous fait de notre mieux pour l'aider, mais, au bout du compte, il faut qu'il s'aide lui-même. Et ce n'est pas notre faute.

Son père hocha la tête ; à côté de lui, sa mère se mordait la lèvre d'un air inquiet.

— On devrait peut-être lui parler quand même..., commença lentement sa mère.

— On a déjà essayé, l'interrompit son père, exaspéré. Plus d'une fois. On lui a donné sept mille livres pour cette formation de programmation informatique, et qu'est-ce qu'il en a fait ? Il a tout dilapidé dans les jeux, je suppose. Dans la picole.

L'alcool et les jeux d'argent en ligne faisaient désormais partie des passe-temps préférés de son frère, ce qui n'était pas le cas auparavant. Il n'avait pas toujours été comme ça. Et elle ignorait ce qui avait bien pu provoquer ce changement.

— On ne peut pas passer notre temps à l'aider, ma chérie, poursuivit son père en prenant la main de sa femme. Pas comme ça. Emmie a raison.

Sa mère hocha la tête, telle une figurine de chien sur le tableau de bord d'une voiture. Emmie devinait qu'elle était perdue dans ses pensées et qu'elle n'écoutait plus vraiment.

— Tu as une jolie chambre, constata son père en changeant de sujet. Tu l'as redécorée ?

Emmie promena son regard autour d'elle. Sylvie lui avait permis de faire ce qu'elle voulait de l'appartement, et elle y avait apporté quelques touches personnelles, réorganisant l'espace jour après jour jusqu'à ce que le décor lui convienne. Elle avait accroché au mur un fil or et rose auquel elle avait épinglé ses dessins préférés : des chats mignons et des paresseux indolents suspendus à des branches, des dragons qui serpentaient au travers de nuages de coton, un couple qui s'enlaçait sur fond de galaxies tourbillonnantes. Elle avait apporté ses jeux vidéo, ses livres et ses carnets à dessin, et avait posé un petit sapin de Noël sur son bureau. Même sa collection de peluches était disposée sur le lit, des personnages tirés de ses jeux vidéo préférés, des lapins en tenues de Noël, des Pokémon. Elle ne put s'empêcher de songer à Dustin, à ce qu'il lui avait dit un soir qu'il avait trop bu et qu'il était entré dans la mauvaise chambre par mégarde. *Non mais t'as quel âge, Emmie, cinq ans ? Des peluches ? Pas étonnant que tu te sois fait larguer. Grandis un peu !*

— Je me suis approprié l'espace, reconnut Emmie en s'extirpant péniblement de ses souvenirs.

Elle n'avait pas besoin de l'approbation de son frère ; elle était indépendante. Si tout ça la rendait heureuse, qui avait le droit d'en juger autrement ? C'était sa vie, après tout.

— Je suis contente d'être ici. J'adore le café, et Sylvie est aux petits soins avec moi.

— Il faudra qu'on l'invite en Espagne dès qu'elle aura cinq minutes pour se détendre, suggéra sa mère.

— Peut-être quand tu seras promue au poste de gérante et qu'elle te laissera les rênes, ajouta son père en lui décochant un clin d'œil.

Emmie sourit.

— Ça, je n'en sais rien. Gérante, ce n'est pas trop mon truc.

Et puis, ce poste était censé être temporaire, histoire d'avoir un job et un logement, le temps de réfléchir à la suite. Un poste de cadre ne lui conviendrait pas et, si elle prenait certes plaisir à travailler au café, elle ne tenait pas pour autant à y rester éternellement, pas vraiment.

— Je serai bientôt seule au café, au moins un ou deux jours, reprit-elle. Sylvie va récupérer mamie et papy.

— Ils vont adorer passer les fêtes ici, lui assura sa mère. Ils veulent venir depuis qu'elle a ouvert son établissement.

— Tu vas très bien t'en sortir, ma chérie, déclara son père. De toute évidence, Sylvie te fait confiance pour tout gérer en son absence.

— Et puis, je vais représenter le café à la foire d'hiver, les informa Emmie. Elle y tient un stand, et elle m'a dit que je pourrais essayer de vendre quelques dessins en plus des viennoiseries de Clem. On collecte des fonds pour le refuge.

— Ah, c'est ce week-end ? Mais c'est merveilleux, ma chérie !

Sa mère tapa des mains, aussi radieuse que le soleil derrière elle.

Emmie jeta un coup d'œil à son bureau, où elle avait imprimé certaines de ses illustrations tirées du *Chat et le chaudron* pour les encadrer. Il s'agissait de ses œuvres les plus réussies, et vu qu'elle n'avait plus de contrat d'édition, elle ne voulait pas qu'elles se perdent. Au moins pourraient-elles servir à récolter de l'argent pour le refuge le temps qu'elle perfectionne ses portraits des chats de Sylvie. Elle en avait également pris quelques-unes pour fabriquer des autocollants à l'aide de sa machine. Elle avait tâché de sélectionner les motifs qui faisaient le moins Halloween, puisqu'on était plus proche de Noël, préférant opter pour des chats dans des tas de feuilles et blottis dans des arbres aux couleurs automnales.

— C'est bien que tu ailles à cette foire, mais essaie surtout de t'amuser, Emmie, dit sa mère avec un regard éloquent. Tu as tendance à te surmener.

Emmie sourit.

— Tout le monde me le dit. Ne t'inquiète pas, j'y veillerai.

Ils discutèrent encore un peu. Ses parents lui racontèrent comment ça se passait dans leur école anglaise – ils avaient recruté de nouveaux enseignants – et dans leur maison en montagne, où ils commençaient à avoir une petite tribu de chats, dont certains qu'ils avaient recueillis. Emmie les enviait d'avoir pu s'offrir une grande maison dans les montagnes avec l'argent de la vente de la demeure familiale. Elle ne pouvait s'imaginer s'acheter une maison avec son salaire de serveuse, et encore moins avec ses illustrations, même si elle rêvait d'un grand espace avec un atelier de dessin rien qu'à elle et un joli jardin, où il y aurait toute la place nécessaire pour des tas d'animaux, bien sûr.

— Il faut qu'on file, dit son père au bout d'un quart d'heure. On va être en retard pour nos cours du soir. La semaine prochaine à la même heure, si tu n'es pas trop occupée ? ajouta-t-il avec un clin d'œil.

— Ça marche, accepta Emmie. À la semaine prochaine.

Ils se dirent au revoir et, une fois qu'elle eut mis fin à l'appel vidéo, elle se surprit à songer à Jared, à sa bouche charnue, à la manière dont il avait étudié son dessin.

Elle avait envie de savoir ce qui se passait derrière ses yeux, ce qui avait créé ces imperceptibles expressions sur son visage, ce qu'il avait pensé en regardant son illustration.

Et pourquoi ces lèvres appelaient autant un baiser.

4

Peu avant Noël, Sylvie donna une consigne à Jared pour le week-end qui n'allait pas l'aider à chasser Emmie de son esprit – mais, s'il tenait à garder son boulot, il pouvait difficilement dire « non ».

— Emmie va me représenter à la foire d'hiver, lui avait expliqué Sylvie près de la porte arrière du café, alors qu'ils étaient fouettés par un vent glacial. Il s'agit d'une des collectes de fonds qu'on organise chaque année au manoir Crescent Wood – rien qu'un petit stand où on vendra des viennoiseries et où on fera de la pub pour le café. J'aimerais que tu l'y conduises avec les provisions et que tu lui donnes un coup de main. Elle va aussi y vendre quelques dessins. Je pensais l'accompagner, mais j'ai eu un imprévu avec le café, et je dois changer mes projets.

Jared s'était senti mal. Le manoir Crescent Wood ? C'était là que Megan avait projeté d'épouser son fiancé, Ethan. Il savait que ça n'aurait pas dû l'affecter, pas alors que leur rupture remontait à six mois, mais l'idée d'y retourner ravivait des souvenirs cuisants. Notamment celui du jour où il avait trouvé ce SMS sur le téléphone de Megan : *Maman veut t'emmener voir le manoir Crescent Wood la semaine prochaine… Je sais que c'est là que tu rêves de te marier. J'ai hâte que tu deviennes ma femme pour de vrai.* S'il avait jeté un coup d'œil à son téléphone, c'était uniquement parce qu'elle leur avait commandé à dîner, que le livreur tardait, et qu'elle était encore dans son bain.

Ce genre de trahison avait-il laissé une marque indélébile, qui colorait sa vision du monde dans des teintes de gris ? Ils n'étaient ensemble que depuis neuf mois, mais il avait eu la naïveté de croire qu'un avenir se profilait pour eux. Il ne parvenait toujours pas à comprendre comment on pouvait mentir à ce point à quelqu'un qu'on prétendait aimer.

Il ravala la pierre qui s'était logée dans sa gorge. Peu importait qu'il doive se rendre dans ce manoir, ce n'était qu'un endroit parmi d'autres. Megan appartenait au passé, ce n'était pas comme s'il allait la croiser là-bas.

Voilà comment il se retrouvait assis là, le week-end précédant Noël, avec Emmie sur le siège passager de son van. Elle avait entreposé tout le matériel dans le coffre, tous ses dessins, les viennoiseries de Clem, une table d'exposition et une banderole, et ils serpentaient à travers les rues d'Oakside qui, à cette heure matinale, étaient tranquilles et recouvertes d'une couche de givre étincelant. C'était une journée sombre et nuageuse, où le ciel offrait une toile aux divers coloris de gris qui semblaient comme appliqués à l'aquarelle. Et Emmie était particulièrement jolie avec son manteau couleur crème qui épousait sa taille, son écharpe en laine épaisse et ses paupières saupoudrées de fard à paillettes.

— On a évité l'heure de pointe, quand les parents amènent leurs enfants à l'école, dit-il bêtement.

Il y avait déjà eu plus passionnant comme sujet de conversation, mais bon.

— On serait partis dix minutes plus tôt, ç'aurait été un vrai cauchemar sur la route, ajouta-t-il.

— Bon, alors tant mieux ! se réjouit-elle.

Elle contemplait les boutiques pour touristes et les pubs qui défilaient de l'autre côté de la vitre, s'imprégnant du décor et ouvrant ses yeux noisette en grand. Il ne put s'empêcher de relever leur teinte inhabituelle, magnifique, proche du thé au lait.

— C'est la première fois que tu tiens un stand ? s'enquit-il.

— J'ai déjà fait des vide-greniers avec mon frère et mes parents il y a des années, mais je n'essayais pas de vendre mes dessins, rien que des bibelots et des vieux habits. (Sa voix monta d'une octave.) C'est assez grisant. J'ai toujours voulu en tenir un, avec tout ce qui va avec. Un jour, ce sera encore mieux – j'aurai des porte-clés, du papier à lettres, des calendriers, des cartes postales, peut-être même des cartes de visite… Et j'ai toujours rêvé de faire un album de coloriage !

— Ça m'a l'air génial, confirma-t-il, gagné par son enthousiasme. Tu as déjà mis tes dessins en vente quelque part ? Sur internet ?

— J'en ai vendu sur les réseaux sociaux. Mais je ne m'y suis jamais mise sérieusement. J'allais ouvrir une vraie boutique en ligne. Et puis, j'ai… (Elle inspira brusquement.) Laisse tomber, ça n'a pas d'importance.

Hmm. Son visage s'était fermé, il n'aurait su dire pourquoi. Soudain, il éprouva le besoin de lui remonter le moral.

— Je pourrais t'aider, proposa-t-il, si l'envie te prend de créer un site web. J'ai conçu mon propre site pro, tu sais.

— Oh… merci, dit-elle en lui décochant un nouveau sourire charmant tout en ajustant son écharpe.

Sentant son cœur faire un bond dans sa poitrine, il reporta son attention sur la route.

— Ce serait chouette, ajouta-t-elle.

— On ne devrait pas tarder à se réchauffer, affirma-t-il en montant le chauffage d'un cran.

Elle hocha la tête.

— J'espère qu'il y aura des tonnes de fans de chats là-bas, lança-t-elle. Des gens qui retrouveront leurs bébés à poils le soir. Ça leur donnera d'autant plus envie de s'arrêter à notre stand, pas vrai ?

Ces paroles ravivèrent le souvenir de Poppy, rappelant à Jared combien elle avait compté pour lui. Il se sentit gagné par l'émotion. Il n'aurait jamais cru ressentir ça, aussi intensément. Comme s'il manquait un élément au monde qui tourbillonnait autour de lui, et que personne ne s'en rendait compte. Parfois, tout lui semblait irréel, comme s'il venait de pénétrer dans un tableau. C'était encore pire que lorsqu'il avait perdu son grand-père – qu'il avait, soit dit en passant, à peine connu, car il ne s'entendait pas très bien avec le reste de la famille. Et son grand-père, lui, ne lui avait pas sauvé la vie lorsqu'il en avait eu le plus besoin, contrairement à Poppy.

Jared alluma la radio et tomba sur la fin du bulletin météo. *… il est difficile de prévoir dix jours à l'avance, mais nous devons nous attendre à de fortes intempéries, avec des vents violents et la possibilité d'un Noël blanc…*

— Un Noël blanc ! répéta Emmie en tapant dans ses mains gantées. Je n'ai encore jamais vu de neige ici. Seulement sur les photos que Sylvie m'a envoyées !

— Ça peut être sympa, admit-il, surtout près des grands lacs.

Il faillit ajouter que les gens venaient souvent célébrer des mariages pour Noël, mais l'image de Megan et de son fiancé ressurgit, et il ravala les mots, qui lui laissèrent un mauvais goût dans la bouche. Il crispa les mains sur le volant.

— Je parie que c'est magique comme tout, commenta Emmie. Une vraie carte postale.

Elle prit un air à la fois rêveur et mélancolique, et reporta son regard sur la vitre, comme pour visualiser le paysage sous une épaisse couche de neige. Malgré lui, il sentit un sourire se dessiner sur ses lèvres.

Lorsqu'ils finirent par arriver au manoir, il était presque neuf heures et demie. Sa mère devait être levée, car elle lui avait déjà envoyé un message le priant d'être prudent en cas de vent. Le manoir Crescent Wood était niché au bout d'une route de campagne pierreuse sur un lopin de terre privé, entouré d'herbe et de buissons couverts de givre. La bâtisse était moins impressionnante que le laissait entendre son nom grandiloquent, tout en briques grises, avec des fenêtres encadrées de blanc et un grand arbre fièrement paré de guirlandes lumineuses. Quelqu'un avait décoré l'extérieur avec goût et orné les buissons de rubans de soie. L'endroit dégageait un charme rustique, avec des vases de fleurs rouges à chaque fenêtre et des plantes grimpantes qui s'élevaient le long d'un treillis de bois sur le côté du bâtiment. Des guirlandes scintillantes parsemées de boules pâles étaient suspendues au-dessus des portes et des fenêtres.

Megan et son fiancé Ethan étaient-ils venus visiter cet endroit pendant qu'elle les fréquentait tous les deux en même temps ? Jared ne s'intéressait plus à Megan – le passé, c'était le passé –, mais voir ce lieu lui faisait l'effet d'une gifle, comme si une main le ramenait en arrière par la peau du cou.

— Ouah ! lâcha Emmie en émettant un sifflement. Comme c'est beau. Tu t'imagines un peu vivre ici ?

— Oui. Mais je parie que la taxe foncière coûte une blinde, blagua-t-il, histoire de cacher ce qu'il pensait réellement. Hors de portée pour nous autres simples mortels.

— Ça doit appartenir à un baron ou je ne sais quoi, renchérit Emmie, qui sortit son téléphone pour prendre une photo avant de pianoter sur l'écran. C'est pour les réseaux sociaux du café, expliqua-t-elle. Sylvie m'a demandé de publier des posts au sujet de la foire. Ça rend bien, dis donc !

Elle brandit son appareil pour lui montrer son brouillon sur Instagram.

Déjà, des gens affluaient : un autre van était garé non loin, et un homme faisait une pause cigarette près du mur de pierres qui longeait la route. Ils suivirent à l'intérieur une employée aux joues roses avec un badge à son nom épinglé sur la poitrine, qui les guida vers une grande salle au plancher luisant à l'arrière de la propriété. Quatre immenses fenêtres qui faisaient toute la hauteur de la pièce donnaient sur une deuxième étendue d'herbe bordée de haies, avec des tables métalliques peintes en blanc alignées sur un charmant patio.

— Vous pouvez vous installer par là, leur indiqua l'employée en désignant la salle.

D'autres exposants étendaient des nappes sur leur stand et vidaient le contenu de cartons.

— Les toilettes sont là-bas, il faut traverser ce couloir et tourner à droite. Il y a un bar près de l'entrée à gauche si vous avez faim ou soif, mais nous mettons à disposition des bouteilles d'eau dans la réserve pour les exposants.

Elle montra une porte de l'autre côté de la salle, qui indiquait « Privé ».

— Merci, dit Emmie. C'est gentil de votre part.

Ensemble, ils portèrent tout le matériel dans la salle. Il ne leur fallut pas beaucoup de temps pour s'installer et, une fois qu'ils eurent fini, Emmie prit quelques clichés supplémentaires pour les réseaux sociaux de *Chatpuccino*. Si les décorations étaient certes plus rares à l'intérieur, le plafond était orné d'un plus grand nombre de guirlandes et de rubans rouges, et des sapins en pot miniatures saupoudrés de fausse neige étaient postés à chaque fenêtre.

Quand les portes s'ouvrirent à dix heures, leur table était garnie de donuts et autres viennoiseries en forme de chat, de cookies façonnés en pattes, de cupcakes-chat, et d'illustrations d'Emmie, encadrées pour la plupart d'or et d'argent. Sylvie leur avait également confié une banderole que Jared était parvenu à dresser à côté d'eux, avec le logo de *Chatpuccino* et l'adresse de l'établissement.

À ce stade, Emmie sautillait d'excitation.

— Moi aussi, je veux une banderole ! s'exclama-t-elle. Pour mes comptes d'illustratrice.

— Et pour ton site internet, quand tu en auras un, renchérit-il.

— Mais oui ! Je pourrais l'emporter à tous les salons. Malheureusement, je n'aurai pas toujours un chauffeur pour m'y emmener…, ajouta-t-elle en lui décochant un regard espiègle.

Il s'inclina.

— Nestor sera ravi de vous aider.

Elle lâcha un rire un peu étranglé.

— Sylvie aurait dû mettre ça comme intitulé de poste. Ah, mais je pourrais carrément faire un dessin dans le genre – un chat majordome ! Ça ferait un autocollant trop mignon ! Je lui mettrais un nœud papillon, un costume et tout et tout.

Il ne put s'empêcher de rire en constatant son ravissement et ses yeux qui pétillaient. Seigneur, à quand remontait la dernière fois qu'il avait ri comme ça ? Il n'avait jamais rencontré une personne dont la joie était aussi… contagieuse.

La première heure, les visiteurs furent assez rares – essentiellement des personnes âgées qui s'intéressaient plus aux stands où l'on vendait des lotions faites maison, des décorations pour les fêtes, et des savons dont on vantait l'effet relaxant et déstressant. Un couple passa brièvement devant leur stand en considérant ce qu'il proposait avec indifférence. Jared jeta un coup d'œil à Emmie.

— Pas d'inquiétude, lui assura-t-elle avec un haussement d'épaules. Je suis sûre qu'il y aura plus de monde tout à l'heure.

Mais le reste de la journée se déroula à l'avenant. Malgré les quinze ou vingt stands que comptait la salle, très peu de visiteurs franchirent les portes, et ceux qui s'approchèrent de la table de *Chatpuccino* ne semblaient s'intéresser qu'aux gourmandises de Noël.

— Une illustration pour accompagner votre gâteau ? proposa Emmie à une femme qui venait de se décider pour un donut avec des oreilles de chat et un visage au glaçage blanc.

Le nez était censé ressembler à une carotte, comme un croisement entre un chat et un bonhomme de neige.

— Oh, c'est vrai que c'est très joli, mais on croule déjà sous les cadres à la maison, s'excusa la femme d'un air contrit alors qu'elle serrait son sac en papier marron sur sa poitrine.

— J'imagine, mais ça ferait de beaux cadeaux, vous ne trouvez pas ?

La femme plissa les yeux.

— Ce sont des dessins d'Halloween, non ? Ce n'est plus de saison.

Les joues d'Emmie virèrent au rose, mais elle se força à sourire. Jared avait remarqué que la plupart de ses dessins avaient effectivement un côté Halloween : des chats qui remuaient le contenu d'un chaudron, qui portaient des écharpes noires et orange, sautaient dans des feuilles d'automne, chevauchaient des balais ou se promenaient dans des forêts aux couleurs automnales. La thématique était manifestement hors saison. Comment cela se faisait-il ? Elle avait du talent, elle était forcément capable de dessiner des illustrations pour n'importe quelle période.

— Merci, en tout cas. C'était exactement ce qu'il me fallait.

La femme agrippa son sac de donuts, et se détourna pour suivre son compagnon et se diriger vers le stand de lotions.

— Merci à vous ! lui cria Emmie.

Jared eut l'envie pressante de tendre la main pour serrer l'épaule de la jeune femme – bon sang, il avait carrément envie de la prendre dans ses bras. Finalement, il se contenta de la tapoter avec gêne.

— Les gens sont difficiles aujourd'hui, décréta-t-elle en redressant le dos.

— C'est sûr, approuva-t-il. Et si on faisait une pause-déjeuner ? Histoire de se requinquer ?

— Oui, mais il risque d'y avoir foule à midi, souligna-t-elle. Je ne voudrais pas manquer ça. Mais vas-y, toi.

— Non. Ça ira. Je vais rester t'aider.

Jared ne pouvait qu'admirer sa persévérance, le fait qu'elle ne laissait paraître aucune contrariété. Chaque fois que quelqu'un achetait un cookie ou un donut – ce qui, certes, n'arrivait pas très souvent –, elle proposait une illustration, suggérant que ça plairait aux petits-enfants. Ça avait l'air de n'intéresser personne. Qu'est-ce qui clochait chez eux ? Ils ne voyaient donc pas tout le travail qu'elle y mettait, tout le talent dont elle regorgeait ?

Quand sonnèrent quinze heures, presque personne ne s'était aventuré dans la salle depuis des heures. Quelques participants avaient déjà remballé leurs stands alors que le soleil déclinait de l'autre côté des grandes fenêtres pour sombrer derrière un bosquet d'arbres. Cela semblait curieux qu'une foire d'hiver soit aussi peu fréquentée.

— Allons-y, lança Emmie, d'une voix à présent éteinte, en lui tendant quelques assiettes vides.

Il n'y avait plus rien à manger ; seules restaient ses illustrations, dont les cadres brillants paraissaient plus ternes dans le jour déclinant. Bientôt, la salle fermerait ses portes.

La femme qui les avait emmenés en début de matinée surgit dans la pièce. Jared la prit discrètement à part et lui demanda :

— Vous savez pourquoi il y a eu aussi peu de monde aujourd'hui ?

La femme parut déconfite.

— Oh, je suis navrée que ça n'ait pas été à la hauteur de vos espérances, s'excusa-t-elle en secouant la tête. D'habitude, ça grouille de monde, mais là c'est tombé en même temps que ce grand concert de Noël à Kendal, vous savez, avec la patinoire ? C'est pour ça qu'on a baissé les prix pour les stands.

— Ah, je vois.

Quelle déception pour Emmie ! Et, en plus de tomber en même temps qu'une grande manifestation, ses dessins étaient particulièrement de saison. Enfin, plus exactement, de la mauvaise saison. Une fois de plus, il se demanda pourquoi.

Il regagna leur stand et une autre exposante s'approcha pour questionner la dame du manoir. Quand Jared rejoignit Emmie, celle-ci contournait la table pour rassembler ses affaires ; ceux du stand voisin étaient également en train de ranger. Elle se déplaça en même temps que l'homme à côté d'elle et, la vue cachée par le gros carton qu'il tenait devant lui, il lui rentra dedans, sûrement plus brutalement que ce à quoi elle s'était attendue. L'homme poussa un cri de surprise.

Emmie glissa en avant, avançant sa main, et accrocha l'une des illustrations encadrées. Le cadre dégringola au sol avec fracas, répandant des bouts de verre de partout. Elle battit des bras, mais finit par chuter aussi, tout en faisant un écart pour éviter les bris de verre et en jetant un bras devant elle pour se retenir.

Jared se précipita, la gorge nouée, et l'atteignit alors qu'elle s'écrasait sur le flanc, bras tendu. Emmie étouffa un cri, les larmes aux yeux.

— Regarde où tu vas, espèce de petite conne ! cria l'homme en lui lançant un coup d'œil par-dessus son carton.

— Hé ! s'exclama Jared en le fusillant du regard. C'est vous qui devriez regarder où vous mettez les pieds ! Avec ce carton, vous ne voyez pas devant vous !

L'homme bafouilla des paroles incompréhensibles et jeta le carton sur son siège. Il avait les joues rouges, comme s'il savait qu'il était en tort, mais qu'il était résolu à ne pas l'être.

— Si elle n'avait pas été aussi près…

— Ce n'était pas sa faute ! siffla Jared.

Il s'agenouilla à côté d'Emmie. Pourquoi son cœur battait-il aussi fort ? Elle était tombée, rien de plus ; sa vie n'était pas menacée. Et pourtant, après la journée qu'elle venait de passer…

— Attention à ne pas te faire mal.

Il lui tendit les mains, comme pour lui offrir une barrière physique contre les éclats de verre.

— Tu t'es coupée ?

— N-Non, mais… mon poignet.

Elle le souleva doucement, et tressaillit.

— Aïe ! Je suis tombée sur la main, et j'ai mal au poignet.

— Hé ! cria Jared à l'homme, qui continuait d'énumérer ses prétextes avec verve. Allez chercher quelqu'un qui travaille ici – c'est le moins que vous puissiez faire !

— Ce n'est pas grave, assura Emmie, le souffle coupé, en tenant délicatement sa main blessée. Il ne l'a pas fait exprès.

— Il ne manquerait plus que ça !

La femme qui les avait emmenés jusqu'à leur stand accourut et, les yeux écarquillés, s'accroupit à côté d'Emmie.

— Je connais les gestes de premiers secours. Laissez-moi voir.

Elle jaugea le poignet d'Emmie du regard. Jared patienta, soulagé de constater qu'au moins, elle ne s'était pas coupée avec le verre. L'homme avait disparu avec son carton – Jared n'arrivait pas à savoir si c'était un connard, un lâche, ou les deux. Pendant que la dame examinait Emmie, il pivota légèrement, faisant craquer le verre sous ses semelles, et épousseta soigneusement les éclats qui recouvraient l'illustration. Son cœur tambourina de plus belle dans sa poitrine. Comment avait-il pu ne pas voir ce que ce dessin représentait ? Un chat noir brandissait un flacon ouvert étiqueté « Esprit », et un autre matou spectral – dessiné avec des contours flous, et bien plus petit, comme s'il s'agissait d'un chaton – s'en échappait. Le premier chat semblait ému, les yeux étincelant de larmes.

Un chat adulte qui appelait l'esprit d'un chaton. Un enfant perdu, peut-être ?

Rien qu'en le regardant, il eut la gorge serrée : que d'expressions, de détails, d'émotions. Comment parvenait-elle à faire ressortir des choses qui étaient tellement enfouies, tellement à vif, et à les transmettre par le biais d'animaux cartoonesques ? Sa famille, à lui, était à peine capable de parler de sentiments. Et voilà qu'elle les avait tous déversés dans cette image, insufflés dans chaque trait et jeu d'ombres.

Il empocha le dessin pour le garder en lieu sûr. Jared songea qu'elle souhaiterait peut-être lui trouver un nouveau cadre plus tard. À vrai dire, il n'avait aucune envie qu'on jette ce dessin à la poubelle lorsqu'on balaierait le verre.

5

Jared avait conduit Emmie aux urgences, et elle en avait été touchée, car elle lui avait proposé de prendre un taxi pendant qu'il rapportait le matériel au café. L'employée formée aux premiers secours craignait qu'elle ne se soit fracturé le poignet, mais il fallait le confirmer en faisant des radios à l'hôpital. Emmie était donc assise sur une chaise en plastique dans la salle d'attente des urgences, le poignet douloureux et le cœur lourd. La foire ne s'était pas passée comme elle l'avait souhaité, elle n'avait vendu aucune illustration.

— Merci de m'avoir accompagnée, dit-elle. Au moins, ce n'était pas ma main dominante…

Par chance, elle pourrait encore dessiner.

— Aucun souci, lui assura Jared.

— Et de m'avoir… défendue, ajouta-t-elle.

L'homme au carton n'avait pas voulu lui faire de mal – mais la réaction de Jared, sa sollicitude, avait été tendre, et très appréciée, au vu de l'issue de la foire. D'ailleurs, rien que d'y penser, elle se sentait gagnée par l'émotion. Au milieu du chaos qu'avait été sa vie avec Dustin ces dernières années, elle ne se rappelait pas la dernière fois que quelqu'un qui n'était pas sa tante Sylvie avait veillé sur elle à ce point.

— Je suppose que ma prochaine illustration devrait représenter un chat chevalier, plutôt qu'un majordome ? reprit-elle sur le ton de la légèreté.

Il secoua la tête, un petit sourire aux lèvres.

— J'ai fait ce qu'aurait fait n'importe qui à ma place. Et ce type a dépassé les bornes. Il n'est même pas resté voir si tu allais bien.

Tous deux tenaient des gobelets de café qu'il était allé chercher à un distributeur en insistant pour payer. Le goût n'était pas top – du vrai jus de chaussette –, mais elle y avait ajouté plus de sucre que nécessaire. La salle d'attente était décorée de guirlandes étincelantes et d'un sapin qui penchait légèrement sur la droite, garni de flocons de neige et de boules rouges, dans le coin, à côté d'une pile de revues sur la santé et le bien-être.

— Ce n'est pas grave, déclara-t-elle. Il devait être gêné. Je suis sûre qu'il ne l'a pas fait exprès.

Jared haussa un sourcil.

— Je te trouve bien conciliante.

— Le plus souvent, je préfère supposer que les autres sont bien intentionnés.

Jared garda le silence pendant une minute.

— Je suis navré que tu n'aies vendu aucune illustration, dit-il enfin. La dame de la salle m'a dit qu'il y avait un grand concert à Kendal, avec une patinoire.

— Bon, je comprends mieux. Je réessaierai, il me semble que Sylvie m'a parlé d'une foire artisanale de printemps. D'ici là, j'aurai des dessins plus adaptés à la saison.

— C'est vrai que tu avais pas mal de trucs d'automne. Enfin, je veux dire..., ajouta-t-il précipitamment. Tu dessines bien. Je suis sûr que tu serais capable de réaliser des scènes d'hiver, de Noël. Ça irait bien avec ton style. Je suis étonné que tu n'en aies pas encore.

— Eh bien... Disons que..., bafouilla-t-elle.

Il avait vu les dessins qu'elle avait apportés, et il avait raison : ils n'étaient pas adaptés à la saison. Malheureusement, après tout le travail qu'elle avait abattu pour ce contrat qui avait fini par être annulé, elle n'avait rien de spécialement festif sous le coude. Elle n'avait pas eu le temps pour quoi que ce soit.

— C'était ce qu'il me restait d'un contrat que j'avais signé. Il est tombé à l'eau, mais j'en étais fière, et je voulais en faire quelque chose. Je me suis dit que ça pourrait marcher si je prenais ceux qui faisaient le moins Halloween.

Elle renifla avec un sourire en coin.

— Ça n'a pas marché, reconnut-elle. Ce sera pour une prochaine fois !

— Tu as raison. Tous ces couples de vioques auront laissé filer l'occasion de s'offrir les œuvres d'une célébrité locale.

Il but une gorgée de café en remuant les sourcils. Elle trouva ça drôle et éclata de rire, mais en même temps, ça la chatouilla de l'intérieur, comme des guirlandes lumineuses qui s'entortillaient dans son ventre.

— J'ai une idée, lança Jared en sortant son portefeuille de son manteau.

Il hésita.

— Une idée… ? demanda-t-elle.

Jared écarta quelques rabats dans son portefeuille, puis la considéra d'un air incertain.

— Mince, j'allais t'acheter un dessin, mais j'ai claqué mes derniers centimes pour payer ces cafés ! Et j'imagine que tu ne prends pas la carte ?

Emmie sentit ses joues s'enflammer sous le coup de la surprise.

— Mais non, ne sois pas bête ! Tu n'as rien à m'acheter.

— Mais j'en ai envie ! Par contre, il va falloir que tu me le signes.

— Pourquoi ? Pour que tu te fasses plein de tunes quand je deviendrai célèbre ? blagua-t-elle.

— Exactement.

Comme elle adorait voir son visage s'éclairer lorsqu'il souriait ! Elle avait envie de lui dire de le faire plus souvent, mais ne voulut pas le vexer.

Un silence s'étira entre eux, uniquement comblé par les cris stridents d'un nourrisson qui venait d'entrer dans la salle d'attente, et par les murmures des agents d'accueil qui discutaient près de la porte. Emmie avait remarqué que Jared avait raclé les fonds de son portefeuille pour leur acheter un café chacun, tout en évitant soigneusement de se servir de sa carte bancaire. Décidément, il était à la fois beau gosse et sympa.

— Tu sais, finit-elle par dire, au début, j'ai cru que mes dessins ne te plaisaient pas.

— Quoi ? s'étonna-t-il en rangeant son portefeuille.

— Quand on s'est rencontrés, je ne sais pas... On aurait dit que tu n'aimais pas mon croquis. Peut-être à cause de ton allergie. Après, tu n'es pas très chats. Et ce n'est pas grave, ajouta-t-elle vivement. Mais tu travailles pour un bar à chats, quand même. Et maintenant, voilà que tu veux m'acheter un dessin. Je crois que je ne pige pas. Tu aimes les animaux ou pas ?

— Si, j'aime les chats. Et j'aime tes dessins. Seulement, ça m'a pris par surprise. Ce n'est pas tous les jours qu'on attrape le dessin volant d'une fille devant un bar à chats, pas vrai ?

Elle eut un petit rire.

— Non, c'est vrai. Bien attrapé, en tout cas.

— Et ce n'est pas tous les jours que cette fille-là est manifestement bourrée de talent, enchaîna-t-il.

— C'est bon, tu peux arrêter de me passer la brosse à reluire, s'esclaffa-t-elle, tentée de lui flanquer un petit coup enjoué de la main, mais préférant éviter tout geste superflu le temps qu'on examine son poignet. Si tu continues comme ça, je vais devoir suivre un traitement pour gêne aiguë.

Amusé, il reporta son attention sur son café, et ils sombrèrent de nouveau dans le silence. Emmie se focalisa sur le téléviseur qui, fixé au mur d'en face, diffusait en continu les titres du journal avant de laisser place à la météo, où on leur promit encore de la neige.

— Emmie Hartell ? lança une infirmière qui venait d'émerger du bout du couloir.

— Je t'attends ici, dit Jared, son café à la main, en se calant le dos dans le siège en plastique.

Emmie se leva, hocha la tête, et suivit l'infirmière pour se faire ausculter le poignet.

*

En fin de compte, Emmie s'était bel et bien fracturé le poignet – lorsqu'elle regagna la salle d'attente, elle portait une attelle, sur laquelle elle avait disposé maladroitement son manteau. Jared l'accompagna dehors, jetant son gobelet vide en chemin. Lorsqu'ils retrouvèrent l'air froid, et que leur souffle fit apparaître des nuages blancs, il lui demanda :

— Combien de temps tu vas devoir porter ça ?

— Six à douze semaines.

Il siffla et secoua la tête alors qu'ils traversaient la route pour se diriger vers le parking.

— Ça fait beaucoup, pour une artiste et une serveuse. Ça va être frustrant.

— Aucun souci, décréta-t-elle gaiement.

Son visage virait déjà au rose au contact du froid, et il ne put s'empêcher de se dire qu'elle était décidément très jolie.

— Je m'en sortirai, lui assura-t-elle. Je pourrai la décorer avec des autocollants ou un truc dans le genre, histoire de l'égayer.

— Tu pourras toujours travailler ? s'inquiéta-t-il.

Sylvie avait prévu de passer quelques jours avec des membres de sa famille avant de les ramener pour les fêtes. Emmie et Faye étaient censées tenir les rênes jusqu'à son retour – une réunion d'équipe était prévue sur le sujet, et on le tiendrait au courant par mail.

— Ils m'ont dit que oui, mais en me ménageant, répliqua-t-elle. Soit en y allant progressivement, soit en adaptant mes tâches et en augmentant petit à petit leur intensité. Je risque de devoir m'en tenir à de l'administratif en attendant qu'on me retire l'attelle. Cela dit, ça pourrait être sympa ! J'adore ce qui se vend dans la boutique, alors ça me changera un peu.

Une fois devant le van, il lui ouvrit la portière et elle grimpa péniblement à l'intérieur, le bras calé gauchement sur ses genoux. Il s'apprêtait à refermer lorsqu'elle le considéra avec embarras, les yeux écarquillés.

— Euh…, commença-t-elle. La ceinture… Tu pourrais…

Ça ne lui était même pas venu à l'esprit. Évidemment, elle ne pouvait pas s'en charger elle-même. Pas facilement, en tout cas. Soudain, il sentit sa bouche s'assécher – il allait devoir se pencher, près d'elle, pour boucler sa ceinture. Ce qui serait… gênant. Pas franchement déplaisant, mais…

Il tira sur la ceinture qui pendait au niveau de l'épaule d'Emmie et se pencha au-dessus d'elle. Il parvint presque à sentir la tension et la raideur de la jeune femme, sa manière de se tenir droite comme un piquet contre le siège. Retenait-elle son souffle, comme lui ? Elle dégageait une odeur de parfum – florale et sucrée – et il huma des effluves fruités de shampoing à la banane. Il lui frôla le bras au passage, et fut incroyablement conscient de la proximité de son visage, au point de risquer un regard et de constater qu'elle le fixait – ce qui lui permit de remarquer les taches de rousseur qui lui parsemaient le nez et les joues comme de la poudre de cacao. Il distingua des mouchetures noisette dans ses prunelles, comme l'intérieur d'une bille, ses longs cils…

Il s'écarta aussitôt, et se cogna brutalement le crâne contre le plafond. C'était plus douloureux qu'il ne le laissa paraître, mais il n'émit pas de juron avant d'avoir claqué la porte et de se frotter la tête en regagnant le siège côté conducteur.

Lorsqu'il était près d'elle, la plus simple des interactions lui brouillait les sens, ce qui était parfaitement inattendu.

*

Emmie était assise en salle de pause avec sa tante, Faye, Clem, leur réceptionniste Kaitlyn, et Sophie et Miles, leurs soigneurs animaliers. On venait de les briefer sur ce qu'il allait falloir faire en l'absence de leur patronne, qui serait chez les grands-parents d'Emmie. Sylvie avait accepté de les aider à faire de la peinture et de la décoration, car le grand-père d'Emmie s'était récemment fait opérer de la cataracte. Quand ce serait fini, elle les ramènerait ici pour fêter Noël ensemble. Elle serait absente pendant les derniers jours avant la fermeture du café pour Noël. Emmie et Faye endosseraient quelques responsabilités de plus.

Il avait été décidé qu'Emmie ne se chargerait pas de préparer le café ni du service à table. Elle se bornerait à s'occuper des achats dans la boutique et à l'accueil, ce qui était à sa portée, même si elle devrait s'en acquitter d'une seule main. Elle répondrait aussi au téléphone et s'occuperait d'autres tâches administratives, et Kaitlyn donnerait un coup de main pour les boissons.

— Bon, vous savez tous ce que vous avez à faire ? demanda Sylvie en se penchant pour poser les coudes sur une des tables.

Tous hochèrent la tête en chœur.

— Emmie et Faye seront les responsables, donc si vous avez des questions, c'est à elles qu'il faudra vous adresser. Et j'ai envoyé un mail à Jared pour tout lui expliquer. Ça ne sera que pour deux ou trois jours, alors je suis sûre que vous vous en sortirez à merveille sans moi.

— Tout se passera comme sur des roulettes, Sylvie, lui assura Faye avec un sourire. Ne t'inquiète pas. On ne fera pas de grosses teufs avec les chats en ton absence.

Cette phrase provoqua le rire des autres membres de l'équipe. Sylvie sourit aussi et se leva.

— Parfait. Et n'oubliez pas de laisser à manger pour le chat errant. Le refuge a fini par me rappeler, aucun chat disparu ne correspond à sa description. Ils m'ont dit qu'ils passeraient bientôt voir s'il était pucé.

Les autres murmurèrent leur accord.

— Merci à tous d'être venus. Ah, et une dernière chose. Avant que je parte cet après-midi, il y a une touriste qui va venir s'installer dans l'appartement au-dessus du café. Elle sait que je vais m'absenter, mais je lui ai dit qu'elle pourrait venir vous voir, Emmie et Faye, en cas de besoin.

— Elle va rester combien de temps ? s'enquit Emmie.

Sylvie louait souvent cet appartement à des touristes pour de courts séjours. On pouvait y accéder, ainsi qu'au logement d'Emmie, par une porte de service, et tous deux étaient séparés du café par une autre porte verrouillée.

— Elle va rester pendant les fêtes, répondit Sylvie. Les dates sont précisées en salle de pause. Je doute qu'elle vous réclame beaucoup puisqu'elle sera de sortie ou au travail la plupart du temps – elle travaille à distance. C'est seulement dans le cas où elle aurait besoin de quelque chose.

Une fois que tout le monde eut hoché la tête, elle tapa dans ses mains.

— Bon, super. Je file.

Tous quittèrent la salle en file indienne. Sylvie serra brièvement sa nièce contre elle lorsqu'il ne resta plus que Faye sur le seuil, et Emmie huma l'odeur du café qu'avait siroté sa tante pendant la réunion.

— Tu es sûre que tout va bien, Emmie ? s'inquiéta Sylvie en reculant.

— Bien sûr ! Ne prends pas cet air inquiet. Je sais que je suis toute… rafistolée, mais ça ira. J'ai hâte que mamie et papy voient cet endroit.

— J'ai toute foi en toi. C'est ton incapacité à faire des pauses qui m'inquiète ! N'oublie pas de te reposer, ma chérie.

Emmie sourit.

— Merci. Je n'y manquerai pas.

Sa tante l'enlaça rapidement une dernière fois, avant de quitter la salle à son tour.

*

Sylvie passa voir la nouvelle locataire avant de prendre la voiture pour Manchester, et Emmie et Faye se mirent aussitôt au travail pour leurs derniers jours au café avant Noël.

La clientèle chez *Chatpuccino* était assez diversifiée : des touristes, des gens qui les avaient découverts sur les réseaux sociaux, des habitués qui travaillaient dans le coin, des couples âgés, des jeunes couples, des étudiants. Une jauge avait été instaurée pour déterminer un nombre maximal de clients autorisés à entrer en même temps, afin d'éviter trop de stress aux chats. Et il n'y avait pas à gérer des tout-petits qui couraient partout, car le café était interdit aux enfants de moins de onze ans. Il s'agissait de conserver l'ambiance la plus apaisante possible.

Emmie prit son poste à l'accueil pour les jours à venir, dans l'entrée qui ressemblait à un vestiaire et qui abritait aussi la boutique. C'était le seul endroit décoré d'un sapin de Noël à proprement parler, tout en blanc et en or, fièrement dressé devant la vitre près de la porte d'entrée, et resplendissant de lumière en cette morne et grise journée. Lors de son dernier jour de travail avant les vacances, Clem passa acheter un joli collier chat rose et or sur une chaîne délicate.

Emmie avait rarement l'occasion de parler à Clem, qui passait son temps en cuisine. Ils étaient tous allés au restaurant ensemble quand Emmie était arrivée à *Chatpuccino* – c'était ainsi que Sylvie avait souhaité la présenter aux autres et l'aider à prendre ses marques –, mais Clem n'était pas venue. Emmie était persuadée malgré tout qu'elles s'entendraient bien, ayant toutes deux la fibre créative. Les viennoiseries lui rappelaient parfois les illustrations mignonnes qui avaient sa préférence.

— C'est pour quelqu'un en particulier ? demanda gentiment Emmie en prenant le collier des mains de Clem.

La pâtissière cala une mèche de cheveux noirs derrière son oreille en rougissant.

— Pour ma mère. Pour Noël.

— Je suis sûre qu'elle va l'adorer – j'ai toujours trouvé ces colliers jolis et délicats, déclara Emmie en disposant le bijou dans un petit écrin noir. Tu as prévu quelque chose de spécial pour Noël ?

— Je vais dîner à la maison, et puis voir un peu ma famille.

Une fois que Clem eut réglé avec sa carte, Emmie lui sourit.

— Tu sais, je pensais faire quelques illustrations de chats en m'inspirant de ce que tu fais en cuisine. Des donuts et des cupcakes en forme de chat, comme les tiens.

Clem écarquilla les yeux, les joues encore plus rouges qu'avant.

— Vraiment ?

— Vraiment ! Tu es très douée. Ça ne te dérangerait pas ?

— Bien sûr que non ! Pas besoin de me le demander.

— Génial ! Dès que j'aurai trouvé le temps pour en faire, je te les montrerai. Passe un bon Noël, Clem.

Clem lui décocha un grand sourire.

— Toi aussi.

Le dernier jour d'ouverture du café, la veille du 24 décembre, Jared sonna à l'interphone. Emmie était en pause-déjeuner dans la salle principale, où elle finissait un café et un sandwich que Faye lui avait préparés, même si manger d'une seule main s'avérait plus salissant qu'elle ne l'avait cru. Comme Faye était déjà partie porter un plateau à des clients installés à l'étage, elle résolut d'y aller elle-même.

Lorsqu'elle ouvrit la porte de service de sa bonne main, une bouffée d'air froid lui cingla le visage, s'enroula autour de son cou et la fit frissonner. Dehors, la bruine était balayée par de violentes bourrasques et, son poignet étant immobilisé, elle ne pouvait même pas croiser les bras sur sa poitrine pour se protéger. Elle se résigna à agripper son bras blessé avec l'autre, et agita ses doigts intacts pour saluer Jared.

Debout sur le trottoir, le jeune homme lui rendit son salut. En le voyant, elle sentit son cœur faire un bond dans sa poitrine ; la fois où il l'avait accompagnée à la foire d'hiver, il portait son T-shirt *Chatpuccino*, mais sa tenue était désormais plus décontractée : un manteau en laine par-dessus un T-shirt gris et un jean ample. Ses cheveux, qui lui arrivaient aux épaules, flottaient dans le vent et lui fouettaient les oreilles. Pourquoi fallait-il qu'il ait l'air de sortir d'une page Instagram pour globe-trotteurs stylés ?

Il considéra les bras d'Emmie et, l'espace d'une seconde, elle se demanda pourquoi il fixait son attelle du regard.

— Les commandes ? s'enquit-il.

— Ah ! s'écria-t-elle.

Faye avait dû les laisser sur le comptoir ; sans doute pressée de voir Jared, Emmie les avait oubliées là-bas.

— Je reviens.

— Peut-être que Faye pourrait les porter…, commença-t-il.

— Non, ça ira. Je m'en charge !

Emmie fonça jusqu'au café, poussa la porte – difficilement, puisqu'elle n'avait qu'une seule main –, et vit un homme plus âgé rôder autour du comptoir à gâteaux d'un air hésitant.

— Mademoiselle, lança-t-il en montrant le comptoir. Il y en a qui sont végans ?

— Oui, vous trouverez ici une liste des gâteaux végans du moment.

Elle désigna les menus disposés sur la droite avec un grand sourire, et constata que Faye n'était pas là.

— J'en ai pour une seconde, jeta-t-elle en s'emparant des commandes à livrer – deux sacs, qu'elle saisit entre ses doigts –, avant de se précipiter vers l'arrière en priant pour que l'homme ne la trouve pas malpolie.

Lorsqu'elle ressurgit par la porte de service, un peu maladroitement puisqu'elle peinait à tenir le sac avec son attelle, Jared patientait encore sur le trottoir. Elle voulut lui tendre les sacs, mais l'un d'eux lui échappa pour s'écraser au sol, répandant du café et des bouts de gâteau nappés de crème.

— Oh ! cria Emmie en agrippant l'autre sac de plus belle, même si ça n'aurait pas changé grand-chose à ce stade.

Elle retint un rire nerveux. Quelle journée ! Elle l'avait passée à courir partout avec un seul bras avant de repeindre le trottoir de crème. On aurait dit une scène tirée d'une BD.

— Merde. Pardon.

— C'est pas grave, lui assura-t-il, tâchant lui aussi de réprimer un rire.

Une vague d'hilarité s'empara d'elle, puis ils se mirent tous deux à glousser. Elle leva un pied, là où le devant de sa chaussure avait été moucheté d'un mélange de crème et de café, et jeta un coup d'œil à son attelle.

— J'espère seulement que c'est le récit de mes origines de superhéroïne, sinon ça n'en vaut vraiment pas le coup.

Il parut perplexe, sans perdre son sourire pour autant.

— Hein ?

— Tu sais, du genre « Elle se blessa le poignet, se prit une giclée de gâteau… et reçut des pouvoirs pâtissiers surnaturels », ou je ne sais quoi.

— Tu es vraiment chelou, toi, lâcha-t-il, mais ça sonnait comme un compliment.

— Merci, répliqua-t-elle en s'inclinant à moitié. Je vais demander à Faye de préparer une nouvelle commande. Je reviens dans cinq minutes.

Les joues légèrement rougies par le froid ou le rire, Jared était plus beau que jamais, comme s'il avait passé du temps au soleil.

— J'avais un peu d'avance, alors j'ai le temps. Je vais patienter dans le van. (Il le désigna du pouce derrière son épaule.) Tu n'auras qu'à la sortir quand ce sera prêt, Cakewoman. Prends ton temps.

Il lui décocha un petit sourire encourageant, et elle sentit son cœur bondir dans sa poitrine.

— « Cakewoman » ? Original !

Lorsqu'il lui tourna le dos, elle revint à l'intérieur, le cœur battant à cent à l'heure, sans trop savoir si c'était dû au sourire qu'il lui avait adressé, au fait qu'elle se sentait bête en sa présence, ou à autre chose.

Faye avait regagné le comptoir, où elle disposait des tranches de gâteau sur des assiettes. Le client de tout à l'heure était reparti s'asseoir, et Baron avait tranquillement lâché une souris en peluche à ses pieds pour qu'ils jouent ensemble.

— Il faudrait refaire la commande de Jared, annonça Emmie. Désolée. J'ai laissé tomber le sac par terre. J'ai gâché un des gâteaux que Clem avait préparés avant de partir…

— Non, c'est moi qui suis désolée, Em, intervint Faye, qui lui lança un regard d'excuse alors qu'elle ajoutait une serviette à un plateau avant de poser le gâteau par-dessus. Il fallait vraiment que j'aille aux toilettes. Je m'en occupe.

— Ce n'est pas grave, vraiment.

Emmie hésita, subitement prise d'une idée. Elle ajouterait l'argent dans la caisse plus tard, de sa propre poche, mais elle tenait à remercier Jared comme il se devait, pas seulement pour l'avoir emmenée aux urgences, mais aussi pour la patience qu'il venait de lui témoigner. Elle s'empara d'un donut-chat – son préféré, couvert de glaçage blanc et brun, avec des oreilles dressées, deux pointes de glaçage pour les yeux, une bouche recourbée et des moustaches. Elle le fourra dans un autre sac en papier marron – avec l'aide de Faye –, et se dirigea vers le fond avec la nouvelle commande et le donut. Ils en avaient suffisamment, Clem ayant préparé une grosse fournée de presque tout avant de partir pour Noël.

Jared était assis dans son van, le regard baissé sur son téléphone et les yeux cachés derrière un rideau de cheveux châtain doré. Elle traversa le parking, foulant prudemment les graviers couverts de givre – pas question de se casser la jambe en plus du poignet –, et toqua à la fenêtre du bout des ongles. Il baissa la vitre. La radio diffusait une chanson folk-rock, et elle ne put s'empêcher de songer qu'il n'aurait pas dépareillé dans un groupe d'indie-folk à la Iron & Wine. Elle fut prise de l'absurde envie de le dessiner dans ce style-là.

— Tiens, dit-elle en lui tendant la commande et le deuxième sac – prudemment –, qu'il prit et posa sur le siège à côté de lui.

— Il y en a deux ? s'étonna-t-il.

— Le deuxième est pour toi.

— Pour moi ? Mais je n'ai rien commandé.

— Non, euh…

Elle chercha ses mots, se sentant bêtement nerveuse à présent.

— J'y ai mis quelque chose pour toi, reprit-elle. Tu sais, pour te remercier pour l'autre jour. De m'avoir emmenée à l'hôpital.

— Ce n'était vraiment pas nécessaire, répliqua-t-il, mais Emmie faillit défaillir en voyant ses yeux scintiller d'un éclat proche de la joie. Merci.

— Pas de souci.

Il y eut un silence gêné, et la chanson dans le van laissa place aux dernières nouvelles en date. *Maintenant, la météo. La vigilance jaune quant au vent restera en vigueur dans certaines régions tout au long de la nuit, avec la possibilité de chutes de neige qui se déplaceront à travers certaines parties du pays au petit matin.*

— J'espère que ça n'affectera pas le trajet de Sylvie, lança Emmie. Avec un peu de chance, ce sera fini avant son retour.

Elle songeait aussi au chat errant – au félin noir et maigre. Le refuge serait-il en mesure de venir le récupérer pour voir s'il était pucé avant les chutes de neige ? Elle l'espérait. Ça lui faisait de la peine de l'imaginer là, dehors, sous la neige, sans nulle part où aller pour se réchauffer. Elle doutait d'être capable de l'attirer dans le café ; jusqu'à présent, il s'était toujours montré méfiant à son égard. Cela dit, il se pouvait que les autres chats n'apprécient pas sa présence et, de toute manière, elle ne l'avait pas revu depuis l'autre fois. Sylvie lui avait confié que la nourriture qu'elle lui laissait disparaissait régulièrement – mais rien ne leur prouvait qu'il s'agissait bien du fait du chat errant.

— Ça va aller en l'absence de ta tante ? lui demanda Jared. Elle m'a envoyé un mail pour tout m'expliquer – en me précisant que ce serait toi, la responsable.

Ses yeux bruns étaient pleins d'inquiétude, la même inquiétude qu'elle y avait lue lorsqu'elle n'avait pas réussi à vendre ses illustrations à la foire artisanale. Elle sentit son cœur frémir.

— Oui, bien sûr, et puis Faye va m'aider. Une touriste va séjourner dans l'autre appartement de l'étage à partir d'aujourd'hui, mais elle devrait avoir tout le nécessaire dans sa chambre. Bon, je ferais mieux d'y retourner. Pas de repos pour Cakewoman. Profite de ton donut. Et joyeux Noël !

Elle reprit le chemin vers le café en tâchant d'apaiser les battements de son cœur, qui tambourinait férocement dans sa poitrine.

*

Lorsqu'elle regagna le café, les clients sirotaient leurs boissons mousseuses en caressant les chats qui se faufilaient entre leurs jambes, et Faye disposait une nouvelle fournée de donuts-chats et de biscuits en forme d'étoiles. Un jeune couple quitta sa table et les salua avec enthousiasme en franchissant le sas pour rejoindre l'accueil et la boutique. Comme Emmie avait encore dix minutes de pause-déjeuner, elle traîna autour du comptoir en bavardant avec Faye. Quelques instants plus tard, une femme poussa le portail pour pénétrer dans le café.

Elle était superbe, avec une longue crinière sombre aux ondulations dignes d'une star de cinéma. Ses yeux gris-vert étaient rehaussés d'un noir charbonneux et d'une épaisse couche de mascara. Vêtue d'un long manteau camel par-dessus un pull blanc et d'une écharpe en cachemire enroulée autour du cou, elle se dirigea tout droit vers le comptoir.

— Bonjour ! lança-t-elle, comme hors d'haleine.

Ses lèvres étaient teintées de rouge et, de près, son maquillage était encore plus parfait – elle aurait sûrement pu rivaliser avec une maquilleuse de cinéma, car on aurait dit une image retouchée. Peut-être était-elle esthéticienne ?

— J'ai payé pour une demi-heure, annonça-t-elle.

— Génial. Qu'est-ce que je vous sers ? demanda Faye en montrant le menu inscrit sur le tableau noir sur le mur de droite. Je suis sûre que Kaitlyn vous l'a déjà expliqué à l'accueil, mais les boissons sont gratuites et illimitées. Vous ne payez en plus que si vous voulez manger.

— Oui, elle me l'a dit, répliqua-t-elle en jetant un coup d'œil au menu et en ajustant le sac à main marron clair qui pendait sur son bras. Je suis Megan. J'occupe l'appartement à l'étage, mais je voulais aussi passer voir le café avant qu'il ferme pour Noël !

— Ah, c'est vous la locataire ! dit Emmie en lui adressant un grand sourire. Sylvie m'a parlé de vous. Je suis sa nièce, Emmie, j'occupe l'autre appartement.

— N'hésitez pas à nous dire si vous avez besoin de quoi que ce soit pendant votre séjour, ajouta Faye. Sylvie nous a demandé de veiller sur vous.

— Merci, répondit Megan. Je n'y manquerai pas.

— J'adore vos ongles, commenta Faye, qui avait dû remarquer la manucure de Megan, ses ongles décorés de tourbillons pastel et de fleurs minuscules.

— Merci, répliqua Megan, le sourire jusqu'aux oreilles, en contemplant les pâtisseries et cookies en forme de chat. Il y a tellement de choix ! J'adore les chats, alors j'ai tenu à loger ici pendant mon séjour. J'ai pris un ragdoll il y a environ six mois.

— Oh, les ragdolls sont superbes ! On en a un ici, Duchess, déclara Emmie.

Pour sa part, elle n'avait plus eu de chat depuis l'époque où elle était étudiante et vivait chez ses parents. Elle était sûre que ça ne dérangerait pas Sylvie si elle en adoptait un, mais elle préférait attendre d'être mieux installée ; et puis, elle ne savait même pas encore combien de temps elle allait rester là.

— Quel beau nom pour une chatte ragdoll ! s'extasia Megan. La mienne s'appelle Sassy.

Elle sourit et tapota un instant ses ongles sur la poignée de son sac en émettant un *hmm*.

— Je vais prendre un grand crème et un donut-chat, s'il vous plaît, lança-t-elle enfin. Celui fourré à la fraise.

— Excellent choix, approuva Faye. Donnez-moi votre numéro de table, je vous apporte ça.

Megan hocha la tête et jeta un coup d'œil par-dessus son épaule.

— Je vais m'installer là. À la table deux.

Elle se dirigea vers la table en question, où Thomas, assis sur l'une des chaises, étirait les pattes sur le rebord. Une fois que Faye eut fini de préparer le café crème, elle l'apporta avec le donut à la table de Megan, tout en esquivant habilement Eric – qui déambulait vers un distributeur de croquettes en dressant sa queue dans les airs. Elle posa le tout devant Megan.

— Voilà pour vous, dit-elle.

— Ouaouh ! s'exclama Megan.

Faye avait saupoudré du cacao sur le café crème pour dessiner une patte de chat.

— C'est super mignon ! Et il y a même des chats sur vos serviettes. Adorable.

— Bien sûr, répliqua Emmie, qui rit de la voir aussi ravie.

— Je ne maîtrise pas l'art du *latte* comme Emmie, reconnut Faye, mais elle est hors d'usage.

— Ah, lâcha Megan en lançant un regard compatissant à Emmie. Qu'est-ce qui vous est arrivé ?

— Oh, vous savez, les dangers de trébucher et d'écraser sa main par terre pour se rattraper.

Megan fit la grimace.

— Aïe !

— Mon appartement est au-dessus du vôtre, alors n'hésitez pas à venir frapper si vous avez besoin de quoi que ce soit pendant votre séjour, dit-elle à Megan. J'ai appris à connaître les meilleurs coins à touristes depuis que je travaille ici.

— Ce serait génial, merci.

Megan lui sourit, puis secoua la tête en riant pendant que Faye regagnait le comptoir, où un autre client étudiait le menu.

— Bon, je suppose que je ne suis pas vraiment venue en touriste…, ajouta Megan.

— Ah ? s'étonna Emmie. Vous avez de la famille par ici ?

C'était le dernier jour d'ouverture du café, la veille du 24 décembre – c'était passé tellement vite. Elle avait cru que Megan était venue passer les fêtes en famille.

— Pas vraiment. Vous allez sûrement trouver ça ridicule, mais… Je suis ici à cause de mon ex-petit ami. J'ai commis quelques idioties, et…

Megan inspira un coup. Ses épaules s'affaissèrent vers sa tasse de café ; sans son manteau, avec ses mains fines enroulées autour de son mug, elle semblait petite et frêle.

— J'espère seulement qu'il pourra me pardonner.

Emmie eut chaud au cœur. Elle n'avait sûrement jamais rien entendu d'aussi adorable venant d'un client – et elle en avait entendu pas mal de la part des plus âgés. Rien que l'autre jour, un vieil homme avait tenu le portail pour sa compagne en disant : « Après toi, ma beauté. »

— Je suis sûre que vous saurez le convaincre, affirma Emmie alors que Thomas sautait à côté de Megan pour l'inciter à lui chatouiller le menton avec un petit gazouillement.

— Je l'espère, avoua Megan. Cette période de l'année est sans doute propice au pardon ?

Emmie hocha la tête. Elle songeait à son frère, qu'elle venait de rayer de sa vie. Elle se demanda si, en fin de compte, elle n'avait pas eu tort.

6

Le lendemain, la veille de Noël, la neige avait commencé à tomber et à tout recouvrir d'épaisses couches de blanc, de sorte que les collines ressemblaient à des petits pains saupoudrés de glaçage. Visiblement, Emmie aurait droit à son Noël blanc. La température avait considérablement chuté et, à Oakside, on se serait presque cru en Arctique plutôt que dans le comté de Cumbria, tant la morsure du froid était vive. Jared s'apprêtait à partir pour le café, aussi emmitouflé que possible, et venait de verrouiller la porte de son appartement quand son téléphone vibra dans sa poche.

Le mot « MAMAN » clignotait à l'écran. Puisqu'il avait décidé de partir en avance à cause de la neige et qu'il avait encore tout son temps avant d'arriver au café, il décrocha.

— Salut, maman, dit-il en s'attardant dans l'étroit couloir devant l'appartement pour contempler la neige qui tombait doucement de l'autre côté de la fenêtre.

— Salut, mon chéri, répondit-elle.

— Tout va bien ?

— Oui, mais… Tu as vu la météo ce matin ? Tu as entendu les prévisions ?

— Non… ?

À vrai dire, il avait essayé de se lever relativement tôt pour s'occuper de tâches administratives, et s'était retrouvé aux prises avec ce sentiment lourd et étouffant qui l'assaillait parfois quand il était réveillé par l'alarme de son téléphone. Comme s'il nageait dans de la mélasse et ne parvenait pas à faire surface pour affronter la journée, toute motivation perdue et hors de portée. Il avait donc traîné au lit toute la matinée, pour ne se lever qu'à la dernière minute.

— Ils parlent de la tempête Marie, l'informa-t-elle. Ils lui ont donné un nom ce matin. D'après eux, ça va durer des jours. Ça m'inquiète – tu sais qu'ils ne le disent que quand c'est sérieux, pas vrai ? Et demain, c'est Noël !

— Ça commence quand ?

— Le pire sera demain ! Il y a une alerte jaune. Va voir. Tu travailles aujourd'hui ?

— J'ai une livraison à faire tout de suite, mais c'est ma dernière de l'année.

— Tant mieux. Tu devrais peut-être venir chez moi ce soir, rester dormir. Il se peut que tu ne puisses pas faire le trajet pour le repas de demain. Ton frère vient avec Danni avant que ça s'aggrave.

— C'est probablement une bonne idée. Merci, maman. Tu as besoin de quelque chose ? Je peux passer par le supermarché.

— Non, mon chéri. Contente-toi d'arriver sain et sauf.

— Tu es sûre ?

— Je n'ai besoin de rien, fiston. Je me suis fait livrer et j'ai rempli mes placards la semaine dernière. Veille surtout à être là ! s'esclaffa-t-elle. Je ne peux pas cuisiner sans toi, tu sais bien que je suis incapable de faire cuire une dinde.

— Je serai là. À tout à l'heure.

— D'accord, mon chéri. Prends soin de toi.

Il tapota l'écran pour mettre fin à l'appel et sortit, puis dégivra intégralement le van avant de grimper dans l'habitacle glacial et de mettre le chauffage à fond. En quittant sa place de stationnement, il veilla à rouler lentement – et prudemment. Son pare-brise était moucheté de flocons que les essuie-glaces balayaient rapidement.

Il négocia les routes chaotiques et sinueuses du Lake District ; il avait le permis depuis ses dix-huit ans, mais n'aimait pas spécialement conduire dans ces conditions. Aucune livraison n'était prévue chez des particuliers ou des entreprises ce jour-là, vu qu'on était la veille de Noël, mais il devait déposer un chargement de litière qu'il avait récupéré hier avant la fermeture. Après quoi, il pourrait se rendre chez sa mère pour y passer les fêtes bien au chaud. Les branches des grands arbres qui longeaient la route étaient déjà chargées de blanc et certains des lacs scintillaient froidement, tel du verre poli.

Il n'était que seize heures, mais déjà il faisait plus sombre sur la route pour Oakside, et autour de lui les collines plongeaient dans l'ombre. Voûté sur le volant, il entendait le vent hurler comme le vagissement d'un nourrisson.

En accélérant pour gravir la pente qui menait au café, il crut sentir une vibration parcourir le van – aurait-il raclé quelque chose en chemin ? Un nid-de-poule, des pierres ? Ou était-ce seulement le van qui peinait à cause du froid ? Il allait devoir le signaler à Emmie, et amener le véhicule en révision.

Alors qu'il tournait à l'angle de la rue pour gagner le café, il aperçut les réverbères triangulaires caractéristiques montant la garde dans un halo jaune au milieu des flocons de neige qui tombaient doucement. Il parcourut le large tronçon de route devant l'édifice, voulut s'engager sur le parking… et dérapa.

Du verglas ? Il pesta. Surpris par la brusque embardée de son véhicule, il poussa un cri en tentant de rectifier le tir, et entendit un rugissement de vibrations suivi d'une étrange série de bruits sourds, de crachotements et de secousses quelque part à l'intérieur du van. Les roues heurtèrent le trottoir avec un « bang », et il tressaillit sur son siège en faisant crisser les freins avant de s'immobiliser en diagonale devant l'entrée du parking.

Il resta cloué là, tremblant sous l'effet de l'adrénaline, le souffle court. Certes, il bloquait l'accès au parking, mais celui-ci était désert, mis à part un manteau de neige immaculée.

— C'est quoi, ce bazar ? grommela-t-il.

De toute évidence, il y avait un souci avec le van.

Il remonta la fermeture éclair de sa parka, mit son bonnet et ses gants, et sortit dans l'air glacial pour évaluer les dégâts. La roue proche du trottoir avait l'air… bizarre. Elle ressortait de manière inhabituelle, on aurait cru qu'elle était mal fixée. Une flaque graisseuse s'élargissait sur la route enneigée, comme l'huile s'écoulant d'une friteuse. Ça se présentait mal. Même s'il parvenait à faire redémarrer le véhicule, rouler dans ces conditions serait plus que risqué. Et il ne pouvait pas non plus regagner son appartement d'Ambleside à pied pour récupérer sa propre voiture – cela lui prendrait des heures, et ce serait absurde dans ce contexte d'alerte météo.

Il traversa le parking pour toquer à la porte de service de *Chatpuccino*. Il déposerait d'abord la livraison de litière, puis s'occuperait de trouver quelqu'un pour réparer le van.

Emmie lui ouvrit, comme d'habitude. Sans trop savoir pourquoi, sa seule vue lui remonta le moral : elle portait un pull à col roulé jaune vif, et ses cheveux étaient retenus en arrière par deux barrettes dorées en forme de têtes de chat. Elle avait posé un autocollant chat sur son attelle.

— Salut ! lança-t-elle. Tu peux apporter la litière dans la réserve. Merci beaucoup.

— En fait, j'ai un problème.

— Un problème ? Tout va bien ? J'ai failli te dire de ne pas sortir, à cause du temps…

Elle inclina la tête, et il sentit monter quelque chose en lui – pourquoi la trouvait-il aussi mignonne quand elle faisait ça, et quand elle s'inquiétait pour lui ? Son nez s'était plissé comme du papier froissé, c'était adorable.

— Le van…, commença-t-il en se grattant la tête, faisant remuer son bonnet sur son crâne. Il y a un souci. J'ai dérapé sur une plaque de verglas et j'ai percuté le trottoir – en plus de quoi, il fait de drôles de bruits. Je vais envoyer un message à Sylvie pour la prévenir, mais je voulais tenter de voir si quelqu'un pouvait venir le réparer.

— Ce n'est pas très rassurant, s'inquiéta-t-elle.

Des nuages blancs s'échappaient de sa bouche. Elle se frotta vigoureusement le bras.

— Tu veux patienter à l'intérieur ? En salle de pause, là où tu n'auras pas de problème d'allergie ?

Comment lui avouer son mensonge ? Que penserait-elle de lui ? En temps normal, il ne mentait jamais, et voilà qu'il s'était fourré lui-même dans ce bourbier. Et en plus… elle lui plaisait. Plus il passait de temps avec elle, plus il s'en voulait, surtout lorsqu'il la voyait peiner avec son attelle alors qu'il aurait pu entrer l'aider plus souvent. Il se sentit nul.

— Je vais porter la litière jusqu'à la réserve, affirma-t-il. Après quoi, j'essaierai de trouver un service de dépannage, et je les attendrai dans le van.

— Tu crois que quelqu'un acceptera de sortir par ce temps ? demanda Emmie en promenant son regard autour du parking désert.

Bonne question. Avec toute cette neige et le silence qui s'était abattu sur les arbres et les collines environnantes, ils auraient très bien pu être les seules personnes au monde. Le bar à chats se situait à mi-pente et il n'y avait pas grand-chose d'autre dans les parages, mis à part une rangée d'immeubles de bureaux de l'autre côté de la route, en grande partie cachée derrière des arbres. La plupart des magasins et restaurants se trouvaient en bas, mais les gens montaient quand même pour aller au café.

— Je peux toujours essayer, insista-t-il.

— D'accord, approuva-t-elle, en continuant d'inspecter le parking.

— Tout va bien ? Tu as eu des nouvelles de Sylvie, elle n'était pas censée revenir aujourd'hui ?

— Oui oui, seulement… (Elle secoua la tête.) On s'est envoyé des SMS toute la journée, et c'est trop dangereux qu'ils prennent la route avec toutes ces alertes vigilance et cette neige. Alors, elle va rester à Manchester avec mes grands-parents en attendant la fin de la tempête.

Jared fronça les sourcils.

— Mais ça pourrait durer des jours ! Et toi, qu'est-ce que tu vas faire ? Pour Noël, je veux dire ?

— Oh, je me débrouillerai, répliqua-t-elle, même si sa voix disait autre chose – elle semblait abattue, et il la comprenait. On avait prévu de dîner ici tous ensemble, mais si c'est moins risqué pour eux de rester là-bas, ça vaut mieux. Les chats me tiendront compagnie !

Elle esquissa un sourire tendu. Il eut soudain la folle idée de l'inviter chez sa mère s'il parvenait à dépanner le van. C'était sur le bout de sa langue.

— Il y a d'autres gens, là, avec toi ? D'autres membres de ta famille ?

— Non, rien que moi et la locataire. Sophie et Miles sont rentrés chez eux depuis des plombes. Dis-moi si jamais tu as besoin de quelque chose. Je vais te préparer un café, au cas où tu te retrouverais coincé ici plus longtemps que prévu.

Il fut frappé par sa générosité, et par l'aplomb avec lequel elle envisageait la possibilité de se retrouver seule à Noël. Depuis qu'il avait perdu Poppy, il se sentait incapable de rester seul dans son appartement et avait projeté de passer quelques jours chez sa mère. Il se demanda si la locataire en question avait prévu quelque chose – elle était probablement venue rendre visite à de la famille.

— Merci, Em.

Le surnom lui avait échappé. Bon sang, qu'est-ce qui lui avait pris ? Ils se connaissaient à peine, et voilà qu'il la gratifiait de petits sobriquets affectueux ? Les ballottements du van lui avaient-ils secoué aussi le cerveau au point d'en éparpiller les fragments tels des dominos et de lui faire perdre toute cohérence ?

— Merde, je voulais dire… Emmie. Je ne sais pas si tu aimes les diminutifs… Pardon.

— Tu peux m'appeler Em, lui assura-t-elle en montant la voix d'une octave, comme si elle se réjouissait de ce choix. C'est ce que font la plupart de mes amis !

Jared hocha la tête avant de se retourner vers le van, tout en ayant encore l'impression d'avoir le cerveau chamboulé. Et puis, ça lui faisait de la peine qu'elle passe Noël seule. Peut-être devrait-il l'inviter chez sa mère quoi qu'il arrive. Bon, le van d'abord, et ensuite il le lui proposerait.

*

— Comment ça, personne ne va pouvoir venir aujourd'hui ? s'écria Jared, excédé.

Le chauffage avait beau être à fond dans le van, il était quand même frigorifié, et se frictionnait les mains tout en s'entretenant avec le service de dépannage auquel il était abonné, son téléphone calé entre son oreille et son épaule.

— Si l'essieu est cassé, comme vous le dites, alors je ne vais même pas pouvoir changer la roue, c'est ça ?

Il avait passé les dernières heures d'abord en attente, puis à expliquer la situation et à effectuer toutes sortes de vérifications pour tenter de localiser le problème, avant qu'on lui annonce enfin que, non, personne n'allait pouvoir venir l'aider.

Il leva les yeux. Emmie venait de sortir par la porte de service emmitouflée dans un manteau, des gants épais et des bottes en laine. Il distingua la forme de l'attelle sous son gant. Un bonnet rose à pompon enfoncé sur les oreilles, elle se faufila jusqu'à l'avant du bâtiment en tenant une boîte de friandises pour chat, qu'elle secouait vigoureusement de sa main saine tout en marchant. Que fabriquait-elle dehors, sous la neige ? Cherchait-elle le chat errant dont elle lui avait parlé plus tôt ? Elle fit le tour vers le côté de l'édifice, où elle disparut.

— Eh oui, répliqua la femme au bout du fil. Je sais que ce n'est pas évident. Mais nous avons vérifié, et personne n'est disponible ce soir dans les environs, pas même avec notre service de secours Rennes Urgence. Ça arrive dans les coins les plus reculés, et j'imagine que la météo complique les choses. Je peux demander qu'on vous rappelle demain pour vous tenir au courant, mais je ne peux pas vous garantir qu'on vous trouvera quelqu'un le jour de Noël. En attendant, je peux vous réserver un taxi pour vous ramener chez vous, ou quelque part dans les environs.

Jared pressa les doigts sur son front pour tenter de maîtriser son agacement. Ce n'était pas la faute de cette dame, c'était simplement la situation qui était merdique. Il se retint de rire comme un dément à l'idée d'un service de secours de rennes arrivant avec un traîneau magique – mais, bien sûr, ce n'était que le nom de leur garantie en cas d'urgence pour Noël.

— Non, ça ira, je me débrouillerai. Mais vous m'appellerez demain matin ?

— Oui, nous avons un personnel d'urgence qui pourra vous aider, mais je ne sais pas quand nous serons en mesure de dépanner votre van, avec l'arrivée de la tempête Marie. Nous vous tiendrons au courant. Recontactez-nous si vous voulez qu'on appelle un taxi, d'accord ?

— D'accord. Merci pour votre aide.

Jared planta son doigt sur le bouton rouge pour couper la connexion. Il appela aussitôt la société de taxis du coin en jetant un coup d'œil autour de lui, mais Emmie n'était pas revenue.

Il tomba sur un message automatique. *Nos services sont actuellement suspendus en raison de la tempête Marie. Veuillez nous excuser pour la gêne occasionnée.*

Il lâcha un rire incrédule. *J'hallucine.* Il essaya d'autres compagnies de taxis, y compris une à

Ambleside et une autre à Grasmere. À chaque fois, il entendit le *bip-bip* caractéristique qui signifiait que la ligne était occupée. Ou qu'ils avaient interrompu leurs services, comme ici, à Oakside. Même s'il rappelait la femme du service de dépannage, ils se retrouveraient sûrement face au même problème. Après tout, ils ne pouvaient qu'appeler à sa place, pas les forcer à lui envoyer un chauffeur.

Que faire à présent ? Même l'application Uber restait bloquée à l'étape *Recherche chauffeur*, ce qui signifiait qu'il n'y avait personne dans les parages – ou que les demandes étaient trop nombreuses –, et il finit par annuler sa requête. Il songea avec envie à sa propre voiture, tout là-bas à Ambleside… complètement hors d'atteinte.

Enfin, il appela son frère.

— Tu tombes assez mal, frangin, dit Shane au bout de quelques minutes.

Jared entendit Danni parler derrière lui.

— Quoi de neuf ? Vous êtes chez maman ?

— On vient d'arriver. Danni m'a demandé si on pouvait faire un saut au supermarché – maman oublie toujours qu'elle ne boit pas de lait traditionnel –, mais la voiture ne démarre plus.

— Tu déconnes !

— Non. Avec ce froid, ça doit être un problème de batterie. Et toi, tu es où ?

— J'espérais que tu pourrais passer me prendre…

Il lui expliqua rapidement ce qui s'était passé, et où il était, et son frère émit un sifflement bas.

— En tout cas, je doute que je puisse venir te chercher dans l'immédiat, déclara Shane. Qui sait quand cette voiture redémarrera, et la tempête est censée empirer. Tu peux te faire héberger au travail ? Quelqu'un est avec toi ?

— Euh…, hésita Jared.

— Quoi ?

— Emmie est à l'intérieur – tu sais, la nièce de Sylvie.

— Ah.

Il y avait de la malice dans la voix de Shane, et Jared aurait pu jurer y entendre un sourire satisfait.

— Alors, ce n'est pas si mal, poursuivit son frère. Elle habite là maintenant, c'est ça ? Je suis sûre que ça ne la dérangera pas que tu restes un peu plus longtemps.

— Ça risque d'être plus long qu'« un peu ». Je n'arrive pas à trouver de taxi, de service de dépannage… rien ! Et ma voiture est restée chez moi. Maman sera déçue.

— Elle comprendra. Je vais lui expliquer. Je suis sûr qu'elle préférera te savoir à l'abri plutôt que tu te prennes un arbre dans le pare-brise ou je ne sais quoi.

Ils se dirent au revoir, et Jared envoya aussitôt un texto à sa mère pour s'excuser malgré tout. Il se demandait ce qu'il allait faire quand Emmie reparut, aussi éclatante qu'un petit soleil avec son pull et son manteau jaunes. Elle secoua la boîte de friandises rose.

Il quitta le van et chemina vers elle en se voûtant dans le froid à travers le voile de blanc. La neige tombait plus dru à présent, le vent hurlait autour des toits vers le bas de la pente, et le sol crissait sous les semelles de ses bottes. Les couches de neige sur le parking et au-delà ne cessaient de s'élever. Le froid semblait plus intense qu'avant.

— Ça caille dehors, tu ferais mieux de rentrer, lui conseilla-t-il.

— Je cherche le chat errant !

Le bout du nez d'Emmie avait viré au rouge, et la couleur se répandait aussi sur ses joues couvertes de taches de rousseur. Les yeux gonflés de larmes, elle serrait la boîte de friandises tellement fort que le carton s'était enfoncé.

— J'ai appelé le refuge et ils n'ont pas pu le trouver avant que la neige tombe, et…

Elle s'interrompit en regardant autour d'elle, comme si elle s'attendait à le voir.

Il sentit son cœur se tordre face à tant de gentillesse et de sollicitude. Elle semblait effondrée de n'avoir pas réussi à retrouver le chat. Il eut presque envie de partir lui-même à sa recherche rien que pour la tranquilliser.

— Tu as fait de ton mieux, lui assura-t-il. Je suis sûr qu'il se sera trouvé un abri à temps. Il ressemble à quoi ?

— Noir, avec une marque blanche sur le torse, comme une barbe.

— On n'aura qu'à ouvrir l'œil. Si c'est un chat errant et qu'il est habitué à rester dehors, il sera assez futé pour s'abriter. Peut-être que quelqu'un d'autre l'a pris chez lui, ou qu'il se cache dans un abri de jardin.

Elle hocha lentement la tête, mais se mordait la lèvre tout en sondant les environs.

— Toi aussi, tu devrais entrer, dit-elle. Viens t'asseoir en salle de pause. Il fait beaucoup trop froid, et la nuit ne va pas tarder à tomber.

*

Dans le couloir étroit devant la cuisine, Emmie était incroyablement consciente de la proximité de Jared. Son cœur se serra en songeant au chat errant. Elle n'avait pas réussi à le localiser. Avec un peu de chance, Jared avait raison, et il s'était trouvé un abri chaud et sûr.

— Par ici, dit-elle en guidant Jared vers la salle de pause et en lui faisant signe de la main. Tu veux du café ? Il y en a déjà de fait.

— Oui, merci, je veux bien, accepta-t-il en la suivant vers la kitchenette. Attends, je m'en occupe.

Il plongea le bras dans le placard pour attraper une tasse et la remplir de café, et elle lui sut gré de lui épargner cette tâche.

— Le lait est là, dans le frigo, lui indiqua-t-elle.

Jared alla le chercher, se versa une rasade de lait et prit quelques morceaux de sucre dans un pot en forme de chat sur le plan de travail.

— Tu t'en es sorti avec le van ? demanda-t-elle en se servant un café à son tour, maladroitement, de sa main valide.

Il secoua la tête.

— Rien à faire. Et ma voiture est restée à Ambleside, devant chez moi.

— Je t'aurais bien proposé de te ramener, mais je n'ai pas de voiture. Qu'est-ce qui est arrivé au van ?

— Sûrement un essieu cassé – c'est ce qui fait tourner les roues. Personne ne peut venir m'aider. On m'a dit peut-être demain – ou pas, à cause de la tempête et de Noël. Ils m'ont proposé de m'appeler un taxi, mais ça non plus, ça n'a pas marché.

— J'imagine que tout le monde essaie de rentrer en même temps, avant le gros de la tempête – et avant le matin de Noël…, dit Emmie en lui prenant le lait des mains lorsqu'il le lui tendit. Je regardais les infos à l'étage. Maintenant, l'alerte vigilance est au rouge – danger de mort.

— Déjà ? C'est allé vite.

— Je sais. Les trajets sont déconseillés. Ça pourrait être la pire tempête depuis dix ans. Je ne serais pas surprise que les taxis ne circulent pas.

Jared soupira et but une gorgée de son café.

Emmie s'assit à l'une des tables, sa tasse calée dans le creux de sa main. Il n'allait pas pouvoir rentrer chez lui ; ça, au moins, c'était clair. Impossible de conduire le van, ou de prendre un taxi. Il n'y avait pas le choix, il allait devoir rester là. À cette seule pensée, elle en avait les paumes moites. Elle était vivement consciente de ne pas avoir passé de nuit sous le même toit qu'un homme – son frère ne comptait pas – depuis des années. En même temps, le côté positif de l'affaire, c'était qu'elle ne serait plus seule à Noël.

— Tu peux rester ici, lui annonça-t-elle. Je suis sûre que ça ne dérangera pas Sylvie. Attends, je lui envoie un message.

Elle attrapa son téléphone sur la table et pianota sur le clavier. Au moins son attelle ne l'empêchait-elle pas d'écrire.

— Merci, dit-il.

Lorsqu'elle releva le visage, Jared étudiait les divers clichés de chats affichés aux murs. Comment allaient-ils faire avec son allergie s'il restait la nuit ? Et comment se passerait le jour de Noël ? Il ne ressemblerait à aucun autre, ça, c'était certain.

— Je sais que tu dois t'inquiéter pour ton allergie, reprit Emmie en réfléchissant à haute voix, mais il y a des coins où les chats ne vont jamais, comme ici en salle de pause, et dans la réserve. L'ennui, c'est qu'il n'y a pas de lit. Je pourrais trouver des couvertures et des oreillers pour que tu puisses dormir, et je suis sûre qu'on a des antihistaminiques au cas où. Sinon, j'ai un canapé dans mon appartement…

Elle s'interrompit subitement en se demandant si elle avait bien fait de parler de son appartement ; rien que de l'imaginer là-haut avec elle, elle en était toute retournée. *Quelle idiote*, se réprimanda-t-elle en regrettant de ne pas pouvoir annuler son invitation. Jared secouait la tête, les yeux rivés sur le plafond.

— Emmie, dit-il en posant son mug sur la table.

— Quoi ? lâcha-t-elle, la gorge en feu. Ton allergie est pire que je le pensais ?

Peut-être au point de menacer sa vie s'il entrait en contact avec un chat ? Elle connaissait quelqu'un qui souffrait d'une grave allergie et dont la gorge pouvait enfler au point de se bloquer en présence de l'allergène – peut-être mourrait-il s'il inspirait un poil de chat ? Était-ce possible ?

— Je peux désinfecter ton coin nuit si tu préfères, proposa-t-elle. Je n'aurai qu'à nettoyer toute la pièce, peut-être même passer l'aspirateur, et…

— Je t'en supplie, arrête. Tu n'as pas à faire ça. (Il poussa un gros soupir et l'évita du regard.) Je ne suis pas allergique aux chats.

— Tu… Quoi ?

— Je ne suis pas allergique.

Il regardait partout sauf vers elle, son attention happée par les magnets roses en forme de pattes disposés en cœur sur le frigo. Il tapota ses ongles sur le côté de son mug et lâcha un rire creux proche de l'aboiement.

— Je sais que c'est ce que j'ai dit à Sylvie, mais c'est faux.

— Pourquoi est-ce que tu…

Emmie commença à rire, mais, constatant la mine sérieuse de Jared, elle sentit sa nuque s'enflammer. Elle était plantée là, à s'inquiéter pour lui, à se demander comment s'occuper de lui avec son allergie, et voilà qu'il mentait depuis le début ?

— Pourquoi ce mensonge ? s'offusqua-t-elle, assise sur son siège le dos droit comme un i. Sylvie a été très arrangeante, et…

— Je sais, dit-il à voix basse. Je suis désolé.

— Alors, pourquoi ?

— Je ne…

Enfin, il la regarda dans les yeux, et elle s'adoucit presque en remarquant son air triste. Presque.

— Je ne pensais pas que quelqu'un l'apprendrait. Et je ne voulais tromper personne, pas vraiment.

C'est quoi, cette excuse bidon ? Emmie avait le visage en feu. Elle songeait à Dustin, au fait que parfois, elle n'arrivait pas à savoir s'il déformait les situations exprès, si c'était son caractère, ou les jeux d'argent, l'alcool, l'état dans lequel il se mettait.

Elle se sentait tellement bête, et déçue. Cela dit, elle connaissait à peine Jared, pas vrai ?

— Mais… Pourquoi avoir menti là-dessus ?

— C'est… Tu vas trouver ça idiot.

— Essaie, pour voir.

— Je…

Sa voix s'estompa.

— Bon, reprit Emmie, tu devrais au moins essayer de dire la vérité à Sylvie.

Pourquoi esquivait-il la question ? Si c'était si idiot que ça, pourquoi ne pas simplement le dire ?

— Elle l'apprendra de toute façon si tu restes ici, mais il vaut mieux que ça vienne de toi. Je vais aller chercher des couvertures et des oreillers. Tu n'as qu'à dormir où tu veux si tu n'es pas allergique – ici, ou dans le Chatlon.

— Emmie…

Elle ne le laissa pas finir, elle était trop à cran.

— J'ai à faire.

*

Elle avait descendu quelques oreillers et couvertures, suffisamment pour façonner un lit à peu près confortable, et Jared les avait disposés sans un mot contre le mur de la salle de pause. Mi-vexée, mi-agacée, Emmie était repartie rejoindre les chats dans le Chatlon, où elle contemplait la neige qui tombait en tourbillons

– Binx se cognait à la vitre en essayant d'attraper les flocons avec ses pattes. Elle avait du mal à ne pas penser au pauvre animal tout maigrichon qui devait errer là, dehors, dans le froid, s'il n'avait pas trouvé de refuge.

Elle avait décidé de ne s'adresser à Jared qu'en cas d'absolue nécessité. Elle se sentait gênée de savoir qu'il avait menti, mais surtout qu'il ne l'avait pas encore dit à sa tante, car ça lui donnait l'impression d'être elle-même complice de son mensonge. Il y avait suffisamment de place ici – deux niveaux de café, son appartement, la salle de pause et la réserve – pour lui permettre de garder ses distances. Elle n'arrivait pas à se défaire de l'idée qu'au fond, elle ne savait rien de lui, malgré la gentillesse et les égards dont il avait fait preuve. Certaines personnes pouvaient agir ainsi, et puis montrer par la suite une autre facette d'elles, plus méchante – comme son frère.

Elle erra dans le café en remplissant les distributeurs de croquettes et fontaines à eau. Lorsqu'elle versa de l'eau fraîche, Baron prit ses pattes à son cou en dérapant sur le plancher avant de disparaître par une chatière, et elle eut un petit sourire. Il détestait les éclaboussures.

Enfin, elle se rendit dans une petite pièce du deuxième étage, qui était verrouillée et uniquement accessible aux membres du personnel ainsi qu'aux chats via une chatière encastrée. Les murs étaient d'une teinte crème, mais Sylvie avait mis de gros autocollants partout – empreintes de pattes, colibris colorés, cerisiers géants. Il y avait des étagères et des lits pour chats cloués aux murs, et une vitre en verre dépoli avec un siège en dessous. Emmie nettoya les bacs à litière alignés le long du mur du fond et les saupoudra de désodorisant. Tout lui prenait plus de temps que d'habitude, car elle devait s'en acquitter d'une seule main.

Elle y trouva Salem, qui vint inspecter ce qu'elle faisait alors qu'elle chiffonnait le haut du sac à litière faute de pouvoir le nouer. Mais il se déplaçait à pas de tortue et, même lorsqu'il pénétra dans le bac, il semblait léthargique, au ralenti. Cela ne lui ressemblait pas – en temps normal, il était aussi agile et sautillant qu'un cabri. Sylvie l'avait avertie que la léthargie chez les chats était mauvais signe.

— Qu'est-ce qu'il y a, bonhomme ? demanda Emmie.

Elle le regarda fureter dans le bac. Elle allait devoir surveiller ses habitudes alimentaires ; elle ne l'avait pas vu s'approcher des distributeurs ce jour-là.

Lorsqu'il eut fini son affaire, elle le prit dans ses bras en faisant attention à son attelle, et le descendit dans le Chatlon pour le déposer sur le tapis, où elle pourrait le garder à l'œil. Salem se dirigea pesamment vers la fontaine à eau et but longuement, puis s'abaissa sur ses pattes avant pour s'installer sur la surface duveteuse du tapis. Ses mouvements étaient lents. Il scruta le distributeur de croquettes, mais ne fit pas mine de s'en approcher.

Emmie fronça les sourcils. D'habitude, il mangeait de bon cœur. Peut-être avait-il simplement une boule de poils coincée dans la gorge qu'il devait recracher ? Oui, c'était sûrement ça. C'était un petit être gentil et timide, qui avait pris l'habitude de se pelotonner parfois sur les genoux d'Emmie lorsqu'elle s'attardait le soir dans le Chatlon. Elle l'avait même laissé dormir quelques fois sur son lit, enroulé à ses pieds. Elle espérait seulement qu'il serait redevenu lui-même le lendemain.

Quittant le chat des yeux, elle fit défiler les nouvelles sur son téléphone. Internet était inondé d'alertes et d'avertissements au sujet de la tempête.

— On ferait mieux de se préparer, hein, Salem ? déclara-t-elle en se levant. Je suis sûre que tante Sylvie a des bougies quelque part en cas de coupure d'électricité.

Elle fit le tour du café pour rassembler le nécessaire dans cette éventualité : bouillottes, thermos, chaussettes et vêtements chauds, couvertures, moufles, bonnets. Kitty la regarda faire avec fascination dans la salle principale, jusqu'à ce qu'elle s'en désintéresse et se mette à se nettoyer les coussinets. Ils allaient devoir se contenter des trouvailles d'Emmie, et elle pourrait également puiser au besoin dans les articles et vêtements laissés aux objets trouvés. Une batterie externe avait été entreposée dans la salle de pause. Emmie la mit à charger – elle était déjà à moitié pleine, mais, en cas de coupure d'électricité, mieux valait qu'elle le soit entièrement.

Elle était en train de remplir les thermos d'eau chaude, et son poignet l'élançait régulièrement, quand Jared surgit dans l'entrée, encore en manteau.

— Euh… Il fait super froid tout à coup, non ? lança-t-il.

Il avait remarqué ses allées et venues. Planté là sur le seuil, il semblait inquiet. Il avait sans doute compris qu'il avait mal agi en mentant à tout le monde.

— Je peux faire quelque chose ?

— Le chauffage est bien allumé, mais il fait toujours plus froid en salle de pause – je crois qu'il y a un courant d'air, déclara-t-elle sèchement. Et non, je n'ai besoin de rien.

— Tu ne devrais pas t'agiter autant avec ton poignet. Il faut que tu te reposes.

— J'ai pris un antidouleur il y a une minute. Je vais très bien.

Elle ne voulait pas de son aide. Désormais, chaque fois qu'elle le regardait, elle se sentait gênée, ce qui l'agaçait encore plus, comme un porc-épic hérissé par la brise. Jared s'approcha et se pencha pour étudier les thermos – elle en avait déjà rempli deux. Elle avait empilé les bouillottes sur une table, les avait insérées dans leurs housses fourrées. Jared était tellement près qu'elle sentit l'odeur de son après-rasage, mélange puissant et entêtant de pin et de feu de bois qui lui fit tourner la tête. Prise de frissons, elle s'écarta d'un centimètre, encore plus agacée de constater qu'il avait cet effet-là sur elle alors qu'elle était furieuse contre lui.

— Quoi ? dit-elle.

— Plutôt futé, comme idée, répondit-il, et elle sentit ses joues s'embraser. On devrait se mettre en quête de couvertures, de gants, peut-être d'un bloc d'alimentation…

— C'est déjà fait, riposta-t-elle. J'ai mis une batterie de secours à charger dans le Chatlon.

— Tu m'as l'air bien préparée. Mais ton accent… J'en déduis que tu n'es pas originaire du comté de Cumbria. Tu viens d'où, au juste ?

— De Manchester, répliqua-t-elle en remplissant un nouveau thermos.

— Ah, une Mancunienne.

Lorsqu'elle leva les yeux, il lui décocha un grand sourire, et elle en fut si décontenancée qu'elle laissa couler un filet d'eau chaude sur sa main.

Au contact de la brûlure, elle pesta. Abandonnant le thermos, elle courut vers l'évier derrière elle, pressée de mettre sa main sous l'eau froide.

— Ça va ? s'inquiéta Jared en la suivant. Tiens, vite.

— Ça va, je te dis…

Elle aurait aimé lui dire de la laisser tranquille, mais il atteignit l'évier avant elle et fit couler l'eau froide. Avant qu'elle ait pu protester, il la prit doucement par les mains et guida ses doigts ébouillantés sous l'eau glacée.

Au début, Emmie fut incapable de parler, suffoquée par son contact, malgré les picotements qui lui assaillaient la main.

— Reste quelques minutes comme ça, lui conseilla-t-il.

Elle sentit son souffle chaud sur son oreille. Il la tenait encore, lui touchait la paume avec le gras du pouce. Elle le sentait à peine grâce à l'eau froide, mais il était si près qu'elle en avait le cerveau presque aussi engourdi que la main. Les yeux noisette du jeune homme étaient emplis d'inquiétude.

— Je vais bien, articula-t-elle, aussi répétitive qu'un robot en panne, avant de s'écarter brusquement et de couper le robinet. Ce n'étaient que quelques gouttes.

Elle s'éloigna et chercha un torchon pour éponger le sol, sans tenir compte de sa main brûlée.

— Sylvie a une trousse de secours ? lui demanda-t-il. Ça pourrait être utile de savoir où elle est.

— Elle est sous l'évier.

— Et des bougies ?

— C'est… (Elle soupira.) À vrai dire, c'est la seule chose que je n'ai pas réussi à trouver, du moins, pas ici, dans le café.

Lorsqu'elle était venue s'installer chez tante Sylvie, elle avait tenu à ne pas emporter trop d'affaires, aussi avait-elle laissé ses bougies. Elle aurait pu demander à Megan, mais celle-ci était en voyage, et Emmie ne voulait pas l'importuner. Cela dit, elle ferait sans doute mieux d'aller voir si tout allait bien de son côté. Après tout, sa tante lui avait demandé de veiller sur sa locataire, et celle-ci devait s'inquiéter de la tempête imminente. Emmie ne lui avait pas reparlé depuis leur rencontre dans le café. Et ce serait un bon prétexte pour oublier le malaise tourbillonnant qui la gagnait en présence de Jared.

— Je vais jeter un coup d'œil à l'étage, annonça-t-elle. On a une locataire, et il faut que j'aille la voir de toute manière. Peut-être qu'elle en aura.

Il se gratta la nuque.

— Je vais finir de remplir tes thermos, proposa-t-il.

Elle quitta la pièce. Ce genre de comportement était typique de son frère : mentir sur la quantité d'alcool qu'il avait pu boire, ou proférer des méchancetés, puis essayer de se rattraper en se montrant gentil. C'était un cycle sans fin, duquel elle avait péniblement réussi à s'échapper. Avait-elle réellement envie de retrouver ça avec Jared ? Peut-être envoyait-elle les mauvais signaux, ce qui attirait des hommes comme Dustin. Dire qu'au café, ils s'étaient tous pliés en quatre pour tenir compte de Jared et de son « allergie », qui n'était même pas réelle.

Et pourtant… il s'était montré si gentil et attentionné avec elle, même les jours d'avant, et elle ne pouvait oublier cette facette-là de lui. Elle se sentait aussi secouée que du lait que l'on remuait dans une tasse de thé, car la proximité de Jared n'en avait rendu ses sentiments que plus intenses.

7

Emmie toqua à la porte de l'appartement occupé par Megan, qui ne répondit pas tout de suite. Elle pria pour qu'il n'y ait pas de souci. Si Jared s'était retrouvé coincé là, Megan pouvait très bien être bloquée ailleurs ou, si elle avait décidé de sortir, se trouver immobilisée sur une route quelconque. Mais ses inquiétudes s'avérèrent infondées car, quelques minutes plus tard, Megan ouvrit la porte.

Elle était légèrement moins apprêtée que la première fois, mais toujours renversante même sans maquillage – à croire qu'elle se préparait pour une séance photo. Pour sa part, lorsqu'elle traînait en pantalon de jogging et tenue confortable les week-ends, Emmie avait plutôt l'impression de ressembler à un gremlin. Megan, elle, avec son pantalon de yoga lilas, son T-shirt XXL et son épais bandeau qui lui dégageait le visage, semblait sur le point de poser pour une publication vantant les mérites d'une journée cocooning.

Elle devait porter des extensions de cils, vu qu'il était impossible qu'un être humain normal puisse les avoir naturellement aussi longs et noirs. Quant à son teint, on aurait cru qu'elle y avait appliqué un filtre de beauté.

— Emmie, salut ! lança Megan, avec un grand sourire qui creusa une petite fossette dans sa joue gauche.

— Je suis soulagée de vous trouver ici, avoua Emmie. Par ce temps, j'ai eu peur que vous soyez bloquée au sommet d'une montagne ou je ne sais quoi. Tout va bien ? Je voulais passer vous voir avant, mais…

Megan l'interrompit, balayant ses inquiétudes du revers de sa main manucurée.

— Aucun problème. J'ai préféré ne pas prendre la voiture à cause de la tempête.

— Vous avez besoin de quelque chose ? Je suis en bas, dans le café, avec les chats. Et notre chauffeur-livreur est tombé en panne devant le parking et ne peut pas rentrer chez lui, alors il va passer la nuit en bas lui aussi. En fait, j'étais passée voir si vous aviez des bougies en cas de coupure de courant. Je n'arrive pas à en trouver.

— Oh ! s'exclama Megan. Oui, il y en avait quelques-unes dans la salle de bains – Sylvie m'en a parlé. Entrez. Je vais les chercher.

Elle ouvrit la porte en grand pour permettre à Emmie de pénétrer dans l'étroite entrée, où Megan avait suspendu son manteau, un parapluie et son sac à main. Par la porte entrebâillée de la salle de bains, on entendait l'eau couler.

— S'il n'y a plus d'électricité, vous pouvez toujours descendre, proposa Emmie. Je peux faire du feu dans le Chatlon. J'ai trouvé une batterie externe, des bouillottes, des thermos… Vous aviez prévu quelque chose pour Noël ? ajouta-t-elle en se rappelant ce que Megan lui avait confié à son arrivée, au sujet du petit ami auprès de qui elle souhaitait se faire pardonner.

Peut-être avaient-ils projeté de se voir dans la journée ?

— Oui, mais je suppose que maintenant, je n'irai nulle part ! Ça attendra.

Megan lui décocha un nouveau sourire, puis l'entraîna le long du couloir.

Tante Sylvie avait fait visiter l'appartement à Emmie à son arrivée, et la jeune femme avait été ébahie de le trouver aussi beau et raffiné. Le couloir donnait sur une jolie cuisine lumineuse, avec un plancher de bois et un îlot central au revêtement en chêne, et aux placards peints dans un gris élégant et moderne. En face de la cuisine, deux canapés gris d'allure moelleuse trônaient dans le séjour. Un mur incliné percé de trois fenêtres surplombait les arbres, qui agitaient frénétiquement leurs branches au milieu des flocons. Les décorations de Noël étaient subtiles : un petit sapin à LED sur la table, que Megan avait allumé pour qu'il scintille et, sur le canapé, un plaid orné d'un paysage enneigé et d'un traîneau tiré par des rennes.

Sylvie avait également ajouté quelques touches félines à l'appartement : les murs étaient décorés d'aquarelles d'animaux et, dans la cuisine, les poignées et magnets étaient en forme de chat. Emmie se surprit à sourire – elle adorait ces détails que Sylvie parsemait un peu partout, telle une artiste, par petites touches.

— Attendez, je vais chercher les bougies, dit Megan en foulant le plancher d'un pas léger.

Lorsqu'elle revint de la salle de bains, elle portait trois grosses bougies dans des verres, et Emmie huma une faible odeur de fruits rouges.

— Il n'y en a que trois, s'excusa Megan. Mais c'est toujours mieux que rien.

— C'est parfait.

Megan lui tendit les bougies, et Emmie les posa en équilibre dans ses bras, tout en faisant porter le poids sur son côté valide. Toutes deux se figèrent, et Emmie se sentit un peu gênée, comme si elle aurait dû en faire davantage pour que Megan se sente la bienvenue.

— Vous êtes sûre que ça ne vous dérange pas de rester seule ici ? demanda-t-elle.

— Aucun souci. J'avais du travail en retard que j'essaie de rattraper – je fais couler un bain pour prendre des photos pour une marque, alors autant que je me prélasse un peu dedans après. Je publie des contenus de beauté sur internet, précisa-t-elle quand Emmie haussa un sourcil interrogateur. Et je fais des photos pour des marques – maquillage, produits capillaires, soins pour la peau. Ce genre de choses.

— Oh, mais c'est génial ! Du coup, vous travaillez pendant les fêtes ?

— Oui. C'est une période chargée. Et, quand on est en free-lance, on n'arrête jamais vraiment, pas vrai ? Mais ça ne me dérange pas – en vrai, j'adore ça. Je comptais prendre ma journée de demain.

Emmie avait une amie qui publiait sur internet ses costumes inspirés de films et de séries télé, ainsi que des maquillages élaborés. Elle admirait cette capacité à se forger une carrière à l'aide de sa créativité, et à y parvenir. Elle espérait y arriver aussi un jour.

— Il faudra me donner quelques conseils quand vous aurez le temps, lança-t-elle. Je dessine et j'ai quelques comptes, mais je n'arrive pas à les faire évoluer.

— Bien sûr, répondit Megan. Avec grand plaisir. Et je vois ce que vous voulez dire. J'ai une relation d'attraction-répulsion avec tout ça, mais bon, il faut bien manger ! Enfin, c'est vrai que ça peut être dur de se faire remarquer au début.

Megan jeta un coup d'œil par-dessus son épaule ; l'eau coulait encore dans la baignoire.

— Bon, je ferais mieux de m'y remettre.

— N'hésitez pas si vous avez besoin d'autre chose, dit Emmie. Et je suis sûre qu'on va pouvoir fêter Noël comme il se doit demain, tous les trois !

— Ce serait super sympa, en convint Megan.

*

Jared décida de dormir en salle de pause plutôt que de rejoindre Emmie dans le Chatlon. Elle le regardait d'un drôle d'air depuis qu'il lui avait avoué ne pas être allergique aux chats, et il ne pouvait pas vraiment lui en vouloir, surtout vu qu'il avait trop honte pour lui révéler la vraie raison. Mieux valait la laisser tranquille le temps de trouver quoi dire.

Sa mère n'arrêtait pas de lui écrire – tout comme son frère. « On dirait que ton vœu a été exaucé, et que je vais devoir rester ici », envoya-t-il à Shane, en ajoutant un smiley pour lui faire comprendre qu'il plaisantait. « Navré de ne pas pouvoir me joindre à vous aujourd'hui », publia-t-il sur le chat commun.

Sa mère lui renvoya une série d'emojis tristes et lui répondit : « C'est le confinement qui recommence, lol. On se revoit dès que c'est fini. »

Très vite, il regretta amèrement son choix de dormir en salle de pause. Malgré ses vêtements, son bonnet, ses gants et ses multiples couvertures, il grelottait de froid. Les radiateurs étaient certes allumés, mais ils marchaient au ralenti ; sans doute Emmie avait-elle préféré ne pas les mettre à pleine puissance la nuit, de peur de faire exploser les factures de l'établissement en l'absence de Sylvie. En voyant ses bras couverts de chair de poule, il songea au chat errant qu'Emmie avait cherché. Pauvre bougre. Avec un peu de chance, c'était un petit coriace capable de se débrouiller tout seul.

Il passa une nuit agitée, à tourner et se retourner ; son bonnet lui grattait le crâne, mais il faisait trop froid pour dormir sans. Quand enfin le jour se leva, il se sentait groggy, presque saoul, à cause du manque de sommeil. L'espace d'une fraction de seconde, il se crut dans son propre lit, avec Poppy logée entre ses pieds. Mais, dès qu'il leva les yeux, il se rappela où il était, et qu'elle était partie, et éprouva ce sentiment familier de déception écrasante, ainsi que cette lourde réticence à démarrer sa journée. *C'est le matin de Noël*, comprit-il lentement.

Il se hissa en position assise, s'extirpant du cocon de couvertures dans lequel il s'était enfoui. Il voulait voir quel temps il faisait, et si le gros de la tempête était passé. Il commença par remonter le store au fond de la salle de pause, qui donnait sur un coin du parking et quelques arbres.

Il eut un mouvement de recul. On aurait cru qu'il s'était réveillé sur une autre planète ; il avait déjà vu pas mal de neige dans le Lake District, mais là, c'était autre chose. Tout était enseveli sous de gros flocons qui tombaient en un blizzard tourbillonnant, comme si on avait passé le ciel au blender avant de le secouer. Les trottoirs et allées étaient invisibles sous la neige, et il parvenait à peine à distinguer l'autre côté de la rue, car l'air n'était plus qu'une brume épaisse.

Il enfila son manteau et ses gants, qui avaient dû tomber pendant la nuit, et se frotta les mains. Il semblait peu probable qu'il aille où que ce soit ce jour-là, ou qu'il réussisse à faire réparer le van.

Moins de cinq minutes plus tard, un appel du service de dépannage le lui confirma. Le temps que la femme ait fini de tout lui expliquer, il en avait le tournis, et laissa échapper un juron.

— Il n'y a vraiment personne qui puisse venir ? insista-t-il, même s'il savait que c'était sans espoir.

— Je suis navrée, mais nous ne pouvons vous envoyer personne pour le moment. La route reliant le comté de Durham à celui de Cumbria est fermée. Avec l'alerte rouge qui a été lancée et le gouvernement qui déconseille de se déplacer, en plus du fait qu'on est le 25 décembre, nous…

— Je comprends, soupira Jared.

— Vous êtes à l'abri, ce qui est l'essentiel, résuma la femme, car il s'agissait de la raison principale de son appel. Nous vous enverrons quelqu'un pour le van dès que possible.

— D'accord, merci.

— Nous vous rappellerons.

Il raccrocha, puis se massa l'espace entre les sourcils, là où il avait l'impression qu'on lui avait pincé la peau. Il avait vraiment besoin d'un café. Sur la discussion de groupe qu'il partageait avec sa mère et son frère, il lança un :

Joyeux Noël ! Toujours coincé au Royaume des chats.

Son frère renvoya une série d'emojis chats et pères Noël, mais sa mère répliqua :

Joyeux Noël, mon chéri. Envoie-nous des photos de chats, s'il te plaît ! Tu nous manques. Tes cadeaux t'attendent ! xxxx

Il quitta la salle de pause ; le reste du bâtiment se réchauffait aussi à mesure que les radiateurs se mettaient en marche. Quelques chats s'étaient mis au chaud – dans des lits suspendus au-dessus des radiateurs, et même directement en dessous. Jared entrouvrit la porte du Chatlon et y trouva Emmie, qui tenait une console de jeux portable à la bande-son carillonnante. Un chat noir était blotti sur elle, le nez enfoui dans le creux de ses genoux, et il sentit son cœur se serrer au souvenir de Poppy, qui s'installait de la même manière le soir pendant qu'il jouait à des jeux vidéo ou qu'il regardait des films.

Deux autres matous étaient pelotonnés sur un canapé en cuir, l'un gros et roux, l'autre un ragdoll aux superbes yeux bleus et au masque sombre. Emmie était emmitouflée dans un épais pull en laine tacheté d'étoiles, une couverture, un legging et deux paires de chaussettes, ainsi que des mitaines rayées – malgré le chauffage central. Sur la table, elle avait ouvert un ordinateur portable qui diffusait doucement une playlist de Noël et, à l'écran, l'intérieur cosy d'un chalet, avec un énorme sapin scintillant, une pile de cadeaux et une cheminée flambante.

— Salut, lança Jared. Joyeux Noël.

— Oh, salut.

Emmie décolla les yeux de son jeu, mais sa voix n'était pas aussi chaleureuse que d'habitude, et son sourire ne gagna pas son regard. Lui en voulait-elle encore pour son mensonge ? C'est vrai qu'il lui devait une explication, mais chaque fois qu'il essayait, on aurait dit qu'il avait la langue collée au palais. Il passerait pour un faible, et il n'avait pas envie de présenter cette image-là, pas à elle.

— Tout va bien ? demanda-t-il.

Emmie haussa à moitié les épaules.

— J'espérais qu'on aurait crevé l'abcès avant aujourd'hui, mais… Bon, je ne peux pas te forcer à me parler, hein ?

Elle ne me fait pas confiance, comprit-il.

— Je suis sincèrement désolé, dit-il.

Il avait la gorge encombrée, comme s'il avait avalé une poignée de cailloux.

— Aujourd'hui c'est Noël, et je n'ai pas envie de mettre une sale ambiance, reprit-elle. Seulement, je ne te comprends vraiment pas.

Un long silence s'installa, comme si elle lui donnait l'occasion – une fois de plus – de se confier. Et, crétin qu'il était, il ne put se résoudre à parler. Comment le formuler pour ne pas passer pour un raté fini ?

— Il y a du café derrière le comptoir, déclara-t-elle quand elle estima que le silence avait trop duré.

— Merci. Tu as vu comment c'est, dehors ?

Elle hocha la tête.

— Oui. Je me suis toujours imaginé qu'il pouvait neiger dans le comté de Cumbria, mais pas à ce point.

— D'habitude, il n'y en a pas autant – rien à voir avec les autres années. Tu as eu raison de te préparer hier.

Emmie s'abandonna dans le fauteuil.

— J'ai pris quelques articles aux objets trouvés – bonnets, gants, dit-elle. Ils sont en salle de pause. Si tu as envie de te changer, il y a des sweats à capuche et des T-shirts. Ils sont propres, et à peu près à ta taille.

Jared acquiesça d'un signe de tête.

— Tu veux un café ? lui proposa-t-il.

Une tasse vide, sale, était posée sur la table, et cela devait l'agacer de devoir tout faire avec son attelle. Il se demanda si sa blessure lui faisait encore mal.

Elle soupira, visiblement soulagée qu'il le lui propose.

— Je veux bien, merci.

— Je ne sais pas comment tu fais pour jouer avec ton attelle, fit-il remarquer en traversant la pièce pour lui prendre son mug.

De là où il était, il voyait ce qui était affiché sur l'écran de la console : le dessin d'une bibliothèque garnie de livres anciens et un vieillard coiffé d'un chapeau de travers, avec un bloc de texte indiquant « VIEUX BIBLIOTHÉCAIRE ».

— Ça ne me pose aucun souci, affirma-t-elle. Le plus important, c'est l'histoire, alors je peux y jouer d'une main.

— À quoi est-ce que tu joues d'autre ?

— J'aime les jeux bien cosy, tu sais, comme *Bear and Breakfast*, *Cozy Grove*, *Stardew Valley*… J'adore les graphismes et les scénarios.

— *Stardew Valley*… Ça ne me rajeunit pas ! J'ai passé bien trop d'heures à planter des conneries au lieu de travailler. Maintenant, ça me saoulerait. Je préfère largement un jeu à monde ouvert. Au moins, ça change les idées.

Emmie eut un petit sourire, et il éprouva une bouffée de fierté. Visiblement, elle se sentait encore mal à l'aise en sa présence – son sourire était légèrement crispé –, mais c'était un début.

— Tu veux du lait et du sucre ?

— Oui, deux sucres s'il te plaît.

Il partit chercher le café. L'un des chats le suivit – celui avec la tache, qui ressemblait curieusement à Poppy. Jared s'empara de la verseuse à café, tout en se demandant s'il ne pourrait pas préparer un petit repas de Noël pour tout le monde avec ce qu'il y avait en stock. Il soumettrait l'idée à Emmie, et ils pourraient aussi inviter la locataire. Sans doute étaient-ils coincés là, mais il veillerait au moins à ce qu'ils aient tous un vrai repas de Noël.

Une fois qu'il eut préparé les boissons, il eut l'idée d'aller jeter un bref coup d'œil par la porte de service, histoire de voir où en était son van depuis la veille. Il n'avait pas pu le distinguer depuis la fenêtre de la salle de pause. Il poussa le battant derrière le comptoir et se dirigea vers l'arrière du bâtiment.

Mais la porte refusa de bouger. Il tenta de la pousser avec son épaule. Rien.

C'est pas vrai.

Il regagna précipitamment le café plongé dans l'ombre. Les deux tasses de café fumant reposaient, abandonnées, sur le côté du comptoir. Il franchit le sas pour se rendre à l'accueil. Dans la petite entrée, il tira sur les portes principales qui donnaient sur la rue – et se retrouva face à un mur de neige.

Jared en resta bouche bée. Les contours de la porte – les bords de la vitre et de la poignée

– étaient incrustés dans l'épais bloc gelé. Le froid de l'extérieur le gifla et le fit suffoquer. Voilà pourquoi la porte de service refusait de s'ouvrir.

Ils étaient bloqués par la neige.

Il déglutit. Le mauvais temps était une chose, mais il ne s'était pas attendu à ça. Jusqu'à quand resteraient-ils coincés là ? Il referma la porte et regagna le sas, puis le café. La porte du Chatlon était entrouverte.

— Emmie, appela-t-il. Emmie !

Il entendit la voix de la jeune femme flotter jusqu'à lui :

— Quoi ?

— Viens voir. C'est important.

Il aurait pu se contenter de le lui dire, mais il lui semblait essentiel qu'elle le voie de ses propres yeux.

Un instant plus tard, elle le rejoignit.

— Quoi ? répéta-t-elle.

— Suis-moi.

Il l'entraîna dans la petite entrée, où elle se planta en grelottant sous le grand poster qui affichait le règlement du café. Tel un magicien dévoilant un tour de magie, il ouvrit la porte d'un air sombre.

— Regarde ça.

Emmie ouvrit grand les yeux et la bouche. Elle s'approcha d'un pas, tendit le bras pour palper l'empreinte de la poignée dans la neige.

— Ce… Je… Cette…, bafouilla-t-elle en frissonnant avant de reculer la main. Je n'ai jamais rien vu de pareil ! On est bloqués par la neige ?

Sa voix montait d'une octave à chaque mot. Elle pivota vers lui, l'air horrifié.

— J'ai essayé la porte de service. C'est pareil.

L'espace d'une longue minute, elle garda le silence. Puis elle le fusilla du regard :

— Bon, heureusement que tu ne souffres pas d'une allergie mortelle aux chats, pas vrai ?

Avec un soupir, il se massa entre les sourcils.

— Je croyais que tu ne voulais pas mettre une sale ambiance le jour de Noël.

Emmie l'étudia longuement, puis souffla, créant un petit nuage dans l'air froid.

— C'est trop tard pour ça… Non mais regarde-moi ça ! s'écria-t-elle en désignant le bloc de neige. Tu as menti sans m'expliquer pourquoi, et maintenant on est bloqués ici, alors l'ambiance est déjà bien pourrie ! (Elle poussa un soupir agacé.) Je ferais mieux d'aller jeter un coup d'œil à l'autre porte, celle qui permet de quitter les appartements. C'est peut-être plus dégagé par là-bas.

Elle disparut dans le café avant qu'il ait pu riposter. Cinq minutes plus tard, il la retrouva dans l'espace principal du café, près du comptoir. Elle se tenait debout derrière le présentoir de gâteaux vide et secouait la tête en portant sa tasse à ses lèvres avec un air contrarié.

— C'est pareil ! s'écria-t-elle. J'ai même vérifié les issues de secours, impossible de les ouvrir !

— On a de quoi manger, n'est-ce pas ?

Emmie fit « oui » de la tête et but une lampée de café.

— Entre le café, mon appartement, et probablement celui de la locataire, oui, il y a tout ce qu'il faut. Je vais devoir lui parler, lui annoncer qu'on est sûrement coincés ici pour l'instant.

— Mais on a des réserves. On est au chaud. En cas de coupure de courant, tu es parée. Il y a des trousses de secours dans le café. Tout ira bien. Je vais voir si je peux préparer un repas de Noël pour nous tous.

— Tu ferais ça ? s'étonna-t-elle en le dévisageant avec méfiance.

— Bien sûr. J'ai été cuistot, ajouta-t-il.

Pourquoi le regardait-elle ainsi ?

— Je ne vais quand même pas vous laisser repartir sans un repas de Noël ! s'indigna-t-il.

— Je ne suis pas sûre qu'on ait ce qu'il faut pour ça, protesta-t-elle. Je peux toujours voir ce qu'il y a dans mon frigo…

— Ça m'est arrivé de préparer des repas entiers avec des ingrédients improbables – tu serais étonnée. Tu peux prévenir la locataire, au cas où elle aimerait se joindre à nous. Mais qu'elle ne s'y sente pas obligée.

Elle fronça les sourcils, comme si elle essayait de savoir s'il avait une autre idée derrière la tête.

— D'accord, finit-elle par dire. Bon… Merci, Jared.

Le jeune homme sentit son ventre se retourner en l'entendant prononcer son nom, même si elle ne s'exprimait pas avec le même entrain que d'habitude. Il tâcha de ne pas en tenir compte, de se focaliser sur autre chose.

Il se posait des questions sur la locataire de l'étage, se demandait quel type de personne avait bien eu envie de séjourner ici, au-dessus d'un bar à chats, surtout pendant les fêtes. Il s'imagina une adorable vieille dame portant des pulls duveteux qui grattaient et qui faisait des biscuits à la cannelle ; le genre de personne à même d'apaiser n'importe quelle tension. Ce qui tombait à pic.

— Je vais appeler Sylvie, lança Emmie avant d'hésiter. Peut-être que tu devrais l'appeler aussi, lui expliquer pourquoi tu dors ici. Et lui parler de ton allergie imaginaire aux chats ? ajouta-t-elle d'une voix glaciale.

— Je lui dirai, lui promit-il. Dès qu'elle reviendra. En personne. Je pense que ça vaut mieux, en face à face.

Elle se renfrogna. Sans doute pensait-elle qu'il essayait de se défiler. Mais ce n'était pas le genre de conversation qu'on avait au téléphone, pas quand il avait besoin que Sylvie comprenne pleinement son raisonnement. Et il lui faudrait du temps pour trouver comment le lui expliquer. *Ma chatte est morte, j'avais des soucis financiers, je craignais de retomber dans la dépression, et j'avais vraiment besoin de ce travail. Je ne voulais pas me retrouver au contact de chats, alors j'ai paniqué et j'ai inventé un prétexte.* Même lui trouvait ça pitoyable, alors ce serait sûrement encore dix fois pire pour Sylvie. Non, il fallait qu'il se justifie, qu'il l'explique plus soigneusement, de sorte à ne pas passer pour un minable. Mais comment faire ?

Emmie dressa le menton.

— À quoi bon attendre ? Tu n'as pas l'intention de lui dire la vérité, si ?

— Bien sûr que si, protesta-t-il. Je veux lui parler en personne, c'est tout. J'aime dire les choses importantes en face.

— Tu essaies de te débiner, ou…

— Non ! Je t'ai dit que je lui en parlerais, et je le ferai, lorsqu'elle rentrera. Tu n'es pas la plus importante ici, même si elle t'a laissé les rênes pour l'instant, alors laisse-moi gérer ça, d'accord ? Je te promets de le lui dire.

Ce qu'il avait voulu dire par « tu n'es pas la plus importante ici », c'était que ce serait Sylvie qui le jugerait pour ses actes, et qui déciderait quoi faire de lui. C'était Sylvie, sa responsable. Mais il sut, dès que ces paroles lui eurent échappé, qu'il s'était mal exprimé – sûrement à cause du manque de sommeil et de caféine. En temps normal, il lui fallait au moins deux cafés pour tenir debout – et, dans l'idéal, après dix heures du matin.

Emmie écarquilla les yeux, et la vexation qui passa dans son regard était sans ambiguïté. Elle disparut au bout du couloir sans un mot.

Jared resta planté là, se sentant atrocement coupable. Il n'avait pas voulu la blesser ; il avait vraiment l'intention de tout expliquer à Sylvie en personne. Il poussa un gros soupir. Au bout du compte, peut-être que rester ici serait plus compliqué qu'il ne l'avait cru.

8

Tu n'es pas la plus importante ici.

Ces mots tournaient en boucle dans l'esprit d'Emmie. C'était le genre de choses que Dustin aurait pu dire lorsqu'il buvait. Il suffisait à Emmie de faire une chose toute simple – comme prendre un long bain avec un masque hydratant après une rude journée de travail –, pour que Dustin débarque bourré d'une nuit passée au pub et s'esclaffe : *Bon sang, Emmie, tu n'es pas si importante que ça ! Tu te prends pour qui, la reine d'Angleterre ?* Jared, lui, n'était même pas saoul, et il lui avait quand même jeté une remarque similaire au visage.

Emmie envoya un message à tante Sylvie en montant les marches pour se rendre à l'appartement de Megan.

On est coincés dans le café, bloqués par la neige. Jared est là. Le van est tombé en panne devant le parking. Megan est en haut. Tout va bien, je voulais seulement te tenir au courant.

Malgré sa contrariété, elle se retint d'exposer le mensonge de Jared, car c'était à lui de le faire. Elle se demanda s'il tiendrait vraiment parole et finirait par avouer la vérité à sa tante.

Et pourtant, après la manière dont il l'avait défendue à la foire artisanale, l'avait emmenée aux urgences, lui avait payé un café et proposé de lui acheter un dessin alors qu'il était manifestement fauché, sans oublier sa proposition de leur préparer un repas de Noël pendant qu'ils étaient coincés là… Il semblait gentil, attentionné, sincère. Quelqu'un de bien, en somme. Ce qui la déroutait d'autant plus. Elle n'arrivait pas à lui coller d'étiquette, c'en était épuisant.

Elle hésita, le doigt au-dessus du bouton d'envoi, et se mordit la lèvre. Devait-elle parler de Salem à Sylvie ? Elle ne voulait pas l'inquiéter s'il ne s'agissait que d'une boule de poils coincée. Et de toute manière, il n'y avait rien à faire dans l'immédiat. Sophie et Miles ne seraient même pas en mesure de revenir l'examiner par cette tempête et, s'ils avaient certes des connaissances en matière de soins et comportements félins, ils n'étaient pas vétérinaires pour autant. Elle finit par envoyer son message, sans mentionner Salem pour le moment.

Le temps qu'Emmie atteigne la porte de Megan, Sylvie avait déjà répondu.

Sylvie : Je m'en veux atrocement de ne pas être là, mon cœur. J'aimerais revenir plus tôt, mais

ce serait risqué, et certaines routes vers le nord sont fermées.
Emmie : Ne t'en veux pas. Tout va très bien. Par contre, le refuge n'a pas pu trouver le petit chat errant à temps ☹
Sylvie : Oh non, il est dehors par ce temps !
Emmie : Je sais. J'ai essayé d'agiter des friandises avant qu'on se retrouve coincés – aucun signe de lui. Croisons les doigts pour qu'il soit dans un abri ou planqué quelque part.
Sylvie : Oui, espérons qu'il va bien. Prends soin de toi, ma chérie.

Emmie rangea son téléphone et frappa à la porte de l'appartement de Megan, qui ne tarda pas à lui ouvrir. Une nouvelle fois, Emmie ne put s'empêcher de remarquer combien Megan était belle sans maquillage, même au saut du lit. Sa peau était impeccablement lisse, et on aurait dit que ses cheveux avaient été coiffés pour la scène du réveil parfait dans un film. Comment se débrouillait-elle pour ne pas avoir de cernes ? Emmie allait devoir lui demander conseil pour des crèmes de contour des yeux.

— Salut, lança Emmie. Joyeux Noël !

— Joyeux Noël aussi, répondit Megan en ouvrant la porte en grand. Je ne suis pas levée depuis longtemps ! Ça fait drôle de se réveiller ici le matin de Noël.

— Bon, je ne voudrais pas vous inquiéter – on a plein de nourriture et de provisions ici, mais… On risque de rester coincés un certain temps.

Megan haussa ses sourcils parfaitement épilés.

— Comment ça ?

— On est bloqués par la neige. Toutes les portes, expliqua Emmie. On les a vérifiées.

— *Quoi ?* Vous êtes sérieuse ?

— Eh oui.

Megan pesta.

— Mince. Je ne m'attendais pas à ça.

— Je suis navrée que vous soyez coincée ici avec nous, mais on pensait improviser un repas de Noël. Ça vous dirait de vous joindre à nous ? On va essayer d'en profiter comme on peut.

— C'est gentil à vous, merci. (Elle baissa les yeux sur ses pantoufles duveteuses couleur lilas enfilées par-dessus des chaussettes violettes, ainsi que sur son pyjama en soie.) Je vous rejoins plus tard ? Je ferais probablement mieux de m'habiller. Et j'avais promis de faire un appel vidéo avec ma mamie. On le fait tous les ans.

— Bien sûr. Quand vous voudrez.

*

Salem était couché sur le fauteuil moelleux quand Emmie referma derrière elle la porte du Chatlon. Assaillie de fourmillements au contact de la chaleur diffusée par le chauffage central, elle retira son bonnet et ses gants, tout en veillant à ne pas tirer sur son bras blessé. Elle voulut attirer le chat apathique vers le distributeur de croquettes en agitant quelques biscuits, mais il se contenta de la fixer mollement de ses yeux vert-jaune luisants. Résultat, Jess arriva en trottinant pour quémander quelques friandises, qu'elle avala goulûment. La plupart des autres chats somnolaient près des radiateurs sur le canapé, mais tous avaient bien mangé et profitaient d'une sieste digestive. Elle commençait à s'inquiéter pour Salem. Pourquoi ne mangeait-il rien ? S'agissait-il réellement d'une boule de poils coincée, ou était-ce autre chose ?

Elle s'assit par terre devant le fauteuil pour ne pas le déranger. Elle voulait être près de lui, le surveiller et lui faire savoir qu'elle était là pour lui. Il dormait, la tête blottie dans la queue et les poils légèrement hérissés le long de sa colonne vertébrale. Elle ouvrit son ordinateur portable, visionna quelques bulletins d'informations au sujet de la tempête, et s'empara de sa tablette graphique. Comme promis, Jared passait en revue le stock de nourriture du café. Emmie avait également sorti quelques aliments de son propre frigo – essentiellement des légumes – susceptibles de lui servir pour un repas.

Elle avait cru que se blesser de son côté non dominant ne l'empêcherait pas de travailler. Pourtant, il s'avéra gênant et encombrant de tenir sa tablette dans cette position.

Je vais simplement devoir travailler plus lentement que d'habitude.

Bien plus tard – au bout d'une ou deux heures –, plusieurs chats se dressèrent, les oreilles en arrière, en entendant frapper à la porte. Thomas, d'un naturel nerveux, fonça se cacher dans une alcôve de l'un des arbres à chat.

Jared entrebâilla la porte. L'ordinateur d'Emmie affichait des images de la côte – des vagues grises qui déferlaient dangereusement, secouées par des vents extrêmes, avant de s'écraser sur les trottoirs. Elles laissèrent place à un présentateur qui expliquait qu'à certains endroits, le vent atteignait les cent cinquante kilomètres par heure, faisant s'effondrer d'immenses arbres sur des immeubles et lignes électriques. Une maison avait été complètement écrasée, et son propriétaire, un vieil homme, se faisait interviewer devant, au bord des larmes. C'était terrible de devoir vivre ça le matin de Noël.

— Pour le repas de Noël, ça va le faire ! déclara Jared.

Emmie décolla les yeux de sa tablette.

Le jeune homme avait changé de tenue – il portait le même jean, mais avait manifestement fureté dans les vêtements qu'elle avait dénichés aux objets trouvés, comme en attestaient son épais pull à torsades gris et l'écharpe noire enroulée plusieurs fois autour de son cou. Le pull avait beau ressembler à ce que le grand-père d'Emmie aurait pu porter, Jared parvenait à rester séduisant malgré tout, comme s'il posait pour des vêtements destinés aux jeunes qui avaient des âmes de vieux sages. Il tenait à la main un chocolat chaud qui débordait de crème chantilly, de guimauves et de vermicelles en chocolat, dans une tasse en forme de chat dont la poignée consistait en une queue recourbée. Dans l'autre main, il portait un mug tout simple, fumant, et elle huma l'arôme d'un café bien tassé.

— C'est quoi, ça ?

— C'est pour toi, répondit-il. On n'a qu'à dire que c'est l'apéro. Où est la locataire ? Je lui en ai préparé une tasse aussi. Elle est sur le comptoir.

— Merci, dit-elle en montrant la table.

Voilà qu'il recommençait avec ses actes de gentillesse, et elle n'arrivait pas à savoir s'il était sincère, ou si c'était seulement parce qu'il se sentait coupable d'avoir menti. Mais cette fois, elle ne dirait rien ; tout ce qu'elle voulait, c'était passer un Noël paisible, malgré les circonstances.

— Elle m'a dit qu'elle descendrait dès qu'elle serait prête. Elle doit s'habiller et appeler sa grand-mère.

Il lui adressa un sourire hésitant et posa la tasse sur la table ronde près du fauteuil.

— Il fait bien chaud par ici.

Trois des chats – Jess, Binx et Eric – se partageaient le tapis duveteux, affalés les uns à côté des autres en se poussant pour se faire de la place, même si le poêle à bois n'était pas encore allumé et qu'il n'y avait que le chauffage central. Presque couchée sur le visage d'Eric, Kitty penchait la tête en arrière et agitait la queue d'un air grognon, mais refusait de bouger. Quel dommage que le chat errant ne puisse être là, partager cette chaleur et ce confort en attendant que ça passe.

— Je n'arrive pas à croire que tu aies réussi à préparer à manger, lâcha Emmie en secouant la tête. Moi, j'en serais incapable.

— Ça fera un peu buffet, prévint-il, mais j'espère que ce sera assez festif. Et vous avez une excellente cuisine.

Jared jeta un regard aux chats. Elle ne put s'empêcher – une fois de plus – de penser que ses lèvres appelaient le baiser, et de se demander ce que ça ferait de sentir sa barbe de trois jours contre sa bouche. Ça faisait des années qu'elle n'avait plus embrassé personne. À l'époque où elle s'était installée avec Dustin, elle avait eu un petit ami, mais ça n'avait pas duré longtemps. Il lui avait suffi de jeter un coup d'œil à ses dessins pour laisser entendre qu'elle manquait de maturité et ferait mieux de se trouver un « vrai travail », sans tenir compte du fait qu'elle travaillait dans un bureau de neuf à dix-sept heures pour payer le loyer et qu'elle ne dessinait que dans son temps libre.

Il y eut un long silence, uniquement rompu par le bulletin d'informations sur l'ordinateur d'Emmie, où s'affichait l'image d'un présentateur météo devant une carte du pays.

La tempête Marie a amené des vents et de la neige d'une force exceptionnelle, à tel point que les prévisions annoncent qu'il devrait s'agir de la plus grosse tempête depuis Arwen, avec des coupures de courant attendues partout dans le pays. Nous ne sommes pas encore tirés d'affaire, car ces intempéries devraient se prolonger demain, et…

Demain. Donc, ils seraient encore coincés là ?

— J'ai mis quelques bouillottes sous certains des lits à chats dans le café, déclara Jared. Et j'ai refait bouillir de l'eau.

— Tu n'es pas obligé de faire tout ça, lui assura Emmie en se penchant pour attraper son chocolat chaud.

Elle but une gorgée, avala un peu de la crème avant que la boisson chaude n'atteigne sa bouche. Le goût était fort et velouté, avec un soupçon de caramel et de cannelle.

— C'est délicieux, s'étonna-t-elle en s'installant dans le fauteuil, tout en veillant à ne pas déranger Salem.

Au sourire qu'il lui décocha, elle sentit son cœur faire un bond soudain.

— À l'époque où j'étais cuistot, il m'arrivait aussi de m'occuper des desserts, expliqua-t-il. J'ai travaillé dans des restaurants étoilés où tout était ultrachic.

— Pas mal, comme compétence, commenta-t-elle, avant de prendre une plus longue gorgée au risque de se brûler – mais c'était, vraiment, délicieusement crémeux. Pourquoi tu as arrêté ?

— C'est que j'ai toujours voulu développer ma créativité. Alors, je me suis mis au graphisme.

— En tout cas, si tu as envie de garder la main, n'hésite pas à me préparer un de ces chocolats, lança-t-elle d'un ton léger.

Il but son café, un fin sourire aux lèvres.

— Écoute, je suis désolé pour ce que je t'ai dit tout à l'heure. Je ne voulais vraiment pas te vexer. C'est sorti tout seul. Je ne voulais pas dire que tu n'étais pas importante. Seulement que Sylvie est ma patronne, et que je lui parlerai à son retour.

Emmie ouvrit la bouche, puis la referma. Voilà qui était inattendu. Elle avait compté sur une excuse ou une autre – *tu ne m'écoutais pas vraiment*, ou pire encore, une non-excuse du genre *bon, désolé si je t'ai vexée, mais…* Dustin avait le chic pour déformer les situations après un verre, jusqu'à ce que tout soit emmêlé et qu'elle n'arrive plus à savoir elle-même ce qu'elle voulait dire au juste.

— Ce n'est pas grave, répondit-elle. La situation est stressante. Je comprends.

Jared s'installa sur les coussins du divan, et son front se détendit.

— Je ne veux pas qu'il y ait de malaise entre nous, insista-t-il en montrant l'ordinateur portable. Ça n'a pas l'air près de s'arrêter de sitôt.

Une des autres chattes, Lilian, arriva par la chatière et bondit sur le canapé. À la surprise d'Emmie, elle s'approcha de Jared et leva vers lui son grand regard vert. Il sembla sur le point de la chasser, les bras en l'air et les yeux écarquillés, mais lorsqu'elle sauta sur ses genoux et tourna en rond pour se mettre à l'aise, il se figea. Il tenait sa tasse de café avec gêne, sur le côté, comme si la chatte était une dangereuse bête sauvage.

— Ne prends pas cet air inquiet, dit Emmie en ravalant un rire. C'est une minette affectueuse, elle ne mordra pas. Tu as… peur des chats ?

Peut-être qu'elle avait tout compris de travers, et que c'était pour ça qu'il avait menti, qu'il avait simplement honte de le dire, même si cela n'expliquait toujours pas pourquoi il avait choisi de travailler ici.

— Non.

Il s'était exprimé d'une voix tendue, comme s'il réprimait toutes sortes d'émotions, mais Emmie ne parvenait pas à en déceler la nature. Lilian s'installa sur ses genoux, les pattes calées sous son torse, en une parfaite position de petit pain. Lentement, elle ferma ses yeux verts.

— Alors, si tu n'as pas peur des chats, pourquoi avoir menti en prétextant une allergie ?

Jared soupira, porta sa tasse à sa bouche et but une gorgée, le regard rivé sur le mur de gauche.

— Quitte à rester coincés ici, autant que tu le saches, même si ça va me faire passer pour un idiot.

Il marqua une pause, fit tournoyer le café dans le mug, comme pour réfléchir à la meilleure formulation possible. Les plis sur son front s'étaient de nouveau creusés.

— Je trouvais seulement que ça semblait tellement… ridicule. Je ne voulais pas qu'on me prenne en pitié, surtout pas toi, alors je n'avais pas envie de m'expliquer.

Emmie attendit la suite.

— Ma chatte, Poppy, elle… Elle est morte. Ce n'était pas longtemps avant que je commence à travailler ici. Quelques semaines.

— Ah, lâcha Emmie d'une petite voix.

Une onde de chaleur lui traversa la nuque. Quelle idiote ! Ça devait être très douloureux pour lui, c'était tellement proche, tellement récent, et juste avant les fêtes en plus. Et dire que, pendant ce temps, elle le comparait à son frère en tirant toutes sortes de conclusions hâtives !

— Je suis désolée pour toi.

— Ça faisait des mois qu'elle n'était pas bien. Je savais que ça allait arriver, mais… Bref, mon ex-petite amie était censée l'emmener chez le vétérinaire, et puis j'ai appris qu'elle me trompait, alors…

Sa voix s'estompa.

Perdre à la fois sa chatte et sa copine, et de cette manière ? Quelle horreur ! Emmie se sentit affreusement coupable.

— Tu n'es pas obligé d'en parler, dit-elle vivement. Moi, je…

— Non, j'ai compris. Tu m'as pris pour un menteur. Et j'étais… J'en suis un. C'est vrai que j'ai menti. Mais je n'essayais pas d'être un salaud ni de tromper qui que ce soit. Je tiens à ce que tu le saches. Seulement, ces derniers temps, je ne suis pas… comme d'habitude.

— Après tout ce qui s'est passé… tu es venu travailler ici quand même ?

— J'avais besoin d'un boulot, et je ne trouvais rien d'autre. Actuellement, il n'y a pas grand-chose en graphisme.

À présent, c'était Emmie qui se sentait bête. Voilà quelqu'un de sincère, de gentil, d'attentionné, de généreux. Elle secoua la tête. Elle ne s'était pas rendu compte qu'elle était devenue ainsi à force de vivre avec Dustin – certes prête à laisser le bénéfice du doute aux gens, à voir leur bon côté, mais très vite méfiante au moindre faux pas. En voyant Jared assis là avec Lilian, l'air vulnérable, elle se radoucit.

— Tu n'es pas un salaud, affirma-t-elle, avant d'ajouter sur le ton de la légèreté : Et puis, si tu en étais un, je doute que tu aurais pu me préparer une boisson aussi délicieuse. Un salaud en serait-il même capable ? Ça m'étonnerait.

Il sourit.

— J'ai été dure avec toi. Moi aussi, je suis désolée. Je ne l'ai pas fait exprès. Je…

Elle but un peu de son chocolat pour se laisser le temps d'y réfléchir. Certes, elle le connaissait à peine, mais elle avait l'impression d'avoir commis une injustice et, comme il s'était ouvert à elle, le moins qu'elle pouvait faire, c'était de lui rendre la pareille.

— Avant de venir ici, je vivais dans des conditions difficiles. Je suppose que quand tu as menti, je me suis dit…

— Tu ne m'as pas fait confiance. C'est compréhensible. La confiance, ça se mérite.

— Exactement.

— C'est pour ça que tu es venue ici, pour vivre avec ta tante ? lui demanda-t-il. À cause de tes conditions difficiles ?

— Oui, plus ou moins, répondit-elle. Je vivais avec mon frère, et ce n'est pas quelqu'un de très stable. Et puis… (Elle soupira.) Ce n'est pas facile d'essayer d'être dessinatrice. J'ai décroché mon diplôme il y a six ans. Depuis, je galère pour vivre de mon art. Pour avancer, tout simplement. Tante Sylvie m'a proposé ce travail, et l'appartement à l'étage, quand c'est devenu trop dur avec mon frère.

— Je comprends. C'était pareil pour moi, avec le graphisme. J'ai été cuisinier, mais, pour le graphisme, j'ai appris sur le tas. C'était ce que je voulais vraiment faire.

— Eh bien ! Et tu as quand même réussi à décrocher du boulot en indépendant ? C'est génial.

Il prit un air penaud, et ses joues se teintèrent de rose.

— Je ne sais pas dessiner – mon fort, c'est le numérique. J'avais eu l'idée de faire faire un dessin ou un croquis de Poppy, mais…

Il haussa les épaules, et – un peu hésitant, estima Emmie – caressa le dos de Lilian.

— Je ne l'ai pas encore fait.

— C'est compréhensible, répliqua-t-elle.

Le silence s'abattit sur eux comme une chute de neige. Elle ne le pousserait pas à lui en dire plus à moins qu'il le veuille. Emmie, elle, n'avait jamais perdu de chat – ses parents avaient encore les deux chats calico qu'ils avaient pris quand elle avait quatorze ans. Mais elle comprenait ce que ça faisait d'aimer un animal de compagnie, et elle avait eu le cœur brisé lorsqu'elle avait quitté la maison et que ses parents avaient fini par partir pour l'Espagne en emmenant leurs chats. La vie avec son frère avait été d'une solitude extrême, et elle avait regretté de ne pas les sentir enroulés autour de ses pieds ou blottis sur ses genoux.

Ils restèrent assis ensemble dans un silence agréable. De son côté, elle était agitée par un curieux enchevêtrement de sentiments. À présent qu'elle avait perdu ses incertitudes à l'égard de Jared, elle était gagnée par une tout autre émotion… une émotion qu'elle n'arrivait pas à nommer.

*

Jared allait et venait de la cuisine. Les chats ne pouvaient pas y entrer, car la zone était soigneusement cloisonnée au-delà du portail derrière le comptoir principal du café. Cependant, les rares fois où il revenait dans le café, les chats comprenaient manifestement qu'il se mijotait quelque chose, car très peu faisaient encore la sieste. Quelques-uns rôdaient dans les parages, ou humaient l'air assis sur des tables, et il faillit piétiner une énorme boule de poils noir et blanc aux yeux verts qui patientait juste derrière l'entrée.

Quand le repas fut presque prêt, et qu'une odeur de poulet, d'épices et d'herbes aromatiques flotta dans les diverses salles du café, Emmie alla chercher la locataire à l'étage. Celle-ci n'était pas encore descendue, mais il serait bientôt l'heure de passer à table, et Jared devait savoir combien ils seraient. Il laissa réchauffer quelques aliments sur les plaques – il fallait que les pommes de terre rôtissent un peu plus longtemps au four –, et il fit une pause-café dans la salle principale, prêt à saluer la personne qui allait se joindre à eux. Sentant des chats lui encercler les chevilles en miaulant de faim, il ne put se retenir. Il se pencha pour gratter un chat gris de suie sur le dos et, quand sa queue s'enroula autour de son bras, il sourit. Ce n'était pas si mal ici, après tout.

Emmie avait regroupé quelques tables, et même déniché une nappe de Noël aux motifs de rennes. Elle avait mis le couvert et branché son ordinateur portable, qui diffusait une playlist de Noël. Elle avait également disposé quelques décorations festives autour de la table, ainsi que des guirlandes et des petites biches au centre.

Quand Emmie redescendit, Jared, assis à l'une des tables qui longeaient les murs, vidait sa tasse de café. Affalée sur un siège, une chatte ragdoll aux yeux bleus emplis de sérénité somnolait, ses pattes étirées devant elle.

— Désolée d'avoir été aussi longue ! lança une voix curieusement familière.

Les oreilles de la ragdoll se dressèrent, et la chatte ouvrit ses yeux bleus en grand.

— J'ai voulu m'habiller un peu puisque c'est Noël, et mon appel vidéo avec ma grand-mère s'est éternisé…

La voix s'estompa, manifestement étonnée. Le cœur de Jared frémit lorsqu'il reposa sa tasse, et il faillit la renverser en constatant qui était là.

L'univers lui jouait-il un tour ? Il avait l'impression qu'on venait de le gifler.

Megan – Megan son ex-petite amie – se tenait près du comptoir du café. Elle portait un pull rouge vif scintillant, et son maquillage semblait digne d'un magazine – rouge à lèvres assorti et gigantesques cils.

L'air lui cisailla les poumons comme des couteaux de cuisine. Tout le sang lui monta à la tête, et il fut pris de vertiges. *Comment ?* Comment en était-on arrivé là ? Comment se faisait-il qu'elle soit là ? Son frère avait certes laissé entendre qu'elle viendrait peut-être dans le Lake District, mais avec l'arrivée de la tempête Marie… ? Depuis quand était-elle ici ? Projetait-elle de le voir ? Que faisait-elle au café ?

Elle était conforme au souvenir qu'il avait gardé d'elle. Une crinière couleur chocolat – coiffée avec art –, des yeux verts, un menton pointu et des traits d'elfe. Elle dégageait une certaine vulnérabilité. Sans doute parce qu'elle eut un mouvement de recul et blêmit en le voyant, son sourire s'évanouit comme de la fumée.

— Qu'est-ce que tu fais là ? suffoqua Jared.

Sa voix ressemblait au crachotement d'un vieux tourne-disque. On aurait dit que le temps n'avançait pas comme il fallait, que l'instant s'étirait sans discontinuer. Alors, il rit, comme une bulle d'hystérie qui montait à la surface.

— Dis-moi que c'est une blague. C'est un complot ou quoi ?

— Un c-complot ? articula Megan.

À côté d'elle, Emmie semblait abasourdie. Elle ouvrit la bouche pour parler, mais la referma quand Megan poursuivit :

— Il n'y a aucun complot !

— Tu savais que je travaillais là – forcément ! s'obstina-t-il. Tu as pris une chambre ici exprès ? Tu avais déjà harcelé mon frère, et lorsqu'il a refusé de te donner la réponse que tu voulais, tu as décidé de te pointer sur mon lieu de travail ! À quoi tu joues ?

— Hein ? Ce n'est pas pour toi que je suis venue séjourner ici !

Il n'aurait su dire si les joues de la jeune femme étaient rougies par la rage ou l'humiliation.

— Oui, je suis venue dans le Lake District pour te voir, pour te parler, concéda-t-elle. Mais j'ai pris une location ici parce que ça avait l'air mignon et intéressant, et que j'aime les chats. Je ne savais même pas que tu travaillais ici quand…

— Oui, bien sûr.

Elle l'avait forcément su. Dans le cas contraire, la vie de Jared venait de dépasser le stade de la comédie pour nager en plein délire. Peut-être qu'il devait cesser de boire autant de caféine. Ça lui provoquait sûrement des hallucinations. Il cligna des yeux, mais elle était toujours là. La chatte ragdoll les observait avec intérêt tout en continuant à chercher de la nourriture, car elle venait de vider un distributeur de croquettes.

— Euh… Vous vous connaissez, tous les deux ? hasarda Emmie.

Elle jeta un coup d'œil à Megan. Jared s'imaginait-il des choses, ou les épaules d'Emmie s'étaient-elles légèrement voûtées ? Il fut assailli par un sentiment désagréable – une pointe de culpabilité ?

— C'est… le petit ami que vous espériez reconquérir ? devina Emmie.

Megan eut un hochement de tête à peine perceptible.

Jared la dévisagea, bouche bée.

— C'est pour ça que tu voulais venir ici ? lâcha-t-il, avant d'aboyer un nouveau rire. Pour me reconquérir ? Tu ferais mieux de retourner auprès de ton fiancé.

— On n'est… plus ensemble, répliqua Megan en déglutissant, l'œil vitreux. Je…

Des larmes, vraiment ? Il n'avait pas envie de crier ni de déverser sa colère sur une femme en pleurs, mais qu'attendait-elle de lui ? Il avait été son à-côté. Elle avait déjà un fiancé, lui avait menti. Tous les indices avaient été là, du refus de le recevoir chez elle, à Liverpool, jusqu'à l'instant où il l'avait appelée sa petite amie pour la première fois – ça lui avait échappé, puisqu'ils n'avaient même pas discuté de la nature de leur relation –, et qu'elle avait eu un mouvement de recul, une lueur étrange dans le regard, avant d'acquiescer. Il avait cru à un accès de timidité – et même trouvé ça mignon –, pas qu'il y avait quelqu'un d'autre.

Il avait tiré un trait sur le passé. Il ne voulait plus entendre parler d'elle et, surtout, ne voulait plus de ce cinéma. Soudain, l'air lui parut trop lourd, et lui oppressa la poitrine.

Il s'adressa à Emmie d'une voix lasse.

— Je vais terminer le repas et tout servir dans des plats. Mais je ne suis pas sûr de pouvoir manger avec vous. Je suis navré.

— Mais, Jared…, commença Emmie.

Ce fut à peine s'il entendit la fin de sa phrase. Tout ce qu'il voulait, c'était se trouver loin de Megan, loin de cet air suppliant.

Il repoussa sa chaise dans un raclement, prenant la chatte ragdoll par surprise, et passa au milieu des deux femmes stupéfaites pour se replier dans la cuisine.

9

Clouée sur place, Emmie crispa les doigts jusqu'à ce que ses ongles creusent de minuscules croissants dans ses paumes. Elle se détendit, respira malgré la douleur. Megan était au bord des larmes, mais Emmie ne savait pas quoi dire. Elle se retrouvait bloquée par la neige, non seulement avec Jared, pour qui elle avait manifestement craqué… mais aussi avec son ex. Et voilà qu'elle leur tenait la chandelle. La situation était tellement ridicule qu'elle en rit presque, mais elle se retint, car Megan était visiblement contrariée. Et Jared aussi.

— Allons dans le Chatlon, proposa-t-elle à Megan, qui caressait la tête de la chatte ragdoll.

Megan hocha machinalement la tête. Cette situation n'aurait pas pu être plus gênante. Emmie en vint presque à regretter de ne pas s'être retrouvée bloquée toute seule.

Elles se dirigèrent vers le Chatlon, où Emmie entreprit de faire un feu. Bientôt, les flammes baignèrent les murs d'une couleur orangée en projetant une douce lueur sur les meubles et les chats lovés dans la pièce, tout en illuminant les charmantes couleurs de bengal de Kitty ainsi que les teintes orange et marron de Baron. La lumière dansa sur les vitres, et Binx se redressa en position assise pour la regarder en fouettant l'air de sa queue. Les yeux de Thomas luisaient depuis l'alcôve sombre de l'arbre à chat. Visiblement, les félins s'étaient lassés d'attendre les restes du repas de Noël.

— Je me demande combien d'autres personnes sont bloquées par la neige ? s'interrogea Emmie à haute voix, histoire de dire quelque chose, car Megan restait muette. Ça ne m'était encore jamais arrivé. Et vous ?

Megan secoua la tête.

— Non, jamais.

— J'ai toujours rêvé de voir plus de neige. Manchester ne semblait récolter que les miettes des autres.

Elle s'agenouilla à côté du fauteuil pour caresser la tête de Salem.

— Ça va, petit gars ? dit-elle doucement.

Le chat ouvrit les yeux et cligna lentement des paupières. Emmie caressa la tache blanche en forme de diamant sur son front, puis y planta un baiser.

— Il est un peu patraque en ce moment, confia-t-elle à Megan.

— Oh, non, dit Megan en se penchant pour étudier Salem. J'espère que ça va.

— Moi aussi. Et j'espère que le chat errant va bien également…

Surprenant le regard curieux de Megan, elle lui parla du chat qu'elles nourrissaient, et du fait qu'elle avait tenté de l'attirer à l'intérieur.

— Pauvre petit, lâcha Megan.

Il y eut un long silence. Binx s'approcha et se frotta contre les jambes de Megan, qui lui caressa l'arête du dos.

— Je suis désolée d'avoir plombé l'ambiance, dit Megan.

Elle se redressa et franchit la pièce pour gagner le divan, s'installa au centre et replia les jambes le long du rebord. Binx la suivit et sauta à côté d'elle.

— Je ne me serais jamais doutée qu'il travaillait ici.

Elle prit une inspiration tremblante et secoua la tête en contemplant ses mains jointes sur ses genoux.

— Mais je sais pourquoi il me soupçonne d'avoir été insistante. Je lui ai fait du mal. J'ai commis une grave erreur. Je n'aurais peut-être pas dû venir ici, pas pour Noël.

Emmie avait bien entendu. *Tu ferais mieux de retourner auprès de ton fiancé*, avait dit Jared. Et avant ça, il lui avait confié que son ex-petite amie l'avait trompé. Son ventre se noua. Pourquoi se sentait-elle aussi mal pour lui ?

— Vous n'avez vraiment pas à m'expliquer quoi que ce soit, dit-elle avec diplomatie, en s'efforçant de ne pas choisir de camp.

Dans les faits, Megan était une cliente, une locataire, après tout. Et ce qui s'était passé entre eux ne la regardait absolument pas.

— Je sais, mais..., chuchota Megan, si bas qu'Emmie peina à l'entendre. Vous l'avez entendu. J'étais déjà fiancée quand j'ai rencontré Jared.

Elle fit glisser ses mains le long de ses bras comme pour s'y blottir.

Emmie se détourna de Salem pour rejoindre Megan sur le canapé. Elle n'avait jamais compris ce qui pouvait pousser à tromper quelqu'un – pour sa part, lorsqu'elle était en couple, elle restait fidèle, quoi qu'il arrive, et si elle n'était pas heureuse, soit ils trouvaient une solution, soit elle passait à autre chose. Elle ne comprenait pas comment Megan avait pu se retrouver dans cette situation, et éprouvait aussi beaucoup de peine pour Jared, qui avait également dû affronter la perte de sa chatte. Mais elle n'allait pas dire ça à la locataire de Sylvie.

— Je n'ai jamais voulu que ça se passe comme ça, murmura Megan, alors que Binx se roulait en boule à côté d'elle.

— Vous n'avez vraiment pas à vous justifier, répéta Emmie.

— Et pourtant, si, insista Megan avec un haussement d'épaules. Vous voilà coincée ici avec nous deux le jour de Noël, et c'est un peu ma faute.

— Eh bien…

Emmie ne savait pas quoi dire.

— Mon fiancé, Ethan, il était tellement… dominateur. Je sais que ça n'excuse rien.

Les mots de Megan sortaient de manière précipitée, comme si elle trébuchait sur ses propres pensées. On aurait dit qu'elle avait tout réprimé pendant très longtemps. Peut-être qu'elle n'avait eu personne à qui parler, ou qu'elle avait eu trop honte pour en faire part à un proche.

— J'avais envie de partir, de tout arrêter, mais dès que j'essayais, il me faisait culpabiliser. Il avait un comportement toxique. J'ai rencontré Jared quand je l'ai embauché pour un travail de graphisme et j'ai flashé sur lui, alors je me suis mise à venir souvent pour le voir. Et de fil en aiguille… J'ai toujours eu l'intention de tout avouer à Jared. Mais il a fini par tomber sur un texto d'Ethan, et c'était trop tard.

Emmie secoua la tête et soupira.

— Je sais ce que c'est, affirma-t-elle. De vivre avec quelqu'un de toxique.

Megan releva la tête avec un petit hoquet de surprise.

— Vraiment ?

— Mon frère. Ce n'est pas facile.

— Non, c'est sûr.

Megan s'abandonna contre les coussins en cuir marron du divan et se mit à tripoter un fil sur la manche de son pull, les yeux luisants de larmes.

— Il m'a fallu du temps pour trouver le courage de partir. Évidemment, à ce stade, Jared m'avait rayée de sa vie, alors je suis venue ici dans l'espoir qu'il me comprenne, qu'il me pardonne, si je m'expliquais en personne. Quelle idiote… Je n'aurais pas dû venir. Et maintenant, on est tous coincés ici. Je suis désolée.

— Mais non, déclara Emmie. On ne peut rien y faire.

Megan avait l'air tellement abattue qu'Emmie, naturellement, eut envie de lui remonter le moral. Se retrouver bloqué par la neige était déjà assez difficile comme ça sans toutes ces complications.

— Par contre… On peut tirer le meilleur parti des lieux. Chocolats chauds à gogo, cookies, donuts… on a tout ce qu'il faut, lança-t-elle en poussant la jambe de Megan du bout du pied. Et on a un cuistot qui nous fait un repas de Noël, même si c'est votre ex. Ce n'est pas si mal !

Enfin, Megan la gratifia d'un sourire mouillé de larmes.

— Je ne sais pas pourquoi vous êtes aussi gentille avec moi.

— Vous préféreriez que je sois odieuse ? Ça ne serait pas très festif.

— Non ! rit Megan. Non, mais je…

Sa vivacité s'estompa.

— Je ne le mérite pas, acheva-t-elle.

Emmie se leva, songeant à Dustin. Il avait fait peur à l'unique petit ami convenable qu'elle avait eu pendant qu'elle vivait avec lui. Ils avaient bu un coup ensemble, et Dustin avait proféré des méchancetés. En plus de quoi, les amitiés d'Emmie ne s'étaient pas vraiment épanouies là-bas, à Manchester, car elle avait été trop occupée à travailler et à tendre vers ses objectifs, en vouant tout son temps libre à sa carrière artistique ou à des jobs sans intérêt pour financer ses créations. Chaque instant où elle ne s'efforçait pas d'atteindre un but lui faisait l'effet d'une occasion manquée. Elle se demandait si elle avait tort, ou si c'était ce qu'il fallait faire quand on courait après un rêve et qu'on se consacrait à sa passion. Elle n'avait pas de réponse.

— Nous commettons tous des erreurs, assura-t-elle à Megan. Et de toute manière, ce qui s'est passé entre vous et Jared ne regarde que vous deux. Pourquoi je vous en tiendrais rigueur, alors qu'on vient de se rencontrer ?

Megan garda le silence, puis hocha la tête.

— Merci.

— Je vais parler à Jared. Je pense qu'aucun de nous ne devrait rester seul pour Noël, vous ne croyez pas ?

Lentement, Megan fit « oui » de la tête, les yeux baissés sur le petit ventre de Binx qui s'élevait et s'affaissait.

— C'est pour ça que j'étais venue ici, dit-elle posément, en tournant le regard vers Emmie pour la considérer d'un air grave. J'espérais qu'il accepterait de le passer avec moi.

*

Jared jeta un coup d'œil au four en tâchant de ne pas tenir compte de la sensation de déchirement qui lui tiraillait le ventre. Megan était ici, et il avait l'esprit qui crépitait d'agacement et de confusion. Elle avait forcément appris où il travaillait. Il envoya un texto à son frère :

Tu as parlé à Megan de mon boulot au café ?

Son frère ne répondit pas, et il grogna en contemplant l'écran, jusqu'à ce que s'affiche un message de sa mère. Lorsqu'il répondit, elle était encore en ligne.

Maman : Comment ça va, mon chéri ? On vient de finir de manger. Ce n'était pas pareil sans toi. Danni s'est occupée de la dinde, elle m'a sauvé la vie.
Jared : Ça va, j'essaie de nous préparer un repas à nous aussi
Jared : Par contre, je suis à peu près sûr d'être maudit
Maman : Quoi ? Pourquoi ??
Jared : Attends, jette un coup d'œil à la discussion de groupe

Elle lui envoya l'image animée d'un chien remuant une paire de sourcils surdimensionnés, et il lâcha un rire. Il avait hâte qu'elle voie son message.

Megan est ici. Coincée avec nous. Shane avait entièrement raison, elle s'est pointée sans prévenir et louait l'appartement à l'étage !!

À vrai dire, il avait envie de faire comme s'il ne s'était rien passé, et préférait rester sur le ton de la plaisanterie. Aussi ajouta-t-il :

Tu n'aurais pas pu prévoir ce coup de théâtre hallucinant, madame Irma ?

Elle prit beaucoup de temps pour rédiger une réponse toute simple :

OH LÀ LÀ

Son frère envoya une série de petits emojis avec la tête qui explosait, suivis de :

Tu DÉCONNES ?! Et non, bien sûr que je n'ai pas dit à Megan où tu travaillais !

Jared secoua la tête et reposa son téléphone. Il sortit les pommes de terre du four – enfin cuites – et entreprit de dresser les plats. Il se souvenait de la fois où il avait appris l'existence du fiancé de Megan… Elle avait manqué le rendez-vous crucial de Poppy chez le vétérinaire, et il s'était avéré que c'était parce qu'elle était avec *lui*.

Il avait l'impression d'avoir la poitrine prise dans un étau. Il expira lentement.

Il les entendait parler toutes les deux, de manière assourdie. Alors qu'il était penché sur les plats, Emmie pénétra dans la cuisine.

— Ohé, dit-elle doucement en s'attardant sur le seuil.

— Salut.

— Euh…, commença-t-elle. Je sais que la situation est gênante. Mais je n'ai pas envie que tu restes seul, surtout après tout le mal que tu t'es donné. On pourrait manger tous ensemble ?

Il cracha un rire.

— Avec mon ex ?

— Je sais. Mais tu as vraiment envie de rester seul dans la salle de pause glaciale ? Le jour de Noël ?

Non, en effet. La perspective était peu réjouissante. Il n'avait jamais voulu passer Noël seul, encore moins cette année. Soudain, un éclair de détermination le traversa. Pourquoi s'y résignerait-il, après tout ? C'était elle qui était arrivée et qui avait mis du sable dans les rouages. Il n'avait jamais demandé qu'elle vienne pour les fêtes, alors pourquoi se retrouverait-il seul à cause d'elle ? Elle lui en avait déjà assez fait baver comme ça.

— D'accord, répondit-il durement. Je serai poli, mais ne t'attends pas à ce que je m'amuse en sa présence.

— Bien sûr, approuva Emmie, qui sourit et se mit à sautiller. Je peux t'aider ?

Il essaya de sourire à son tour, même si la perspective de manger en présence de Megan lui vrillait les entrailles.

— Non, c'est bon. Repose ton poignet. J'apporte les plats dans une minute, allez vous asseoir toutes les deux.

Emmie hocha la tête et quitta la cuisine à la hâte.

*

— Ça a l'air délicieux, Jared, lança Emmie une fois qu'ils furent tous attablés.

Les chats les encerclaient tels des vautours attendant de fondre sur une carcasse, et elle dut étouffer un rire en voyant Eric se cabrer comme un suricate pour humer l'air.

— Je n'arrive pas à croire que tu aies réussi à préparer tout ça. Merci.

— Aucun problème, répliqua-t-il en lui souriant. Mangez avant que ça refroidisse.

S'ils mangeaient, songea-t-elle, ils discuteraient moins – et elle se doutait qu'il devait souhaiter réduire ses interactions avec Megan au minimum. Mais c'est vrai que ça avait l'air délicieux. Il avait fait réchauffer un peu de la soupe toute prête qu'ils gardaient en stock pour les clients, essentiellement à la courge butternut, carotte et coriandre, et au centre de la table trônait une multitude de plats pour que chacun puisse y piocher et se composer son propre repas de Noël. Pommes de terre rôties avec bâtonnets de poulet et farce, accompagnés d'un pichet de sauce et de divers légumes qu'Emmie avait apportés de son appartement ; sandwiches de dinde et d'airelles (sorties de sachets – encore une denrée de base pour la clientèle) ; mini-tourtes ; mini-saucisses « festives » et feuilletés. Et, d'après Jared, il avait même préparé assez de dessert pour eux trois – un crumble aux pommes cuisait actuellement au four. Si on y ajoutait les cookies, sablés et donuts-chats de Noël de Clem, ils ne devraient pas manquer de nourriture. Ce banquet pourrait leur tenir des jours.

Megan marmonna des remerciements, et ils se mirent à manger leur soupe en silence. Leur gêne à tous les deux était presque palpable, et ils s'évitaient du regard tout en remplissant leurs assiettes avant d'en napper le contenu de sauce. Emmie peinait avec le plat de pommes de terre, son attelle lui compliquait la tâche.

— Attends, je vais t'aider, dit Jared en se levant pour contourner précipitamment la table.

Voyant une rangée de chats le suivre l'air plein d'espoir, comme s'il était le joueur de flûte de Hamelin, elle eut un petit rire amusé. Elle repoussa Jess, qui semblait sur le point de bondir sur leurs assiettes comme pour un numéro de cirque.

Elle rougit quand Jared se pencha pour atteindre le plat de pommes de terre ; sentant le parfum de son after-shave se mêler aux odeurs de nourriture, elle en oublia les chats gloutons.

— Désolé, j'aurais probablement dû te préparer ton assiette au lieu de te forcer à te servir, s'excusa Jared.

— J'imagine que c'est ça, l'esprit de Noël. Des repas de famille gênants, hein ? répliqua Emmie en essayant d'égayer l'ambiance pendant que Jared la servait.

Elle goba une mini-saucisse festive, sous le regard de Jess qui la contemplait au niveau de ses chevilles de ses grands yeux verts.

— Et vous deux, où est-ce que vous passez Noël habituellement ?

— J'avais prévu d'aller chez ma mère, répondit Jared en regagnant son siège, talonné par Thomas qui émit un bref miaulement. Avec mon frère et sa femme, Danni. Mais ils savent que je suis ici.

— Et vous, Megan ?

Emmie se demanda si tout le repas allait se poursuivre ainsi, si elle allait devoir mener une conversation séparée avec chacun d'eux.

Megan haussa une épaule.

— Nulle part de précis. Mon père est parti quand j'étais petite, et je ne m'entends pas bien avec ma mère. Maintenant, mamie est en maison de retraite.

Emmie éprouva un élan de compassion. Était-ce pour cela qu'elle avait choisi de venir ici, dans l'espoir de ranimer sa relation avec Jared ? Cette idée lui inspira une drôle de sensation – tout entortillée de l'intérieur, un peu comme des roulés à la saucisse. Hors-d'œuvre qui, d'ailleurs, lui manquait cruellement ce jour-là.

— Je suis désolée de l'entendre. Elle va bien ?

Megan hocha la tête et cala une mèche de cheveux derrière son oreille.

— Ça avait l'air d'aller ce matin. Aujourd'hui, ils organisent un repas et quelques jeux pour les résidents, alors elle va avoir de quoi s'occuper. Je passerai la voir à mon retour.

Ils sombrèrent dans un nouveau silence. La musique de Noël qu'Emmie avait mise ne parvenait guère à apaiser l'ambiance, mais c'était toujours mieux que rien.

— Bon, déclara-t-elle, ça pourrait être pire. On pourrait être en compagnie de membres de la famille saouls et agressifs.

Elle avait voulu trouver un point positif, mais sans doute était-ce idiot d'avoir dit ça, alors elle enchaîna hâtivement :

— Enfin, je veux dire qu'on aurait pu trouver pire comme endroit pour passer Noël.

— Ça me plaît plutôt d'être ici, avec les chats, reconnut lentement Megan en portant son regard sur les félins, puis sur la table, avant de le poser sur Jared. Et c'est délicieux, en plus. Merci, Jared.

Leurs regards se croisèrent. Malgré la sauce qui inondait son assiette, Emmie sentit sa bouche s'assécher. Soudain, elle n'avait plus d'appétit. On disait que Noël opérait des miracles. Que, s'il faisait ressortir le pire chez certains, il révélait le meilleur chez d'autres. La joie, la reconnaissance, l'esprit festif. Peut-être allaient-ils parvenir à la conclusion qu'ils s'aimaient toujours, en fin de compte ? Elle ne pouvait pas en vouloir à Jared – malgré ses erreurs, Megan était belle, talentueuse, douée en affaires, une travailleuse indépendante, tout comme lui. Ils avaient des points communs, un passé commun. Sans trop savoir pourquoi, cette pensée lui flanqua le bourdon.

Et puis, l'instant passa, et Jared se contenta d'un hochement de tête avant de détourner le regard.

Très vite, ils terminèrent leur plat principal et Jared servit le dessert. Le public de chats était toujours là – mis à part Salem, resté tapi dans le Chatlon. Ils attaquèrent le crumble aux pommes de Jared, qui était savoureux.

— J'aimerais qu'on vienne me faire la cuisine comme ça *tous les jours*, déclara Emmie en s'abandonnant sur son siège avec un gémissement satisfait alors qu'elle finissait son assiette.

Elle avait tellement mangé qu'elle avait l'impression d'avoir le ventre plein comme une outre. Depuis le sol, Jess et Thomas l'observaient avec envie.

— Désolée, vous deux. Combien ça me coûterait, de t'avoir en permanence chez moi comme cuisinier personnel ? lança-t-elle à Jared.

— Qu'est-ce que tu aurais à me proposer ? répliqua-t-il, le regard pétillant.

Bon. Il avait l'air de flirter avec elle. La nuque assaillie par des picotements de plaisir, elle jeta un regard gêné à Megan, se sentant coupable pour l'onde d'euphorie qui venait de la traverser.

De toute évidence, Megan avait remarqué ce qui se passait entre eux. Elle n'émit aucun commentaire et se borna à changer de sujet.

— Emmie, comment vous vous êtes fait mal au poignet ? Vous ne me l'avez jamais vraiment dit.

— Ah…, lâcha Emmie en décochant un nouveau coup d'œil à Jared. Eh bien, c'est quand nous sommes allés ensemble à la foire d'hiver. Sylvie y tenait un stand pour le café – c'est au manoir Crescent Wood, vous connaissez ?

— Crescent Wood, répéta Megan avec raideur, et Jared tressaillit.

— Oui ?

— Je… vois.

Que se passait-il ? Semblant se désintéresser de la conversation, Jared s'appliquait à rassembler les miettes de crumble dans son assiette. Perplexe, Emmie décida qu'il valait mieux poursuivre.

— Oui. Bref, pendant qu'on rangeait les affaires, quelqu'un m'est rentré dedans et je suis tombée. Il ne regardait pas vraiment où il allait. Après quoi, Jared m'a emmenée aux urgences. (Elle lui sourit.) Et il a fait passer un sale quart d'heure au type en question.

Il lui rendit son sourire, l'air un peu plus gai.

— Vraiment ? fit Megan d'une voix neutre – déçue. Bon, merci pour le repas, mais je vais remonter dans l'appartement avec quelques bouillottes.

— Vous êtes sûre ? demanda Emmie.

— Oui. Je crois qu'on a tous été suffisamment gênés comme ça. Mais j'apprécie que vous ayez tenté de faire en sorte qu'on passe Noël ensemble.

Emmie hocha la tête en la regardant se lever et s'éloigner, tout en s'arrêtant brièvement en chemin pour gratouiller Thomas entre les oreilles. Jess en profita pour bondir sur le siège vide et faillit plonger le nez dans les restes avant qu'Emmie pousse un cri et la chasse. Elle remarqua que Megan avait soigneusement évité de s'adresser directement à Jared avant de partir, comme si la seule évocation de son nom avait pu suffire à provoquer une dispute, ou à ce qu'ils se mettent à se draguer ouvertement devant elle. Emmie remua nerveusement.

— Si tu allais te mettre à l'aise dans le Chatlon ? suggéra Jared une fois Megan partie. Je vais débarrasser la table.

— Oh, mais je vais t'aider ! Tu en as déjà tellement fait…

— Non, t'inquiète, insista-t-il en riant. Qu'est-ce que tu disais, déjà, tout à l'heure ? Que tu aimais t'occuper ? Moi aussi. Ça m'aidera à chasser la gêne de… tout ça.

Il agita une main en l'air, puis vers la table.

Emmie pouffa.

— Bon, d'accord, si ça te fait plaisir.

Elle se leva, happant au passage un donut-chat de Noël. Lorsqu'il haussa un sourcil, elle dit :

— Il reste toujours de la place pour le dessert ! Et puis, il n'y a plus qu'un seul de ceux-là, à la crème anglaise.

Il éclata de rire, et elle ne put s'empêcher de songer combien elle aimait voir cet air radieux sur son visage, tellement plus que la contrariété qu'il avait affichée en présence de Megan. Le sourire aux lèvres et le pas léger, elle regagna le Chatlon. Le repas avait sans doute été gênant pour les deux autres, mais, pour sa part, elle avait largement préféré ça à un Noël solitaire.

10

Une fois que Jared eut fini de nettoyer, il se rendit dans le Chatlon, où Emmie était blottie dans un coin du canapé avec une couverture sur les genoux et une tasse de thé fumante sur la table. Un chat noir était assis sur le fauteuil d'en face, les pattes repliées sous lui. Jared referma la porte pour garder la chaleur. Avec le feu qui flambait, il eut l'impression de pénétrer dans un four. Un groupe de chats était étendu sur le tapis, leur pelage soyeux brillant dans la lumière.

— Salut, lança Emmie, un carnet à dessin sur les genoux et un crayon à la main.

Elle dessinait encore, malgré son attelle. Une telle obstination forçait l'admiration.

— Salut, répondit-il en s'installant en face d'elle. Je n'ai pas encore eu l'occasion de m'excuser, pour la présence de Megan, et tout.

— Tu ne pouvais pas savoir. C'était pire pour toi que pour moi.

Jared se surprit à bâiller bruyamment au contact de la chaleur, les yeux brusquement humides. Toute cette cuisine et ce nettoyage l'avaient éreinté, et la lourde satiété de Noël commençait à le gagner.

— Elle n'aurait pas dû venir ici, dit-il d'une voix somnolente.

— Je pense qu'elle voulait simplement tirer les choses au clair avec toi.

— Tirer les choses au clair ? Elle avait déjà un fiancé. Moi, j'étais son à-côté. Je doute qu'il y ait quoi que ce soit à tirer au clair.

Il s'abandonna en arrière dans le canapé en cuir, savourant la chaleur du feu qui lui irradiait le flanc gauche et tâchant de ne pas songer à Megan. Tout ce qu'il voulait, c'était oublier sa présence.

— Tu l'aimes encore ? demanda Emmie d'une petite voix.

Pourquoi cette question ? Il haussa les sourcils.

— Non, répondit-il franchement. Absolument pas.

Il avait eu tout le temps d'y réfléchir et en avait conclu que, même sans le fiancé, le courant ne passait pas entre eux, et leurs objectifs partaient dans des directions différentes, telles des lignes opposées sur une carte de constellations. À l'époque, il s'en était à peine aperçu, trop préoccupé par les rires qu'ils partageaient et l'alchimie physique qui les reliait ; il s'était convaincu que leur relation pouvait être sérieuse, durable. Rétrospectivement, ça n'aurait jamais pu marcher. Elle voulait des tas d'enfants ; lui préférait avoir une famille à poils. Elle souhaitait une énorme cérémonie de mariage, comme celles qu'on voit à la télé – lui aspirait à une retraite tranquille à la plage ou à la montagne. Il aurait été capable de se contenter de moins afin de mieux profiter de la vie – de travailler en indépendant, à des tâches épanouissantes. Des randonnées le week-end. Du camping. Elle, elle voulait une grande maison, des vacances qui ressemblaient à celles des influenceurs, élever des enfants aux côtés d'un mari avec un métier sérieux, qui serait capable de lui procurer tout cela. Une vie sur papier glacé.

— Si elle essayait de me convaincre de me remettre avec elle, elle serait déçue, poursuivit-il.

— Je veux bien te croire, approuva Emmie. Mais, tant qu'on est coincés ici, tu devrais peut-être écouter ce qu'elle a à dire. Je ne te dis pas de changer d'avis, ajouta-t-elle rapidement lorsqu'il ouvrit la bouche pour riposter. Affirme-toi s'il le faut. (Elle haussa les épaules.) Laisse-la parler, mais reste ferme. Des fois, les gens ont besoin de ça. Des fois, il faut leur dire précisément ce qu'on ressent, qu'ils comprennent qu'on ne veut plus jamais les revoir. Surtout après ce qu'ils nous ont fait subir.

— Peut-être, concéda-t-il en songeant à Poppy et au profond ressentiment qu'il nourrissait à l'égard de Megan. À t'entendre, on croirait que tu parles d'expérience.

— C'est le cas. Mon frère.

— Ah. Saoul et agressif ? devina-t-il.

Il se rappela ce qu'elle avait dit à table, le fait qu'elle préférait passer Noël avec eux plutôt qu'en compagnie de membres de la famille saouls et agressifs.

Emmie hocha la tête, tout en regardant Eric tenir le cou de Baron avec les pattes près du feu pendant qu'ils se nettoyaient mutuellement.

— Il ne l'était pas, avant. J'ai essayé de l'aider. Mais ça n'avançait pas et, au bout du compte, j'ai dû taper du poing sur la table. Comme je vivais avec lui, c'était un vrai cauchemar. C'est pour ça que je suis venue ici.

— Ça m'a l'air dur.

— Ça l'était. Ça l'est.

Elle fronça les sourcils, visiblement contrariée, et il eut aussitôt envie d'effacer cette expression, de la remplacer par de la gaieté.

— C'est mon premier Noël sans lui, reprit-elle. Même si, l'année dernière, ça n'était pas très festif… Il a bu, on s'est disputés et il s'est endormi sur le canapé. Alors, tu vois, cette année, il y a du mieux.

— Ravi d'apprendre que mon ex et moi représentons un « mieux », décréta Jared avec un sifflement ironique, et tous deux se mirent à rire.

— Merci pour aujourd'hui, dit-elle. Ça m'a beaucoup plu. Ton repas, et tout le reste.

Soudain, il se sentit bête. Elle le regardait comme s'il avait remporté une médaille olympique, ou gravi une montagne, et il ne savait pas comment réagir.

— Qu'est-ce que tu dessines ? demanda-t-il pour donner le change.

— Oh, ça ? J'ai du mal avec les bâtiments, alors j'essaie de crayonner le bar à chats sous la neige, répondit-elle en brandissant un croquis rudimentaire, dont les traits étaient tellement flous qu'ils en étaient presque invisibles sur la feuille. Pas évident avec l'attelle, ajouta-t-elle en le tapotant avec son crayon. Ce n'est pas le meilleur moment pour affûter mes compétences.

— C'est toujours mieux que ce que je pourrais faire. Avec un ordinateur, tout va bien, mais, dès que je dessine sur une feuille de papier, ça finit par ressembler à une scène de meurtre.

Emmie rit, et il sentit sa poitrine se gonfler de fierté. Il aimait la faire rire, voir la joie pétiller dans son regard.

Ils restèrent assis dans un silence confortable pendant qu'Emmie apportait des détails à son dessin en pressant ponctuellement son crayon sur ses joues pour réfléchir, et que Jared observait les chats, leurs petits ventres qui s'élevaient et s'abaissaient à chaque respiration. À un moment donné, elle jeta un nouveau coup d'œil aux informations sur son ordinateur.

Il se laissa bercer par le ton monocorde du présentateur. Comme son téléphone lui pressait sur la jambe à l'intérieur de sa poche de pantalon, il le sortit et le posa sur la table. Il ne tarda pas à s'assoupir sur le divan, laissant partir sa tête en arrière sur le dossier.

*

Un peu plus tard, il se réveilla couché sur le flanc et enveloppé dans une couverture. Il faisait sombre, et on avait allumé des bougies qui formaient des petites épingles de lumière orangée. Le feu flambait encore et Emmie était assise par terre, les genoux contre la poitrine. Un chat noir dormait sur le fauteuil derrière elle. Son carnet sur les jambes, elle l'étudiait attentivement en soulevant de temps à autre son crayon pour apporter un ajustement à la lueur du feu. La chatte ragdoll dormait de l'autre côté, pressée contre sa cuisse. Emmie leva négligemment le visage vers lui, puis écarquilla les yeux. Il ne put s'empêcher de remarquer que les flammes dansaient dans ses pupilles, comme si celles-ci contenaient le soleil, donnant vie à ses petites taches de rousseur. On aurait presque dit un être céleste, il ne lui manquait plus qu'un diadème ou une couronne. Il se secoua ; il avait sûrement dû rêver d'un monde fantastique, et n'avait pas les idées claires.

— Tu es réveillé, constata-t-elle.

Il bâilla en clignant des yeux. Il fallait qu'il s'arrache à son rêve.

— Je ne voulais pas m'endormir. Ça a duré combien de temps ?

— Une heure et quelques. Mais, euh… On a eu une coupure de courant.

— Quoi ?

Il se redressa, et le flou de son rêve commença à s'estomper.

— Ça devrait aller, le chauffage central a marché toute la journée. J'ai allumé des bougies ici et j'en ai porté une à Megan, avec quelques bouillottes. Ça ira pour elle, elle a pas mal de couvertures là-haut. Mais on va devoir faire attention à la quantité de bois qu'on va mettre dans le poêle, au cas où la coupure d'électricité se prolongerait.

Il se leva pour jeter un coup d'œil à la corbeille en osier près du poêle ; il n'y avait pas assez de bois, estima-t-il, pas s'ils devaient rester coincés là deux ou trois jours – et tous les bulletins météo suggéraient que la tempête n'était pas encore terminée.

— J'ai veillé à prendre des réserves quand je suis sortie avant le début de la tempête, lui affirma Emmie. De la nourriture, des provisions pour les chats. J'ai même acheté des fournitures médicales, mais je n'ai pas pensé au bois ! soupira-t-elle. Je n'ai jamais eu de poêle à bois ni de cheminée avant d'arriver ici, alors ça ne m'est pas venu à l'esprit.

— On ne va pas pouvoir ressortir en chercher, souligna Jared. Pas dans ces conditions. On ferait mieux de voir ce qu'on pourrait brûler au cas où on se retrouverait à court de bois. Tout ce qui est à motifs imprimés est susceptible de dégager des vapeurs toxiques – et pareil pour le carton. Il pourrait y avoir de l'encre ou de la cire dessus. Il faut faire attention. Pas de magazines, de papier cadeau, ni de carton.

Emmie fronça les sourcils.

— Qu'est-ce qu'on peut prendre alors, mis à part du bois, si on ne veut pas s'intoxiquer ?

— Du papier blanc, des vieux journaux. Avec un peu d'ingéniosité, on peut aussi se servir du feu pour réchauffer la nourriture dans une casserole.

— D'accord, je vais jeter un coup d'œil en haut, dans mon appartement. Toi, cherche ici.

Ils se séparèrent, et Jared fouilla toutes les pièces de l'établissement. Il n'y avait pas beaucoup de papier utilisable dans le café en lui-même – Sylvie recyclait abondamment. Mais il trouva quelques journaux en passant par une salle réservée au personnel, dont la porte était percée d'une chatière qui donnait sur le sous-sol. On y trouvait des rangées de bacs à litière, visibles dans la lueur bleutée de la lampe de son téléphone. Sylvie devait se servir des journaux pour les tapisser lorsqu'elle n'avait plus de sacs adaptés. Il n'y avait pas grand-chose, mais ça ferait l'affaire.

Il hésita avant de quitter la pièce, frappé par la brusque image de Poppy levant les yeux vers lui en ouvrant sa petite bouche pour miauler avant de gagner sa litière et de peiner à y faire quoi que ce soit, pour répéter tout le processus une heure plus tard. Subitement, il fut assailli par un sentiment de culpabilité tellement puissant qu'il manqua de s'effondrer. Les médicaments l'avaient aidée, vers la fin. Mais il avait eu l'impression de ne pas avoir été à la hauteur. Il n'avait pas pu arranger les choses, la sauver. Il n'en avait pas assez fait. Le pire était que, les animaux ne parlant pas le langage humain, il n'avait jamais pu lui faire comprendre qu'il essayait de l'aider, qu'il lui donnait tous ces médicaments parce qu'il l'aimait et voulait la garder avec lui. Ce n'était pas censé la rendre malheureuse. Il avait voulu la sauver – comme elle l'avait sauvé, lui. Et, au bout du compte, il n'y était pas parvenu.

La gorge nouée, Jared inspira un grand coup et quitta la pièce, journaux à la main. En refermant derrière lui, il ne put dissiper la douleur dans sa poitrine.

*

Lorsqu'ils eurent recueilli suffisamment de matériaux à brûler, Jared regagna le Chatlon avec Emmie, où les chats somnolaient paisiblement dans une chaleur agréable. Avec une pointe de culpabilité, Jared songea à Megan à l'étage, sans feu pour la réchauffer, mais Emmie lui avait dit qu'elle n'avait pas voulu descendre et avait insisté pour rester là où elle était. Emmie avait laissé son carnet sur la table, tourné vers le haut, mais ça ne ressemblait pas à un croquis de bâtiment. Curieux, puisqu'elle avait dit qu'elle dessinait le café sous la neige.

— Tu dessines encore le café ? demanda-t-il en désignant le carnet.

— Je… Pas vraiment.

Avec un air penaud, elle s'empara du cahier et le pressa sur sa poitrine.

— Dis donc, si tu me dessinais quand je dormais tout à l'heure, tu pourrais au moins me montrer le résultat ! protesta-t-il en lui tapotant le bras.

— D'accord, je vais te montrer, mais c'est encore rudimentaire, et pas génial à cause de l'attelle !

Elle avait refermé le capot de son ordinateur portable, remarqua-t-il, probablement pour économiser la batterie, mais la lumière était suffisante pour qu'il puisse voir à la lueur du feu et des bougies.

— Et tu dois promettre de ne pas rire !

— Pourquoi rirais-je ? s'étonna-t-il. Tu sais que j'aime tes dessins, Em.

Sans rien dire, elle s'approcha et lui fourra le cahier dans les mains. Il s'installa sur le canapé et baissa les yeux sur le croquis.

Ce fut comme si un chasse-neige venait de le percuter de plein fouet. Il était incapable de parler, incapable de trouver les mots adéquats. Elle l'avait dessiné dans sa position couchée, sauf qu'il était réveillé, et que Poppy était sur ses genoux. Les taches étaient reconnaissables entre mille. La chatte était tournée de face, blottie dans ses bras comme un enfant, et il semblait la câliner, lui caresser la tête tout en lui tenant le flanc de l'autre main. Le style était mignon, comme tiré d'un livre pour enfants ou d'un film d'animation, de sorte que lui et Poppy avaient des yeux immenses, surdimensionnés, et elle avait dessiné des cœurs sur les joues de la chatte à la place des moustaches, ce qui ne faisait qu'ajouter au charme de l'ensemble.

Il était tellement déconcerté qu'il ouvrit la bouche, puis la referma, tout en crispant les doigts sur les bords du cahier.

— Je t'ai contrarié, paniqua Emmie.

Elle s'assit à côté de lui et voulut lui prendre le carnet des mains.

— Pardonne-moi, je ne faisais que m'exercer, et j'ai cru que ça pourrait te plaire après ce que tu m'avais dit sur ton chat. Tu as reçu une notification sur ton téléphone tout à l'heure, et j'ai vu la photo de ton fond d'écran. Je ne voulais pas…

— Emmie, l'interrompit-il. Ne sois pas désolée. J'adore.

Les murs qu'il avait érigés depuis que Megan était partie, depuis qu'elle l'avait trompé – enfin, dans les faits, elle avait trompé quelqu'un d'autre avec lui, mais bref –, semblaient avoir du mal à ne pas s'effondrer. Ici, dans cette pièce inondée d'une lueur cuivrée, où régnait une chaleur confortable et douillette malgré la violente tempête qui faisait rage dehors, il peina subitement à comprendre pourquoi il avait tant lutté pour maintenir son bouclier si longtemps, alors qu'il aurait pu s'ouvrir à quelqu'un comme Emmie. Tant de gentillesse, de prévenance, de… compassion. Il n'arrivait pas à se souvenir de la dernière fois qu'il avait ressenti ça, avec quiconque.

Elle tenait le côté du cahier, mais se figea en comprenant qu'il n'allait pas la laisser faire. Jared pressa sa main sur la sienne, et elle se décrispa, leva les yeux vers lui en se mordant la lèvre. Il n'avait jamais eu autant envie de l'embrasser qu'à cet instant, mais Megan était encore là, à l'étage, telle une ombre qui planait au-dessus de lui.

— Merci, dit-il d'une voix rauque en lui serrant la main, balayant toutes sortes d'envies auxquelles il refusait de céder.

Il ne pouvait pas laisser cette situation lui monter à la tête. Ça ne serait pas bien, pas maintenant.

— Je peux le garder ?

— Ce n'est qu'un vague croquis, dit-elle à voix basse.

— Il est parfait, affirma-t-il.

Elle hésita avant d'esquisser un petit sourire, et même le plus petit des sourires la rendait encore mille fois plus belle qu'elle ne l'était déjà.

— Alors, garde-le, lui répondit-elle. Il était pour toi, de toute manière. Comme ça, tu n'auras plus rien à m'acheter.

Il lui lâcha la main, et elle se pencha en arrière pour arracher doucement la page de son carnet, qu'il lui rendit.

— Merci, dit-il.

Il plia soigneusement la feuille, qu'il glissa dans la poche de son jean comme s'il s'agissait d'un précieux trésor.

11

— Je pensais dormir ici cette nuit, déclara Emmie.

Elle avait chaud, trop chaud, sensation accrue par le contact de la main de Jared sur la sienne et par la douceur dans ses yeux marron lorsqu'il lui avait pris son dessin.

— Je peux descendre d'autres couvertures. Si tu veux dormir ici aussi, près du poêle…, s'interrompit-elle, sentant la nuque la brûler, mais pas à cause du feu. Ça vaudrait sans doute mieux qu'on dorme tous ici d'ailleurs, Megan comprise, ajouta-t-elle. J'y ai bien réfléchi, et je ne veux pas qu'on se retrouve en hypothermie. Aux infos, ils disaient qu'il risquait d'y avoir de fortes chutes de température au petit matin.

Elle savait que l'idée que Megan dorme dans la même pièce que lui n'enchanterait pas Jared, et se demanda ce qu'il allait en dire. Quant à elle, elle n'aurait eu aucune envie de dormir dans la même pièce que son ex-petit ami. Mais ç'aurait été vraiment mal de sa part de laisser Megan en haut seule dans son appartement glacial pendant qu'eux profitaient du feu.

Il ne protesta pas.

— Tu as raison, acquiesça-t-il. Quoi qu'il soit arrivé entre Megan et moi, je ne tiens pas à ce qu'elle meure de froid. Je m'en veux de la savoir là-haut, alors que nous monopolisons le poêle.

Elle se surprit à sourire comme une idiote, ne s'étant pas attendue à une réaction aussi mûre et réfléchie – pas dans ce contexte.

— Quoi ? lâcha-t-il.

— Tu es toujours aussi noble ? demanda-t-elle, tournant son curieux mélange d'émotions à la plaisanterie.

Il lui adressa une révérence moqueuse et allongea le bras vers le coin du canapé.

— Ça m'arrive, dit-il, avant de se redresser avec un sourire satisfait. Quand je n'escroque pas les gens en leur faisant croire que je suis allergique aux chats.

— C'est trop tôt, riposta-t-elle gaiement. Je vais chercher Megan.

Il hocha la tête, et ne dit rien d'autre.

Lorsqu'elle quitta la chaleur du salon, le froid qui régnait dans le reste du café la frappa au visage comme une bourrasque. Emmie gravit les marches en frissonnant, encore obnubilée par Jared.

Elle l'avait toujours trouvé séduisant, mais là, plus elle en apprenait sur lui, et plus elle passait de temps en sa compagnie, plus il lui plaisait. Toute cette situation devait commencer à l'atteindre. Évidemment, à force d'être coincée en pleine tempête avec un mec mignon. Elle dut se rappeler que Megan était là. Jared avait ses propres problèmes à résoudre avec son ex ; ils avaient sûrement des choses à se dire. Il avait décrété ne plus l'aimer, mais il serait excessivement gênant de passer à l'action pendant que Megan était encore là. Et ce serait cruel, en plus.

— Megan ? lança Emmie en frappant à la porte.

Elle toqua quelques fois de plus avant que Megan ne réponde.

— Désolée, dit la locataire en ouvrant la porte.

Elle était emmitouflée dans un col roulé et une robe de chambre, un bonnet à pompon sur la tête et une écharpe en cachemire enroulée autour du cou. Elle avait également enfilé des jambières.

— J'essayais de me réchauffer dans la chambre.

— Venez en bas, dit Emmie. Ça ne va pas aller en s'arrangeant. Mieux vaut qu'on soit tous dans la même pièce avec le feu et les chats. On aura plus chaud.

Megan se mordit la lèvre.

— Mais Jared…

— Il est d'accord, précisa Emmie.

— Je ne sais pas…

— Vous êtes venue jusqu'ici pour lui parler, pas vrai ? lui rappela Emmie. Eh bien, maintenant vous n'avez plus d'autre choix que de parler, tous les deux. Et je refuse que vous restiez ici à geler. Vous êtes une locataire, et tante Sylvie tient à ce que je veille sur vous.

Elle prit Megan par le bras pour l'entraîner sur le seuil.

— Allez, venez !

La voyant se raidir, elle ajouta :

— Vous n'êtes pas obligée de lui parler. Je le ferai dormir par terre, derrière le fauteuil. Vous n'aurez même pas à le regarder, si vous n'en avez pas envie.

Megan relâcha son souffle et, enfin, hocha la tête.

— D'accord. Je vais prendre une couette et un oreiller. Il y en a plus que nécessaire, vous voulez que j'en apporte ?

— Bien sûr.

Une fois que Megan eut tout rassemblé, elle suivit lentement Emmie, qui la conduisit en bas dans le Chatlon. En pénétrant dans la pièce, Emmie pouffa. Jared s'était installé pile à l'endroit où elle avait dit en plaisantant qu'il allait dormir. Il avait entassé les coussins et couvertures qu'il avait pris en salle de pause dans l'espace séparant le fauteuil du mur, de sorte à se nicher dans un coin. Il y était assis, téléphone en main, dos au mur, à moitié dissimulé par le fauteuil. Eric reniflait avec curiosité ses pieds et ses couvertures en agitant la queue.

Sans rien dire, Jared se contenta de leur adresser un hochement de tête lorsqu'elles entrèrent, avant de reporter son attention sur son écran.

— Vous n'avez qu'à prendre le divan, dit Emmie à Megan.

Elle enjamba la table basse et la poussa sur le côté, de manière à se faire de la place au sol. Les chats aplatirent tous les oreilles quand les pieds raclèrent le plancher. Thomas quitta précipitamment sa place près du feu pour regagner le dossier du divan, les yeux exorbités dans la lueur orangée.

— Oh, vous n'êtes pas obligée de…, commença Megan.

Elle jeta un regard incertain vers Jared.

— Aucun souci. Ça ne me dérange pas de dormir par terre. Et puis, sinon, comment vous convaincre de nous laisser un commentaire à cinq étoiles ? blagua-t-elle.

Megan sourit.

— Désolée, Emmie, lâcha-t-elle, si bas qu'elles seules purent l'entendre. D'habitude, je ne suis pas aussi…

Elle cligna des yeux pour chasser le voile de larmes qui brillait dans son regard, et baissa encore la voix.

— Bon, comme ça. C'est tellement gênant. Je ne m'attendais pas à ça.

— Je crois qu'aucun de nous ne s'y attendait. Mettez-vous à l'aise. On pourra réchauffer quelques restes si on a faim, et on s'installera pour la…

Avant qu'elle ait pu achever sa phrase, un fracas retentit dans la salle principale du café, et Thomas émit un miaulement strident avant de bondir par-dessus la table pour regagner son abri dans la tour à chat. Certains des autres félins tournèrent la tête, stupéfaits, les oreilles inclinées. Le bruit était tellement soudain qu'Emmie poussa un cri d'instinct, sans même s'en rendre compte. Jared se leva d'un bond et Megan sautilla sur un pied en s'agrippant la poitrine.

Tous trois se précipitèrent dans la salle principale, tandis que Jared claquait derrière eux la porte du Chatlon.

La fenêtre derrière le bar s'était brisée en mille morceaux, déversant du verre dans le lavabo et sur le sol. Un gros débris était passé au travers ; on aurait dit un bout d'ardoise grise. De minuscules éclats de verre jonchaient également le comptoir, scintillant tels des joyaux. Un vent glacé soufflait dans le café en apportant quelques flocons de neige, et une rafale transperça les vêtements d'Emmie. La nappe de Noël, encore étendue sur les tables, s'agitait en ondulant.

— Il faut réparer ça, s'écria Jared par-dessus les bourrasques qui rugissaient férocement dehors.

— Comment ? renvoya Emmie.

— Trouvons des sacs-poubelle et du gaffer ! Et aussi quelque chose pour caler la fenêtre. Vite !

Emmie hocha la tête. Elle fonça d'abord vers la porte du Chatlon pour en bloquer la chatière ; pas question qu'un chat vienne par ici, ou que ce pauvre Salem panique davantage. Puis elle courut vers la salle de pause. Son cœur battait encore dans sa poitrine après le fracas – elle avait imaginé cette scène qu'elle avait vue aux infos, où un arbre immense s'était abattu sur une maison et avait presque tué un homme à l'intérieur. En furetant dans les placards et tiroirs de la salle de pause, elle trouva des sacs-poubelle et du ruban adhésif. Lorsqu'elle regagna la salle principale du café, Megan aidait Jared à hisser l'une des petites bibliothèques par la porte menant derrière le comptoir.

— Déroule un des sacs, ordonna Jared. On le mettra par-dessus la fenêtre et on le scotchera en place, puis on posera la bibliothèque devant. Ça aidera à colmater.

Vent et neige tourbillonnèrent dans le café, tapissant les tables de flocons mouillés et trempant les fauteuils. Megan prit les sacs-poubelle des mains d'Emmie et en déroula un. Toutes deux le maintinrent en place pendant que Jared le scotchait. Emmie dut faire des efforts pour ignorer la mine renfrognée du jeune homme lorsqu'il appliqua le scotch près de la main de Megan. Quand il agit de même du côté d'Emmie, il la frôla du bout des doigts, et elle sentit son bras traversé d'un courant électrique qui lui remonta dans la nuque. Son cœur fit un bond dans sa poitrine.

Une fois qu'ils eurent fini, superposant de multiples couches par précaution, et que la bibliothèque fut solidement dressée devant leur réparation de fortune – coincée entre les robinets et la fenêtre –, Emmie se sentit, curieusement, à la fois glacée et réchauffée. En tout cas, la solution de Jared sembla marcher ; le sac-poubelle avait beau s'agiter, il tenait bon.

— Heureusement que ce n'est qu'une petite fenêtre, commenta Emmie en reprenant son souffle et en contemplant les gouttelettes de neige qui s'étaient éparpillées sur les machines à café.

— Ça m'a l'air assez solide, déclara Jared.

— Je vais bloquer les chatières en position fermée et emporter un ou deux bacs à litière dans le salon. J'aurais bien emmené les chats dans l'appartement de Sylvie, mais je ne voudrais pas qu'ils tombent malades… Et Salem…

— Je vous aiderai avec les bacs, proposa Megan.

— Merci, dit Emmie. Dans la salle principale du café, sur la gauche, vous trouverez une porte réservée au personnel qui donne sur le sous-sol, où on en a quelques-uns.

Quand Megan s'éloigna dans le couloir, Jared dévisagea Emmie un instant, la bouche formant un « o ». Il s'avança d'un pas et lui toucha le bras. Malgré les multiples couches de vêtements, son contact la réchauffa, et elle déglutit en voyant la même chaleur dans ses yeux couleur de chocolat fondu.

*

De retour dans le Chatlon, ils s'enroulèrent dans leurs couvertures, et changèrent à tour de rôle les bacs à litière qu'ils avaient apportés pour les chats. Ces derniers étaient ravis de dormir sur le dossier du divan et près du feu – mis à part Thomas, qui n'avait pas quitté sa cachette dans la tour à chat –, et Emmie avait également disposé quelques lits pour chats et un griffoir supplémentaire. Ils étaient certes à l'étroit, mais au moins il faisait chaud et ils étaient en sécurité.

— Que c'est charmant ! blagua Emmie à un moment donné après avoir lâché une crotte de chat dans un sac parfumé et l'avoir emporté dans la pièce d'à côté pour qu'ils ne meurent pas tous intoxiqués par l'odeur. *Petit papa litière…*

Megan plissa le nez, manifestement écœurée, mais, à la grande surprise d'Emmie, Jared éclata de rire – un bon gros rire bien franc. Elle ne l'avait jamais vu aussi amusé, et une bulle de fierté lui monta dans la poitrine.

— Vous voulez boire quelque chose – thé, chocolat chaud ? leur proposa-t-elle.

— Il n'y aurait pas de l'alcool ? marmonna Megan en plaquant les genoux contre sa poitrine. Histoire de déstresser un peu… C'est Noël, après tout.

Le rire de Jared s'évanouit, et un pli se creusa sur son front.

— Je n'aurais pas cru que tu aies besoin de ça, Megan. C'est pourtant ton truc, ça, générer du stress.

Megan tressaillit, mais choisit de faire comme si elle n'avait rien entendu.

— Je ne deviens pas agressive quand je bois, assura-t-elle à Emmie. Je me transforme juste en idiote qui glousse.

— J'ai ce qu'il faut ! s'écria Emmie, d'une voix un peu stridente, avant de se lever d'un bond et de courir hors de la pièce, tout en espérant qu'ils ne profiteraient pas de son absence pour s'étriper.

Lorsqu'elle revint, elle agrippait une bouteille en verre, ainsi qu'une grande bouteille de coca calée sous son bras blessé – il avait fallu trouver l'équilibre, mais elle y était parvenue.

— Du Jack Daniel's. Sylvie me l'a offert quand j'ai emménagé.

— Je ne t'aurais pas vue comme une fan de whisky, commenta Jared.

— Je vais aller chercher des verres.

Elle quitta le salon et revint avec des verres. Jared en prit un, le remplit de whisky et de coca pétillant, et reposa la bouteille de soda sur la table pour que Megan puisse se servir à son tour.

— Tenez, Emmie, dit Megan, qui l'avait servie aussi.

— Merci.

Dans un petit coin de son esprit, Emmie ne put s'empêcher de se demander ce qui se passerait si

Megan n'était pas là. Peut-être qu'elle tomberait dans les bras de Jared et qu'ils passeraient une soirée romantique au coin du feu…

Elle n'avait même pas encore bu de whisky, et voilà qu'elle rêvassait déjà bêtement. Il fallait qu'elle se reprenne ; elle était plantée là, entre un homme canon et son ex tout aussi renversante. Ces petits fantasmes étaient ridicules. Son cœur se serra lorsqu'elle les imagina se remettre ensemble. Peut-être que Jared changerait d'avis pendant qu'ils étaient coincés ici, et qu'il déciderait de revenir avec elle.

— C'est quoi, ce bruit ? demanda subitement Megan.

— Je n'entends rien, déclara Emmie.

— Chut, écoutez ! Essayez de ne pas tenir compte du crépitement du feu…

Ils sombrèrent tous dans le silence. Emmie tendit l'oreille. Très faiblement, elle discerna quelque chose : un raclement doux. Comme si, quelque part dans les profondeurs du café, quelqu'un grattait la peinture des murs.

— Vous l'entendez ? chuchota Megan en écarquillant les yeux.

— Je l'entends, dit Emmie en fronçant les sourcils, aux aguets.

— Ça vient sûrement de dehors, suggéra Jared. Peut-être le vent qui fait claquer quelque chose contre un mur – une branche, par exemple. Il y a un vent pas possible.

Megan s'agrippa les coudes avec un frisson.

— C'est flippant, décréta-t-elle. C'est hanté, par ici ? Quelqu'un est mort dans les murs ou un truc dans le genre ? J'ai entendu ça dans un podcast. Un type vivait secrètement dans les murs d'une maison de famille, et il y est mort.

— Vous êtes assez morbide, vous savez ça ? s'esclaffa Emmie.

— On me l'a déjà dit, affirma Megan avec fierté.

Le silence s'abattit de nouveau. Kitty sauta sur le canapé pour se frotter contre Megan, qui la chatouilla derrière les oreilles jusqu'à ce que la chatte s'installe à côté d'elle, pattes étendues, en ronronnant bruyamment.

— Si on jouait à un jeu pour passer le temps ? proposa Megan.

Jared haussa les sourcils.

— Ça briserait la glace, ajouta-t-elle sans grande conviction. J'en ai marre de cette ambiance zarbi. Quitte à rester coincés ici, autant faire comme si tout était normal.

— Mais rien de tout ça n'est normal, souligna Jared. Quand même, c'est absurde comme situation !

Il s'était un peu poussé sur le côté, de sorte à être plus visible derrière le fauteuil. Megan fronça les sourcils.

— Bon, alors jouons à un jeu à boire. Au moins, si je suis saoule, j'aurai moins l'impression que tu me regardes comme si j'étais une merde.

— Je ne te regarde absolument pas comme si tu étais une merde. Je suis là, c'est tout.

— Je ne sais pas trop…, commença Emmie.

Elle n'était pas sûre de l'issue qu'aurait un jeu à boire… Peut-être que dans leur état alcoolisé, Megan et Jared parviendraient à résoudre des choses, ou à raviver des sentiments éteints. Ou à s'arracher les yeux. Ce qui semblait le plus probable actuellement.

— Allez, quoi, Emmie, supplia Megan. J'ai l'alcool gai et, si je me souviens bien, Jared aussi. Et c'est Noël. On a bien droit à un canon.

— On n'est pas obligés de jouer à ce genre de jeu si Emmie n'en a pas envie, fit remarquer Jared.

Voilà qu'il reprenait sa défense. Elle ne put retenir un petit sourire.

Ne s'était-elle pas justement dit plus tôt qu'elle avait toujours été trop occupée à travailler, à repousser ses limites ? Qu'elle n'avait même pas pris le temps de cultiver ses amitiés sous prétexte qu'elle voulait « réussir », quel qu'en soit le sens ? Se retrouver bloquée par la neige pourrait être l'occasion pour elle de se défouler un peu. Ce n'était pas comme si elle allait devoir servir des clients – et, avec l'attelle, dessiner était plus difficile de toute manière. Et puis, tout le monde n'était pas comme son frère lorsqu'il buvait. Au nom de quoi l'empêcherait-il de s'amuser ?

— D'accord, lança-t-elle. Je suis partante. Mais je ne vous connais pas très bien, vous deux, alors on pourrait peut-être émettre des suppositions les uns sur les autres et, si on se trompe, on boit un coup ?

Elle s'installa sur le canapé en cuir, près de Megan.

— Ça me plaît bien ! s'extasia Megan en tapant dans ses mains.

— Je sais déjà tout ce qu'il y a à savoir sur Megan, déclara Jared d'un air renfrogné.

— On a pigé, Jared, s'agaça Megan en enroulant les bras autour de ses genoux. Tu me connais, et tu n'en as plus rien à faire de moi, c'est ça ? Eh bien, il y a quand même des choses que tu ne sais pas. Tu ferais mieux d'écouter au lieu d'être aussi buté !

— Je ne suis pas but…

— Vous deux, vous n'avez qu'à me poser des questions, et moi, je vous interrogerai à tour de rôle, coupa Emmie, tâchant de trouver un compromis sans tenir compte de cette mini-prise de bec. Inutile de vous questionner l'un l'autre.

— Bon, d'accord, accepta Jared.

— Megan ?

Celle-ci haussa les épaules et examina ses ongles.

— Ça me va.

— Bien.

Emmie redressa le dos. Salem était toujours blotti sur le fauteuil, telle une boule de suie noire. Depuis qu'ils étaient partis s'occuper de la fenêtre brisée, Lilian et Duchess s'étaient calées de part et d'autre de lui comme pour constituer un burrito félin, et ils s'étaient endormis. C'était une bonne idée d'illustration. Elle le dessinerait plus tard.

— Je commence, et j'ai une question pour Jared, lança Emmie. Je dirais que… tu as une sœur ?

— Raté. Un frère.

Emmie feignit de se claquer une main sur le front.

— Ça part mal.

Elle but une lampée de son whisky, qui lui brûla la gorge malgré le coca pétillant.

— Hmm, réfléchit-il en la jaugeant du regard, avant de se fendre d'un sourire. Tes parents vivent à Manchester. Fastoche, non ?

Elle s'esclaffa.

— Perdu ! Ils vivent en Espagne. Ils ont une école à Alcaudete, où ils enseignent l'anglais. Tu voulais me faire boire en devinant des choses qui paraissent évidentes parce que je t'ai dit que je venais de Manchester ? Mais c'est de la triche !

Il rit dans sa barbe et but une rasade, tout en écartant les cheveux de son visage d'un geste fluide. En le voyant faire, le cœur d'Emmie battit un peu plus fort.

— Maintenant, je vais deviner avec Megan, enchaîna Emmie. Tu as été à la fac ?

Megan secoua la tête.

— Non. Je ne suis jamais allée à l'université. J'ai étudié la cosmétique et la manucure dans une école, puis je me suis mise à travailler.

— Ah ! Je pensais que tu avais rencontré Jared à la fac. Je le croyais spécialiste de littérature ou de poésie !

Jared tapota le bord de son verre.

— Tu pensais que j'avais étudié la littérature ou la poésie ? Mais pourquoi ?

Il rit encore, et elle sentit ce gonflement familier dans sa poitrine – la joie de l'avoir fait rire.

— Moi non plus, je ne suis pas allé à la fac, ajouta-t-il.

Emmie but une nouvelle gorgée de whisky avant de lancer :

— C'est sans doute ton côté bohème. Nomade. Tu sais, du genre à errer dans les collines.

Il rit de plus belle.

— *J'errais solitaire comme un nuage…*, cita-t-il.

Voyant son air perplexe – ce vers lui disait quelque chose, mais elle n'arrivait pas à le situer –, il précisa :

— Wordsworth, non ? Allez, quoi, il a grandi dans le comté de Cumbria !

— Oui, renchérit Megan. Les touristes viennent toujours visiter sa maison, le Dove Cottage, à Grasmere.

— Ah, lâcha Emmie. J'ai dû voir ce nom sur un aimant dans une boutique de touristes…

L'alcool bourdonnait déjà agréablement en elle ; elle aurait tout aussi bien pu être en train de flotter sur un nuage. Était-ce qu'elle commençait à s'amuser ?

— Tu n'as jamais eu d'animaux de compagnie ? lança Megan en pivotant vers Emmie et en se tapotant le menton. C'est pour ça que tu travailles ici, pour réaliser un rêve.

— Faux, répondit-elle. On avait des chats dans la famille. (Elle rit en songeant à Faye.) Mais il y a des gens qui travaillent ici pour… exaucer un vœu, j'imagine. Surtout parce qu'ils ont des propriétaires odieux qui leur interdisent d'avoir un chat.

— Ha ! laissa échapper Megan en buvant une lampée de whisky. J'en ai connu, des comme ça.

Ce ping-pong verbal se poursuivit un certain temps. Elle apprit que Jared habitait un appartement à Ambleside, près d'une cascade bouillonnante – un vrai coin à touristes. Il aimait les jeux vidéo d'action, alors qu'elle avait un penchant pour ceux qui étaient plus tranquilles. Si les jeux et les romans graphiques laissaient Megan indifférente, toutes deux vouaient un amour immodéré aux films à l'eau de rose, ce qui leur attira les moqueries de Jared. Megan était également fan de films d'horreur et ne s'en lassait jamais, même ceux qui la terrorisaient. Elle avait vu presque toutes les séries d'horreur qui vinrent à l'esprit d'Emmie. Ce qui expliquait la morbidité de son humour.

Bientôt, tous eurent vidé plusieurs verres de whisky. Megan avait le regard flou.

— J'ai une question pour Jared, lâcha-t-elle brusquement.

12

Jared se prépara psychologiquement. Il savait que cet instant finirait par arriver ; le jeu de whisky n'avait fait qu'accélérer les choses. Sans doute valait-il mieux s'en débarrasser tout de suite. Si elle avait des choses à dire, qu'elle les dise. Autant tout mettre à plat, ça ne changerait rien. Jamais il ne se remettrait avec elle.

— Pourquoi tu ne m'as pas laissé m'expliquer ? demanda Megan. Tu ne m'en as même pas donné l'occasion. Tu as simplement dit que c'était fini, et puis tu m'as bloquée.

Jared soupira tellement fort qu'un sifflement jaillit d'entre ses dents.

— Pourquoi j'aurais fait ça ? Tu m'as trompé. J'ai appris où tu étais vraiment, toutes ces fois où…

— Je te trouve bien moralisateur…

Il éclata d'un rire creux.

— « Moralisateur » ? Tu avais un fiancé, et ça ne t'a pas empêchée de te mettre avec moi. On est restés ensemble pendant neuf mois, Megan ! Et je ne l'ai jamais su ! Tu m'as dit que c'était compliqué avec ta colocataire, que chez vous c'était toujours le bazar, et que c'était pour ça que je ne pouvais pas venir te voir. Mais pendant tout ce temps, c'était parce que tu vivais avec ton fiancé. Évidemment que j'ai rompu les liens après ça ! Qui ne l'aurait pas fait ? Et le pire, c'est que tu visitais des lieux pour votre réception de mariage pendant qu'on était ensemble.

— Mais tu ne m'as jamais laissé te l'expliquer ! Je n'ai jamais fait de visite pendant qu'on était ensemble ! Simplement, j'étais venue ici avec mamie il y a des années, et elle adorait le manoir Crescent Wood… Ethan l'a appris par hasard…

Les lèvres de Megan commencèrent à trembler.

— Arrête un peu, dit-il, en se retenant de lever les yeux au ciel. Franchement, tout ce cinéma…

— Ce n'est pas du cinéma ! protesta-t-elle d'une voix stridente en s'asseyant sur le bord du canapé, le dos raide. Tu n'as pas la moindre idée…

— Je peux le deviner. Tu voulais tout avoir…

— C'était un manipulateur ! s'écria-t-elle. J'ai essayé de le quitter plus d'une fois. Ça a commencé par des détails : il me faisait culpabiliser quand je voyais des amis, critiquait mes tenues, mon maquillage. Ça a empiré quand il a démissionné de son travail. Il m'a dit que, si je le quittais, il se ferait du mal, qu'il ne vivait que pour moi. Ça faisait si longtemps que j'avais envie de partir. Quand je t'ai rencontré…

Le menton creusé de fossettes, elle s'efforçait de contenir ses émotions. Jared ouvrit la bouche pour parler, mais rien n'en sortit.

— Je pensais trouver le courage suffisant pour le quitter. Mais il n'arrêtait pas de me dire qu'il ne pouvait pas vivre sans moi, qu'il se retrouverait à la rue, qu'il se jetterait d'un pont si on n'était plus ensemble ou si j'annulais le mariage.

À présent, les larmes coulaient librement sur son visage. Elle parlait vite, comme si elle avait besoin de tout déballer.

— J'étais terrifiée à l'idée qu'il ait besoin de moi et qu'il meure si je partais, que ce serait ma faute. Mais c'était avec toi que je voulais être. C'était toi que j'aimais.

Emmie les considérait à tour de rôle, les mains jointes avec gêne sur ses genoux. Jared peinait encore à sortir un mot ; il supposait qu'Emmie regrettait que le sol ne puisse l'avaler pour la recracher ailleurs, n'importe où, tant qu'elle ne serait pas coincée entre lui et son ex.

Il s'était imaginé le scénario habituel – que Megan avait voulu profiter des deux hommes, sans jamais s'engager auprès d'aucun tant qu'elle n'y était pas forcée. Il s'était trompé. Cela excusait-il pour autant ce qu'elle avait fait, et les mensonges qu'elle lui avait proférés pendant si longtemps ?

— Tu n'aurais jamais dû m'embrasser, aller plus loin avec moi, tant que tu étais avec un autre, murmura-t-il. Même la fois où j'ai dit sans le faire exprès que tu étais ma petite amie, tu as acquiescé – tu as laissé entendre qu'on avait une relation exclusive. Tu aurais mieux fait de me parler d'Ethan.

Il était exténué, ses membres lui paraissaient lourds, et une douleur se formait dans ses orbites ; en un sens, il comprenait Ethan. Il savait ce que ça faisait de porter en soi ce sentiment sans fin, sans fond, comme une gigantesque béance dans la poitrine. Mais le comportement d'Ethan, ses violences psychologiques et sa stratégie de contrôle, ça, c'était indéfendable. Pas étonnant que Megan soit aussi bouleversée.

— Je le sais, dit-elle doucement, et je suis désolée. C'est pour ça que je suis venue ici. Pour m'excuser. Pour m'expliquer, et voir s'il est encore possible d'arranger les choses.

Jared garda le silence. Emmie avait posé une main sur celle de Megan et la serrait dans la sienne. Elle était coincée au milieu et réconfortait Megan. Il eut une bouffée de… quoi, d'admiration peut-être ? Il n'en savait rien. Ce qui était sûr, c'était qu'il n'y avait plus rien entre lui et Megan. Quand il la regardait, elle ne lui inspirait plus que de la tristesse et de la lassitude. Il n'y avait rien de positif, et puis, il ne pourrait plus jamais lui faire confiance. Ce n'étaient pas des bases solides pour une relation durable. Il voulait seulement mettre tout ça derrière lui. Et sans doute cela lui serait-il impossible tant qu'il ne lui aurait pas révélé pour quelle autre raison il lui en voulait autant.

— Tu as manqué le rendez-vous de Poppy chez le vétérinaire parce que tu étais avec Ethan, asséna-t-il.

Elle fronça les sourcils.

— Tu étais censée amener Poppy faire une radio, ajouta-t-il.

Il hésita, se reprit, veillant à ne pas lâcher la bride à ses émotions. Les yeux luisants, elle sembla retrouver espoir.

— Tu ne l'as pas emmenée, poursuivit-il. Tu as dit que tu avais oublié parce que tu avais des ennuis chez toi avec ta coloc. Quand tu es partie, Poppy est tombée malade. Elle a dû prendre des stéroïdes pendant des mois ; au début, son état s'est amélioré. Et puis, ça s'est aggravé. Elle est morte il y a quelques semaines. Le véto m'a dit que si on s'y était pris plus tôt, peut-être qu'elle…

Il s'interrompit, incapable de continuer, car sa voix se fissurait et que les mauvais souvenirs affluaient : lui qui berçait Poppy dans ses bras pendant qu'elle faiblissait, qui l'enveloppait dans une couverture, qui lui faisait ses adieux alors que le vétérinaire était assis solennellement dans son appartement. Il inspira un grand coup en tâchant de se ressaisir. Il avait eu du mal à prendre cette décision, celle de l'euthanasier. Il n'avait jamais rien eu à faire d'aussi dur, mais il avait su que l'heure était venue, qu'elle était malheureuse, que les médicaments ne fonctionnaient plus.

Les yeux écarquillés, Megan porta une main à sa bouche.

— Je ne savais pas..., souffla-t-elle. Tu m'en as tenue pour responsable ? ajouta-t-elle après un silence.

— Oui, sur le moment – peut-être qu'une partie de moi refusait encore de lâcher prise, répondit-il franchement.

Personne ne saurait jamais vraiment de quoi avait souffert Poppy, car il n'avait pas pu se permettre de réaliser les examens supplémentaires, et peut-être que s'y prendre avant n'aurait pas changé grand-chose. Mais les émotions étaient encore embrouillées en lui, et Megan était empêtrée dedans.

— Je ne peux pas m'empêcher de me demander si les choses auraient été différentes si...

— Je suis désolée, dit Megan, les yeux gonflés de larmes. Tellement, tellement désolée. Moi aussi, j'aimais Poppy. Si j'avais su...

— Je sais qu'on ne peut rien y changer, trancha-t-il.

La culpabilité lui pesait sur la poitrine et l'empêchait de parler. Les joues drainées de toute couleur, Megan semblait bouleversée par ce qu'il venait de dire et, en voyant son expression, il sentit quelque chose remuer en lui, comme une pierre qui se délogeait. Réprimer toute cette culpabilité et ces reproches ne semblait que leur nuire à tous les deux.

— Je sais… Je sais que ce n'était pas toi, reprit-il. Mais j'avais une telle colère… ! J'ai fait tout ce que j'ai pu, et ça n'a pas suffi. Même si je l'avais moi-même amenée ce jour-là, ça n'aurait peut-être rien changé.

— Je suis vraiment désolée.

Megan ravala ses larmes. Emmie avait toujours la main posée sur la sienne, mais elle observait attentivement Jared.

— Je voulais tout te raconter. Tu n'imagines pas comment était Ethan, dit Megan, les yeux rivés sur ses genoux.

— Je sais, répliqua doucement Jared.

— Des fois, c'était l'enfer. J'étais prise au piège. J'avais l'impression que… que tu m'avais sauvée, d'une certaine manière. Mais je ne pouvais pas me libérer pour autant, et je n'arrivais pas à te le dire.

Elle prit une grande inspiration, la poitrine frémissante.

— Et ça, c'est ma faute.

Il y eut un long silence lourd de sens.

— On ne peut pas réparer ça, hein ? risqua Megan, les larmes aux yeux et le rire tremblant. Ce qu'on avait avant.

Jared secoua lentement la tête.

— Non. J'ai déjà tourné la page, et je n'ai pas envie de revenir en arrière. Et je pense que toi aussi, tu en as assez vu. Tu ne crois pas qu'il vaudrait mieux qu'on reparte à zéro, tous les deux ?

Megan se leva en ramassant sa couette, son oreiller et sa bouillotte.

— Je remonte dans mon lit, dit-elle d'une petite voix en se précipitant vers la porte, le visage baigné de larmes.

— Megan…, lança Emmie.

— J'ai besoin d'être seule. Ça ira pour moi.

— Prends au moins quelques thermos pour avoir de l'eau chaude. Et la couverture de survie dans la salle de pause, au cas où ?

Megan hocha la tête, avant de sortir tellement vite qu'on aurait cru une ombre dans une forêt sombre. Jared sentit sa poitrine se serrer – il n'avait pas voulu la faire pleurer, mais au moins, tout avait été tiré au clair. Mieux valait qu'elle soit au courant. Histoire de faire le deuil, comme l'avait expliqué Emmie.

Une fois Megan partie, le silence se fit pesant, et Jared constata qu'il était en sueur. Il regarda l'un des chats boire à une fontaine à eau. Emmie se leva et cala sous la porte la serviette qui leur servait à bloquer les courants d'air. Puis elle se rassit et s'empara de la bouteille de whisky.

— Je suis sûre que tu as soif, déclara-t-elle en l'agitant.

Il attrapa son verre et vint s'asseoir à côté d'elle sur le divan pour qu'elle le resserve.

— Tu n'as pas tort, affirma-t-il pendant qu'elle lui remplissait son verre d'une main – il l'aida en stabilisant la bouteille.

Puis il lui prit le whisky des mains, le posa sur la table et poussa un soupir.

— Je ne voulais pas la contrarier.

Emmie haussa à moitié les épaules, mais elle semblait mal à l'aise.

— Il fallait que vous parliez. Le plus tôt était le mieux.

— Mais le plus gênant, aussi, souligna-t-il. Avoir dû rejeter mon ex devant toi !

— Moi, et tous les autres, ajouta Emmie en désignant les chats assemblés devant le feu.

Il pouffa de rire.

— Eux, ce n'est pas le plus grave.

— Mais ça ira pour elle en haut, tu crois ? s'inquiéta Emmie. Il fait très froid.

— Je doute que tu puisses la convaincre de redescendre après ça.

Il se détourna, but une rasade de whisky et haussa les sourcils à son intention.

— On continue le jeu ou pas ?

— Oui, si tu veux.

— Cool. Alors, je vais tenter de deviner quelques trucs sur toi.

Ils s'interrogèrent à tour de rôle, échangeant divers faits, souvenirs et fragments du passé. Il lui parla de sa mère et de son amour pour le tarot et la chiromancie, de son chic pour déceler des signes dans les plus infimes détails. Et elle lui parla de ses parents, depuis combien de temps ils étaient mariés, de leur déménagement en Espagne quelques années après qu'elle avait fini ses études.

— Ils te manquent ? devina-t-il.

— Je ne peux pas dire le contraire.

À présent pompette, Emmie n'arrêtait pas de glousser, les joues de plus en plus roses.

— Et peut-être que je leur en veux un peu. Ils m'ont laissé gérer mon connard de frère toute seule. Mais ils sont plus futés que moi. Ça fait longtemps qu'ils ont coupé les ponts avec lui. Alors que moi, je n'arrivais pas à le quitter, même lorsqu'il profitait de moi. J'ai encore du mal à faire comme s'il n'existait pas.

— Qu'est-ce qui les a poussés à couper les ponts ?

Elle gloussa encore, et s'affaissa de côté sur le canapé jusqu'à manquer de tomber sur les genoux de Jared. Dans ses yeux dansaient les flammes.

— Bon, c'est qu'ils sont plus intelligents que moi. Il passait son temps à boire, à jouer à des jeux d'argent, à profiter des autres. Parfois, il vaut mieux arracher le mal à la racine. Comme une grosse tumeur bien pourrie. (Elle fit semblant de scier une excroissance sur son bras.) Même quand c'est un membre de la famille. J'ai du mal à dire « non » – et c'est mon frère. Il n'a pas toujours été comme ça, précisa-t-elle en claquant son verre de whisky vide sur la table. Mais moi, tu sais, je suis une vraie carpette. Et une accro du boulot.

— Mais peut-être que là, tu en as eu assez, souligna-t-il.

Elle semblait dangereusement proche de tomber du canapé.

— C'pas faux. En vrai, je suis une petite nature. Je ne bois presque jamais, probablement à cause de lui. Je ne veux pas être comme ça – comme lui. Mais le whisky, c'est chaud. C'est chouette.

Elle avait les yeux embrumés par l'alcool. Plus détendu, Jared s'était abandonné en arrière, une jambe calée sur la table ; il avait vidé plus de verres qu'elle, mais il tenait mieux l'alcool.

— Tu veux un verre d'eau ? lui proposa-t-il.

Elle agita paresseusement une main.

— Ça va.

— Vraiment ? Ça ne m'en a pas l'air.

Elle émit un *pff* et cala ses cheveux derrière ses oreilles.

— Dustin est toujours à me critiquer, à me rabaisser. J'ai accumulé tout plein de refus pour des stages, des occasions de boulot... Il m'a dit que je devais « arrêter de m'amuser et grandir », relata-t-elle en levant les yeux au ciel. Belle ironie, quand on pense qu'il passe ses journées à traîner et à faire de la peine aux autres. Quand on m'a proposé le contrat pour l'album illustré, j'ai cru que j'étais sortie d'affaire, s'esclaffa-t-elle. Évidemment, mon frère a décidé que j'avais réussi, et il s'est mis à me réclamer encore plus d'argent, tout le temps, comme si j'étais un distributeur automatique. Et puis, l'éditeur a changé d'avis, il a annulé le contrat.

— Ah, dit-il avec douceur. Je suis navré pour toi.

Emmie leva les mains vers le plafond, soulevant son attelle dans les airs.

— Il est revenu sur sa proposition. Maintenant, je prépare des *lattes* et je nettoie des bacs à litière, alors que je préférerais passer mon temps à dessiner. J'essaie de rester optimiste, mais parfois… je me demande qui ça intéresse.

— Moi, répondit-il. Le portrait que tu as fait de Poppy, j'y tiens beaucoup. Tu es une excellente artiste.

Les joues d'Emmie se teintèrent de rose ; il eut envie de les frôler du bout des doigts, de dessiner les contours de ses pommettes, de sa mâchoire.

— Tu y tiens beaucoup ? souffla-t-elle.

— Bien sûr.

Elle se rapprocha de lui, et ses yeux dansaient dans la lueur du poêle et des bougies comme s'ils abritaient des lucioles.

— Jared, dit-elle à voix basse. C'est si mal que ça d'être coincé ici ? Ça fait partie du jeu, alors tu es obligé de dire la vérité.

— Ça dépend. Ce serait moins gênant si Megan…

— Pas Megan, protesta Emmie. Moi. Te retrouver coincé avec *moi*. Tu peux me le dire. Les chats ne raconteront rien à personne, et moi non plus.

À ces mots, il se détendit, et un sourire lui titilla les commissures des lèvres.

— Ce n'est pas si mal, admit-il doucement, avant d'expirer profondément en inondant l'air de son souffle chaud parfumé au whisky. On a eu de quoi s'occuper. Et toi ? ajouta-t-il. C'est si mal que ça de te retrouver coincée ici avec... Comment tu m'as appelé, déjà ? Un nomade ?

— Pas si mal, avoua-t-elle.

Le sourire de Jared s'élargit encore de quelques centimètres. Emmie, les cheveux tissés de fils d'or, rayonnait littéralement à la lueur du feu, comme si elle avait été forgée dans les flammes. Bon sang, qu'elle était belle ! Et douée, et drôle – et il adorait sa personnalité optimiste, volontaire, même face aux multiples doutes et rejets. Elle n'avait pas l'air de savoir à quel point elle était géniale. Et pas seulement en tant qu'artiste, mais en tant que personne. Elle se pencha vers lui, les yeux éclairés de lumières scintillantes, et il ne put se résoudre à s'écarter – pas encore.

— Qu'est-ce que tu regardes comme ça ? demanda-t-il en se raclant la gorge.

— Ta peau, elle est jolie.

Il rit, mais d'un rire éraillé. Elle était trop proche, et il remarqua sa bouche en forme de cœur, les petits plis qui striaient ses lèvres, les taches de rousseur à peine perceptibles qui saupoudraient ses joues comme autant de paillettes.

— Je pense que tu ferais mieux d'aller te coucher, lui conseilla-t-il d'une voix rauque.

Elle glissa plus près de lui, sans tenir compte de sa suggestion. Ce mouvement la rapprocha encore, et il leva le visage, immobile.

— Et toi, qu'est-ce que tu regardes comme ça ? souffla-t-elle. Moi aussi, j'ai bonne mine ?

Elle se tapota les joues.

— Non, tes taches de rousseur…

— Oh…

Avec un gloussement, elle lui prit la main et, après une hésitation, la serra dans la sienne et la porta à sa joue. Il sentit son cœur faire un bond dans sa poitrine en frôlant sa peau, en effleurant les taches de rousseur éparpillées sur ses joues, son nez. Elle était douce, soyeuse, réchauffée par le feu.

Il n'avait pas envie de la lâcher – il voulait continuer à lui tenir la main, continuer à la toucher. Il entremêla ses doigts aux siens.

L'un des chats bondit sur le canapé à côté de lui, l'arrachant à l'instant. Jared écarta abruptement sa main de celle d'Emmie. Elle avait bu, et n'avait pas les idées claires. Lui non plus. Impossible de réfléchir quand elle l'observait avec ce regard-là, et il n'aurait pu affirmer avec certitude que c'était uniquement le whisky qui lui embrouillait l'esprit.

En outre, comment poursuivre avec son ex qui se trouvait tout juste quelques étages au-dessus ? Et si elle redescendait ?

— Dors un peu, lui dit-il d'une voix enrouée.

— Je ne suis pas fatiguée, chuchota-t-elle, tout en étouffant un bâillement d'un air vaseux.

Elle se pencha et baissa les yeux sur sa bouche, si proche que leurs nez se touchaient presque. Ses cheveux jaillirent de derrière son oreille et lui effleurèrent le visage. La gorge sèche, il tendit la main pour les remettre en place et la frôla au passage.

Il n'arrivait pas à s'écarter, malgré la petite voix qui lui hurlait de le faire, que Megan était en haut et qu'Emmie n'avait pas les idées claires.

— Tu es saoule, dit-il lentement.

— Et alors ?

— Tu fais n'importe quoi.

— Ne sois pas bête, renvoya-t-elle.

Elle ne bougea pas. Ses yeux étincelaient d'orange à la lueur des flammes vacillantes, et elle n'en était que plus intensément belle. Lorsqu'elle prit la nuque de Jared dans sa paume, sa chaleur le traversa d'une onde électrique qui le transperça jusqu'aux tréfonds de son âme.

— Bien sûr que non, je ne fais pas n'importe quoi. Seulement, j'ai perdu toutes mes inhibitions. Il n'y a plus de mur entre ce que je ressens… et le reste.

— Ce que tu ressens… ? répéta-t-il. C'est-à-dire ?

— Je peux te le montrer, murmura-t-elle.

Et puis, elle l'embrassa. Tant pis pour Megan, et pour tout le reste.

Il n'aurait su dire à quand remontait la dernière fois qu'il avait ressenti ça. Elle avait raison : elle n'avait plus d'inhibitions, pas de doute là-dessus.

S'il fut hésitant au début, elle poursuivit avec assurance, pressant sa bouche sur la sienne et lui agrippant la nuque. Il enfouit les mains dans sa chevelure soyeuse pour l'attirer contre lui. Il goûta le whisky sur ses lèvres et, même si cela lui envoya un avertissement – sans doute n'était-ce pas judicieux, pas à cet instant –, il le balaya de côté au profit du feu qui grondait en lui. Son corps lui semblait à des milliers de kilomètres, à la fois léger et aérien, et brûlant et embrasé.

Soudain, un chat gratta bruyamment, flanquant des coups de patte à la litière dans l'un des bacs, et ils s'écartèrent sous le coup de la surprise.

Le bruit le ramena brutalement sur terre. Retour au réel. Il se leva aussitôt, hors d'haleine, de sorte à instaurer une distance entre eux. Ce qu'ils faisaient était mal, très mal. Si Megan l'apprenait, elle penserait qu'il cherchait à la blesser, et Emmie risquerait de tomber d'accord une fois qu'elle aurait dessaoulé. Elle avait peut-être l'impression d'être en pleine possession de ses moyens, de faire ce qu'elle voulait, mais qu'en penserait-elle le matin, une fois qu'elle aurait dégrisé ? Il ne fallait pas aller plus loin. S'il devait faire ça avec Emmie – et, bon sang, qu'est-ce qu'il en avait envie, qu'est-ce qu'il avait envie d'elle –, il fallait que ça arrive au bon moment.

— On ne devrait vraiment pas faire ça quand tu es saoule. Tu n'as qu'à dormir sur le canapé, lui dit-il, tout en se dirigeant vers le bac à litière pour le nettoyer et retirer le sac en tâchant de ne pas tenir compte de la décharge d'adrénaline qui le traversait, ni de la chaleur brûlante qui lui tapissait les lèvres. Couche-toi.

Emmie fit la moue. Ses joues étaient inondées de rose. Il n'avait qu'une seule envie : l'embrasser encore.

— Quel rabat-joie, bougonna-t-elle.

Pourquoi, alors même qu'il se disait que c'était mal, avait-il envie d'y retourner et de rester avec elle jusqu'au lever du jour ?

13

Le lendemain matin, Emmie se réveilla dans un état léthargique, avec un léger mal de crâne et une folle envie de pizza ou de cheeseburger – même si elle n'aurait ni l'un ni l'autre tant qu'ils n'avaient pas de courant. Elle roula sur le divan pour attraper son téléphone mais, lorsqu'elle plissa les yeux pour contempler l'écran qui luisait dans la semi-obscurité, l'arrière de ses orbites l'élança, comme si on appuyait dessus. Elle gémit. Toujours pas de wifi, donc pas d'électricité. Binx dormait à ses pieds au bout du canapé, le museau blotti dans sa petite queue grise.

Elle avait la gueule de bois. Elle n'aurait su dire à quand remontait la dernière fois. Et puis elle se rappela son baiser avec Jared. C'était réellement arrivé. Une bouffée d'émotion – comme de la fierté – la submergea. Elle avait beau être mal fichue, elle s'était bien amusée la veille ; elle s'était sentie mille fois plus légère. Même si, oui, elle s'en voulait un peu d'avoir embrassé Jared comme ça, avec Megan à l'étage. Que penserait-elle si elle l'apprenait ? Quel manque de tact de sa part.

Les stores du Chatlon avaient beau être baissés, de pâles rais de lumière filtraient à travers les lames. Dans le poêle à bois, le feu s'était éteint, ne laissant qu'un tas de cendres grises, et même sous l'épaisse couette que Jared avait dû poser sur elle, elle sentait encore le froid. Il lui mordait les doigts, les oreilles. Les chats dormaient tous en silence, dispersés un peu partout dans la pièce – certains sur le dossier du divan, d'autres sur des lits suspendus qui longeaient les murs. Dans le coin, elle distinguait le torse de Jared qui dépassait de derrière le fauteuil ; il dormait à poings fermés dans un cocon de couvertures, son bonnet enfoncé jusqu'aux oreilles et ses longs cheveux rebiquant vers le bas. Elle eut un petit sourire.

Emmie se redressa en position assise et ajusta son attelle, qui s'était mise de travers dans la nuit. Il fallait qu'elle aille voir si Megan allait bien. Mais d'abord, elle devait rallumer le feu et réchauffer de la soupe – peut-être en apporter un peu à Megan. Elle se sentit encore plus coupable en s'apercevant que cet élan était uniquement motivé par le pincement de culpabilité qui l'assaillait quand elle songeait à la veille.

Elle chassa ces pensées du mieux qu'elle le put, mais elles restaient là, comme une toile d'araignée persistante. Elle nettoya les bacs à litière et remplit les distributeurs de nouvelles croquettes – ce qui réveilla quelques chats, qui se faufilèrent autour de ses chevilles.

— Salem, chuchota Emmie.

Il avait gardé sa position de petit pain sur le fauteuil, la même depuis la nuit précédente. Il avait à peine bougé, peut-être de quelques centimètres sur le côté, mais guère plus.

— Tiens, petit gars.

Elle se pencha pour tapoter l'un des distributeurs de croquettes. Il se contenta d'ouvrir les yeux et de cligner des paupières, et ne fit pas mine de bouger.

Elle essaya de disposer quelques croquettes sur le fauteuil devant son nez. Il les renifla distraitement, et puis se détourna avec une lueur indifférente dans ses grands yeux jaunes.

— Il faut que tu manges, dit-elle doucement en s'agenouillant devant le fauteuil pour lui caresser la tête. Ce sont tes préférées !

Le chat noir tourna la tête et enfouit le museau dans sa queue.

Emmie se sentit prise d'une légère nausée, sans trop savoir si c'était le whisky qu'elle avait bu la veille, son inquiétude pour Salem, ou les deux. Elle voulut lui apporter autre chose à manger, et lui proposa même quelques friandises et du lait pour chat. Il lapa le lait, mais refusa de toucher autre chose. Au moins était-elle parvenue à le faire boire, et il s'abreuva également d'eau, mais elle était franchement soucieuse. Elle traversa la pièce et envoya un message à tante Sylvie.

Je ne voudrais pas trop t'inquiéter, mais Salem est patraque et on est encore bloqués ici. Ce n'est sans doute rien, mais il ne mange pas. Il a pris un peu de lait et boit de l'eau. Qu'est-ce que je peux faire d'autre ? Ça lui est déjà arrivé ? xxx

Comme elle ne pouvait pas faire grand-chose de plus, elle entreprit d'allumer le poêle, même s'il ne leur restait plus que quelques bûches. Une fois qu'il fut lancé, elle alla chercher des restes de soupe et des bols dans le café, ouvrit les Tupperwares en plastique et en versa le contenu dans une casserole, qu'elle laissa sur le poêle à bois – de toute manière, il faudrait du temps pour que le feu prenne vraiment. Après un dernier coup d'œil à Salem, elle alla voir où en était Megan.

Elle frappa quelques coups à la porte et patienta. Quand Megan lui ouvrit, elle était enveloppée dans un sac de couchage vert et une épaisse couette d'hiver. Ses cheveux étaient ramassés en une queue-de-cheval, légèrement ébouriffés sur les côtés, et ses yeux étaient un peu cernés ; visiblement, elle avait à peine dormi.

— Bonjour, la salua Emmie. Ça a été pour toi ? Pardonne-moi de ne pas être venue te voir hier soir, je me suis endormie.

Et j'ai embrassé ton ex, songea-t-elle. Craignant presque que les mots lui échappent, elle pinça les lèvres.

Un souvenir voleta dans son esprit – elle qui s'approchait insensiblement de Jared, la lueur du feu qui dansait sur les joues du jeune homme et leur prêtait un éclat ambré, leur proximité. Leurs bouches qui se touchaient, la chair de poule sur sa peau. La culpabilité lui remonta la colonne vertébrale.

— Ça a été. J'ai pris la couverture de survie et j'ai rempli les bouillottes à l'aide des thermos, alors ce n'était pas trop mal.

— Tu n'es vraiment pas obligée de rester ici…

Megan secouait la tête. Emmie vit qu'elle avait pleuré, et son cœur se serra. Ses yeux étaient gonflés, cerclés de pourpre et de vaisseaux sanguins éclatés. Pour la première fois, elle n'avait pas l'air impeccable.

— Ça va aller pour moi, lui assura Megan. Je n'ai aucune envie de me trouver en bas avec Jared…

Emmie soupira.

— Enfin, ce n'est pas comme si ça faisait une grande différence. On va manquer de bois pour le poêle.

— Vraiment ?

— Oui, bêtement, j'ai mis le paquet sur les provisions pour les chats et tout le reste – mais pas sur le bois. Je ne m'étais pas rendu compte que Sylvie n'en avait plus.

— Ce n'est pas ta faute. Si ça peut aider, il y a une autre couverture de survie par ici. J'avais complètement oublié que Sylvie m'avait précisé qu'il y avait une trousse de secours dans l'appartement. Je ne pensais pas en avoir besoin.

Megan recula d'un pas.

— Entre, je vais te la chercher.

Emmie franchit le seuil et la suivit dans le séjour. Les stores avaient été relevés, révélant un ciel blanc sans fin et une frénésie de neige. La tempête Marie battait son plein, en un enchevêtrement de bourrasques et de flocons. Emmie regarda par la vitre en plissant les yeux pour apercevoir le sol au travers du chaos de neige. Ce n'était pas facile, mais elle parvint à distinguer les congères colossales qui les empêchaient de sortir – même s'il restait difficile d'estimer leur hauteur au milieu des rafales.

Combien de temps resteraient-ils coincés dans le café ? Il fallait qu'elle fasse examiner Salem, qu'elle s'assure qu'il allait bien.

— Tu ne vas vraiment pas descendre ? reprit-elle en tournant le dos aux fenêtres.

Megan secoua la tête.

— Il a dit qu'il voulait tourner la page…

Elle resserra le duvet autour de ses épaules ; il était tellement grand qu'il pendait par terre derrière elle comme une traîne de mariée.

— Je doute que je puisse le faire changer d'avis. J'aurais dû le savoir. Je n'aurais peut-être pas dû m'agripper autant.

Elle prit une grande inspiration tremblante et lâcha un rire en expirant.

— C'était tellement tordu comme situation, de toute manière. Et ça, c'était ma faute.

— Ne sois pas si dure avec toi-même, protesta Emmie. Ce n'est pas évident de gérer ce genre de profil, ajouta-t-elle en songeant à son frère.

Parfois, les gens enfoncent leurs griffes si profondément dans votre chair qu'il est difficile de s'en libérer, même quand on sait que ça vaudrait mieux. Surtout s'il s'agit d'un membre de la famille, ou d'un fiancé, comme pour Megan.

— Merci, dit Megan.

Elle s'approcha d'une commode, ouvrit un tiroir et fureta à l'intérieur pour en extraire une trousse de secours dans un sachet vert.

— La voilà ! La couverture est dedans.

Elle pivota pour la tendre à Emmie.

— Je fais réchauffer de la soupe sur le poêle à bois, l'informa Emmie. Tu devrais manger quelque chose de chaud. Je t'en apporterai.

Megan hocha la tête, un petit sourire aux lèvres.

— Ça me ferait plaisir. Tu sais… (Elle s'interrompit encore, agrippant la couette autour d'elle.) Je ne m'attendais pas à ce que tu sois aussi gentille avec moi.

— Pourquoi pas ?

Me trouverait-elle aussi gentille si elle savait que j'ai embrassé Jared hier soir ? Emmie eut presque envie de passer aux aveux, car elle s'en voulait atrocement à présent qu'elle se tenait devant Megan. Même si elle ne regrettait pas le baiser, absolument pas.

— Je ne sais pas – enfin, après ce que je t'ai raconté, avec mon ex-fiancé et Jared, le fait que je lui aie menti…

— Arrête, l'interrompit Emmie. Je ne crois pas à toute cette rivalité débile entre femmes. Tu avais tes raisons, ajouta-t-elle en haussant les épaules. Et puis, je sais ce que c'est de devoir gérer quelqu'un comme ton ex-fiancé. Et je ne parle pas seulement d'un petit frère casse-pieds. Je parle d'un pro de l'arnaque aux émotions.

— « Un pro de l'arnaque aux émotions » ? répéta Megan en écarquillant les yeux, avant d'éclater de rire. Bon sang, j'en avais besoin, dit-elle une fois qu'elle se fut essuyé le coin des yeux. Pardon. Je ne devrais pas en rire.

Emmie sourit. Au moins était-elle parvenue à la dérider.

— Ce n'est pas grave, ça vaut mieux que de pleurer. Tu peux toujours descendre si tu changes d'avis.

— Ça marche.

Elle pivota, et avait presque atteint la porte quand Megan lança :

— Emmie ?

— Oui ?

— À titre d'info, Jared, lui, ne fait pas de l'arnaque aux émotions. C'est… un mec vraiment génial, et ça vaut le coup de l'avoir de son côté. Il m'a traitée comme une reine.

Megan reporta son attention sur la neige.

— Je sais que c'est fini entre nous, mais… n'importe quelle fille aurait de la chance de l'avoir.

14

Pendant qu'elle était à l'étage, Emmie prit des antidouleurs pour sa légère gueule de bois et enfila des habits propres qu'elle attrapa dans la penderie de son appartement – un épais legging gris, une robe noire bien chaude et un pull rouge avec des motifs d'étoiles blanches. Il lui fallut plus de temps que d'habitude, car il n'était pas facile de s'habiller avec son attelle. Elle rougit en s'imaginant demander de l'aide à Jared, mais elle chassa cette rêverie au loin – cela n'aurait pu mener qu'à une seule chose, et c'était hors de question tant que Megan était ici. Lorsqu'elle regagna le Chatlon pour jeter un coup d'œil à la soupe, Jared était réveillé et étirait les bras au-dessus de sa tête. Elle se dirigea vers le poêle à bois pour remuer la soupe, tâchant de ne pas tenir compte de son ventre qui tourbillonnait comme du lait versé dans du thé.

— Salut, dit Jared en étouffant un bâillement. Est-ce que tu…

Il laissa sa phrase en suspens.

— Salut, renvoya-t-elle, le regard fuyant au souvenir de la veille.

L'alcool l'avait rendue plus directe – elle avait dit ce qu'elle pensait, avait exprimé plus franchement ses avis et ses sentiments –, mais peut-être aurait-elle mieux fait de s'en abstenir, sachant Megan présente. Devaient-ils en discuter ? Elle n'en savait rien ; il semblait aussi incertain qu'elle.

— Tu sais si Salem a mangé ? se contenta-t-elle de demander.

Tout en remuant la cuillère dans la soupe, elle désigna le chat noir dans le fauteuil, les friandises encore posées près de lui.

Il secoua la tête.

— Non, rien. Par contre, il est descendu boire de l'eau.

Emmie fronça les sourcils.

— Il ne mange rien en ce moment. Au début, j'ai cru que c'était une boule de poils coincée mais, à ce que je sache, il n'a rien recraché. J'ai envoyé un message à Sylvie, mais…

Jared remua sous sa pile de couvertures.

— Ne pas manger est un symptôme sérieux chez les chats.

— Je sais. Mais il neige encore. Ça ne s'arrête pas, et on en a encore au moins pour une journée de tempête. Et même si on pouvait se sortir de là, on est le lendemain de Noël, et ça risque d'être difficile de se déplacer. Comment se rendre chez le véto par ce temps ?

Tout en parlant, elle sentit son ventre se tordre à l'idée que Salem continue à ne pas manger.

— Tu veux de la soupe ? proposa-t-elle à Jared.

Il hocha la tête, puis se leva dans un bruissement de couvertures. Jess le regarda faire depuis le dossier du divan, suivant chacun de ses gestes de ses grands yeux verts.

Leur baiser s'attardait encore dans l'esprit d'Emmie ; elle ne put s'empêcher de visualiser ses lèvres qui effleuraient les siennes, de se remémorer les sensations que cela lui avait procurées. Elle porta une main à sa joue en continuant de remuer la casserole avec l'autre. Et le regard qu'il avait eu lorsqu'elle lui avait donné son dessin de lui et Poppy – il avait serré sa main dans la sienne en disant *Il est parfait*. Il avait regardé son dessin, puis l'avait regardée, elle, comme s'il s'agissait de deux joyaux trouvés dans la nature.

Les paroles de Megan flottèrent dans son esprit. *N'importe quelle fille aurait de la chance de l'avoir.*

Emmie secoua légèrement la tête pour chasser ces idées. Non, Megan ne l'avait pas incitée par là à foncer avec Jared. C'était simplement une affirmation pour lui faire savoir que son ex n'était pas quelqu'un de toxique. Elle ne voulait pas que Megan croie qu'elle se jetait dans les bras de son ex-petit ami dans le seul but de lui faire du mal, à elle. Et puis, il y avait plus important à gérer. La santé de Salem, par exemple. Et se sortir de là. Les baisers pouvaient attendre.

— Est-ce qu'on va parler d'hier soir ? lâcha prudemment Jared.

— Je ne sais pas…

Elle prit une goulée d'air en se concentrant sur la casserole, qui commençait à chauffer. Mais il se trouvait derrière elle à présent – elle percevait sa chaleur dans son dos. Elle dut se retenir de poser les mains sur son torse et de l'embrasser encore ; ses paumes en fourmillaient d'envie.

— Avec Megan en haut ?

— Je sais. Mais tu avais l'air assez sûre de toi hier soir… Ce n'était que le whisky ?

Elle lâcha la cuillère et se retourna vers lui. Bon sang, qu'il était beau avec sa barbe de trois jours éparpillée sur ses mâchoires, ses cheveux qui lui frôlaient les oreilles et accentuaient ses traits. Il semblait vexé à l'idée qu'elle ait pu l'embrasser uniquement à cause de l'alcool, et elle sentit son cœur se serrer.

— C'est vrai que j'étais sûre de moi. Je le suis toujours, ajouta-t-elle en levant une main pour lui effleurer le torse du bout des doigts.

Elle le sentit se raidir à son contact. La bouche sèche, elle peina à déglutir.

— Seulement… Ce n'est pas le bon moment. Si Megan était au courant, elle penserait…

— Je sais, répliqua-t-il. On est sur la même longueur d'onde.

Il s'empara de sa main. Jeta un regard vers la porte. Et puis, doucement, il planta sur ses doigts un baiser qui la traversa d'étincelles.

— Mais on en parlera ? Une fois que tout ça sera fini ?

Emmie fit « oui » de la tête. Tout l'air semblait avoir quitté ses poumons. Elle retourna à sa soupe, sinon elle n'aurait pas pu se retenir de contempler ses lèvres. Ce qui était risqué.

Son téléphone émit un tintement. Ravie de cette diversion, elle s'en empara et consulta la liste de messages. Sylvie lui avait répondu.

Essaie de contacter le vétérinaire à domicile demain quand la tempête commencera à se calmer. Il pourra jeter un coup d'œil à Salem. Je prendrai la route du retour dans quelques jours, dès que le temps s'améliorera. Merci d'avoir tout géré en mon absence, Em x

Emmie lui répondit aussitôt :

J'appelle le véto demain, au plus tôt. Je suis sûre que ça va aller pour Salem xx

Elle reposa son téléphone et versa un peu de soupe dans des bols.

— Tiens, dit-elle en tendant à Jared l'un des bols remplis de l'épaisse soupe au poulet, dont l'arôme lui chatouilla les narines et lui fit gargouiller le ventre. J'ai promis d'en apporter aussi à Megan, je vais lui en monter.

*

Jared poussa la porte de la réserve – ils n'avaient plus de sacs de litière, alors il était venu en chercher d'autres. Dans le froid qui régnait dans la pièce, l'air formait un nuage devant sa bouche et, malgré son manteau, ses gants et son bonnet, il avait l'impression que l'air glacé s'infiltrait dans ses poumons. Il traversa la réserve en frottant ses mains gantées et en soufflant dessus.

Ce fut en fouillant dans les étagères qu'il l'entendit. Ce *scritch-scratch* que Megan avait été la première à percevoir. Il se figea, aux aguets. Il était sûr d'avoir également entendu un couinement, quelque chose qui semblait vivant. Tout en retenant son souffle, il longea les murs pour s'approcher du bruit dans le coin.

Scritch-scratch. Criii.

Ça ne ressemblait pas à une branche. Sylvie avait-elle des souris dans les murs ou quelque chose dans le genre ? Il fronça les sourcils et colla l'oreille contre le mur entre deux étagères, sentant le froid du papier peint et des briques contre sa peau.

Scritch-scratch. Criii.

Il avait beau tendre l'oreille au maximum, il n'arrivait pas à savoir ce que c'était. Il tapota le mur.

Le silence revint.

Jared se redressa et scruta un minuscule trou dans le papier peint. Il aurait aimé voir ce qu'il y avait de l'autre côté.

Il avait déjà entendu des souris. Leurs petits cris étaient toujours très stridents ; là, ce n'était pas pareil. On aurait plutôt dit qu'on gémissait, qu'on pleurnichait.

Il regagna le Chatlon et demanda à Emmie de venir écouter. Elle posa sa console de jeux portable et le suivit.

— Oh non, se lamenta-t-elle en se rendant à la réserve. Toi aussi, tu crois que les lieux sont hantés ?

Jared lâcha un petit rire.

— Je ne suis pas ma mère.

— Hein ?

— Bon, tu sais qu'elle gagne sa vie en tirant les cartes ? Elle aime tout ce qui est un peu mystique. Si tu lui demandais son avis, elle te répondrait sûrement qu'il s'agit du fantôme d'un chat qui a vécu ici…

Il s'interrompit en comprenant le sens de ses propres paroles, songeant à Poppy et se remémorant le dessin qu'il avait récupéré sur le sol de la foire d'hiver, celui d'Emmie. Il ne lui en avait jamais parlé, mais elle n'avait pas semblé le chercher pour autant.

Il se tut pendant qu'ils pénétraient dans la réserve, subitement conscient de l'espace étroit et de leur proximité. Lorsqu'ils avancèrent vers le mur où il avait entendu le bruit, leurs bras s'effleurèrent presque. Des cartons étaient entassés sur les étagères autour d'eux, accentuant le sentiment de claustrophobie. Pour sa part, il n'avait jamais vraiment souffert de ça – les lieux exigus ne le dérangeaient pas –, jusqu'à ce qu'elle s'approche. Malgré le froid qui régnait dans la pièce, il avait la nuque curieusement chaude.

Il entendit de nouveau le bruit, mais celui-ci s'estompa aussitôt, bien plus vite que la première fois.

— Écoute ! Tu as entendu ça ? demanda-t-il.

Ils se turent, à l'affût. Jared était presque convaincu que le son ne résonnerait plus, rien que pour lui donner tort. Emmie changea de position et leurs épaules se frôlèrent, ce qui lui provoqua une décharge électrique. Il fallait qu'il se ressaisisse. Il savait qu'il y avait une attirance entre eux, il se sentait happé chaque fois qu'il se trouvait en sa présence – mais il ne pouvait pas céder à cette impulsion, pas ici. Ouvrir la porte à une nouvelle relation attirerait de nouvelles complications, et il n'était pas sûr d'être prêt à revivre ça.

Il reporta son attention sur le silence, tendant l'oreille.

Quelques secondes plus tard, le bruit revint. *Scritch-scratch. Criii.* Il se rapprocha de la source et, crispé, pressa l'oreille contre le mur froid.

— Je l'ai entendu, souffla Emmie en s'avançant d'un pas. C'est dehors ? On dirait des petits cris. De l'autre côté de ce mur, il y a la fresque que des enfants nous ont peinte, et une des rues donne sur des champs et des bois. Ce n'est sûrement qu'un animal… Oh mon Dieu ! s'écria-t-elle brusquement. Et si c'était ce chat errant ? Et s'il s'était coincé quelque part ?

Elle s'interrompit, écouta encore.

— On dirait des couinements, comme ceux d'un chat !

Jared écarquilla les yeux.

— Ça se pourrait. Tu crois qu'il aurait pu se glisser dans le mur ?

— Je n'en sais rien… Enfin, je ne crois pas, non. À moins qu'il y ait eu des dégâts pendant la tempête…

— Il aurait pu se faufiler à l'intérieur pour s'abriter du mauvais temps. Dans un trou, par exemple, suggéra-t-il. Quoi qu'il en soit, on ne peut rien faire tant qu'on est coincés ici.

— Mais… s'il était blessé ? gémit-elle. Et Salem non plus n'a pas l'air bien… Il faut qu'on les aide.

— On le fera. On fera tout ce qu'on peut, lui promit-il. Dès qu'on se sera sortis d'ici.

En attendant, il allait devoir modérer ses sentiments pour Emmie.

*

— C'est impossible ? répéta Emmie, consciente de s'exprimer d'une voix terriblement pleurnicharde, comme une enfant à qui on refusait des bonbons, même si, en toute franchise, elle ne s'était même pas attendue à ce que le vétérinaire à domicile réponde à son coup de fil.

C'était le lendemain matin, le 27 décembre, et son téléphone était pressé contre son oreille sous le bonnet à pompon qu'elle avait enfilé pour se réchauffer la tête. Elle faisait les cent pas dans le café, près du comptoir. Ils avaient passé la journée de la veille à manger des restes en tâchant de se tenir chaud, tout en veillant sur Salem et en l'incitant à boire l'eau d'une écuelle. Megan restait cantonnée dans son appartement. Et Emmie essayait désespérément de se contenir chaque fois qu'elle repensait à ce baiser. Il ne leur restait plus de bois de chauffage, plus rien à brûler, aussi avaient-ils accumulé les couvertures. Par chance, le courant était revenu ce jour-là, les infos promettaient que le plus gros de la tempête était passé, et elle avait enfin réussi à joindre le vétérinaire à domicile. Qui n'était pas porteur de bonnes nouvelles.

— Mais… je suis très inquiète pour lui, s'obstina-t-elle. Refuser de manger est mauvais signe, non ? Il est très léthargique.

— Non, c'est vrai que ce n'est pas l'idéal, mais cela pourrait provenir de toutes sortes de causes, répondit le vétérinaire. Continuez de l'inciter à boire de l'eau. Je ne peux pas réaliser de visites à domicile pour le moment. Nous aussi avons eu une panne de courant, et un arbre s'est écrasé sur le van.

— Et demain ? risqua-t-elle.

— Il va nous falloir du temps pour résoudre ce problème de van. Je ne peux pas vous dire quand nous serons de nouveau opérationnels.

Il s'exprimait d'une voix bienveillante, comme celle d'un instituteur amical, mais prononça les paroles suivantes avec insistance :

— Le mieux serait de l'emmener dans une clinique de garde, dès que vous pourrez quitter le café. Allez-y directement. Je vous conseillerais bien un cabinet vétérinaire, mais vous aurez peu de chance de décrocher un rendez-vous au dernier moment, et si votre chat ne mange pas, et n'a pas mangé convenablement depuis longtemps, il faut le faire examiner au plus vite.

— Une clinique de garde – vous parlez du centre vétérinaire Pinnacle à Penrith, c'est ça ? demanda-t-elle.

Sylvie en avait épinglé l'adresse et les coordonnées sur le frigo de la salle de pause, et avait montré la feuille à Emmie dès son arrivée.

— Oui, tout à fait. Ils sont ouverts vingt-quatre heures sur vingt-quatre en cas d'urgence.

Il n'y avait qu'un seul hic. Elle s'était doutée que le fait de ne pas avoir de voiture, ni même le permis, pourrait s'avérer problématique dans un coin comme le Lake District. Bien sûr, il y avait des bus, mais combien circuleraient après la pire tempête depuis une décennie ? Elle se demanda si les services de taxi avaient repris. Elle pria pour que ce soit le cas.

— Merci, dit-elle au vétérinaire. Je me débrouillerai.

— Vous me tenez au courant ?

— Oui, promit-elle avant de raccrocher.

*

Quatre barres de réseau s'affichaient dans le coin supérieur du téléphone de Jared. Plus besoin de dépendre du partage de données pour envoyer quelques textos, ce qui avait en outre produit des résultats inégaux. Il n'avait pas eu l'intention de dormir aussi longtemps ; il était presque onze heures. Après s'être levé péniblement et avoir jeté les couvertures au loin, il se précipita vers l'autre côté de la pièce et appuya sur l'interrupteur. Une lueur jaune ambrée inonda le plafond et les murs.

Il relâcha son souffle. Enfin, ils avaient l'électricité. Il balaya l'écran de son téléphone pour ouvrir le fil de discussion familial.

Jared : On a du courant ! Je vais peut-être bientôt partir
Maman : J'ai hâte de te voir !

Shane : On peut refaire un repas de Noël ? Histoire de rattraper celui qu'on a loupé ?
Maman : Espèce de petit glouton ! On a encore des tas de restes.

Jared parcourut la pièce du regard ; Emmie n'y était pas. L'immense duvet sous lequel elle avait dormi était tombé par terre, et Lilian était assise dessus, sa queue recourbée autour d'elle, son grand corps tacheté s'élevant et s'abaissant à chacune de ses respirations. Certains autres chats étaient parsemés autour de la pièce, sur le dossier du canapé ou l'accoudoir du fauteuil.

La porte s'entrebâilla en grinçant, et Emmie entra.

— Oh, lâcha-t-elle doucement en voyant qu'il était réveillé. Salut.

— Salut, renvoya-t-il d'une voix rauque.

— Bonne nouvelle : on a de l'électricité ! annonça-t-elle.

— J'avais remarqué. Et tu as allumé le chauffage, on sent déjà la différence.

— J'ai aussi fait du café, ajouta-t-elle avec un sourire. Ce qui était la priorité, maintenant qu'on a du courant.

Son sourire s'effaça, et elle prit un air inquiet en regardant Salem, petite masse noire qui gardait les yeux fermés. Il n'avait pas bougé de la nuit.

Jared s'approcha des stores et plongea les doigts entre les lames pour regarder dehors. La neige avait enfin cessé de tomber, et l'air n'était plus constitué d'un tumulte de flocons et de vents violents. Tout semblait plus calme. Au-dessus, le voile de blanc se dissipait pour laisser entrevoir un bout de ciel gris, comme l'aperçu d'une nouvelle saison. La pluie essayait de s'imposer, humidité bruineuse qui imbibait la neige.

— Ça n'a pas l'air si mal dehors, commenta-t-il.

— Je sais. Ils disent que les températures remontent un peu aussi. On a passé le pire, Dieu merci.

— Je pense qu'on devrait parvenir à sortir aujourd'hui, déclara Jared en se retournant vers Emmie. Ça ne sera pas facile, il y a beaucoup de neige. Mais la pluie va nous faciliter la tâche.

— Bonne idée. Il faut vraiment que Salem voie un véto, et nous devons jeter un coup d'œil à ce chat errant. Tu as déjà fait ça avant ? demanda Emmie. Creuser un chemin dans la neige ? Je n'ai pas la moindre idée de comment il faut s'y prendre.

— Oui, ça nous est arrivé à la maison une ou deux fois quand j'étais gosse.

— Je parie que c'était plus marrant à l'époque.

— C'est vrai. Notre mère nous faisait du chocolat chaud, et on construisait une cabane avec des couvertures et des oreillers, on regardait un film – si le courant n'était pas coupé, précisa Jared. Elle nous lisait les lignes de la main, nous prédisait l'avenir.

— Ça m'a l'air cool.

Jared grogna.

— Oui. Elle est persuadée d'en être réellement capable. À l'époque, on la croyait sur parole. Plus maintenant.

— On ne m'a jamais lu l'avenir, à moi.

— Vraiment ? Même pas dans la cour de récré ? s'étonna-t-il.

Lorsqu'elle secoua la tête, il ajouta :

— Elle pourrait peut-être prédire le tien.

Dès que ces paroles eurent franchi la barrière de ses lèvres, il s'en voulut, car il venait de laisser entendre qu'elle allait rencontrer sa mère. Il n'était pas du genre à proposer ça lors d'un premier rencard, alors pourquoi lui avait-il paru naturel d'en parler à Emmie ? À vrai dire, il avait l'impression qu'elle plairait à sa mère ; après tout, elles avaient toutes les deux un côté créatif. Il remua les pieds avec gêne.

— Ça me dirait bien, déclara Emmie, sans se douter de ce qu'il ressentait. J'espère que mon avenir ressemblera à…

Elle fit un L avec sa main valide, comme pour former un écran de cinéma imaginaire, et prit une voix basse et mystérieuse :

— … Je vois, je vois des chats dans votre avenir, des chats bien à vous. Ils seront blancs et doux, comme des fantômes. Vous vivrez avec eux dans un château, où vous réaliserez vos illustrations.

Jared éclata de rire.

— Quoi ? Un château ?

— Ma maison de rêve, affirma-t-elle en se fendant d'un sourire. Idéale pour des chats blancs et fantomatiques. Rien de flippant, ça ressemblerait plutôt à… un film d'animation. Un conte de fées. Et j'aurais un grand atelier pour dessiner. Une bibliothèque…

— Ça m'a l'air chouette, commenta-t-il.

— Si on essaie de sortir, je ferais mieux de demander de l'aide à Megan.

Jared soupira.

— Je sais, ajouta-t-elle en lui serrant le bras.

Il se tendit, sentant ce picotement familier se répandre dans sa main et lui tordre le ventre.

— Je sais que c'est dur de l'avoir ici. Je ne m'imagine pas coincée là avec un ex. Mais ça ira plus vite si on est trois, et puis après, tu n'auras plus à la revoir.

Jared voulut protester, mais il semblait impossible de faire autrement.

— Tu as raison. Ce sera plus rapide.

Emmie sourit. Elle lui serra encore le bras, puis quitta la pièce.

Quand Emmie revint, elle avait enfilé des vêtements propres – un ample pull rose qui faisait ressortir la couleur de ses joues et lui donnait des airs de jolie poupée. Megan l'accompagnait, elle aussi chaudement vêtue de jambières épaisses et d'un pull à manches longues. Tout en évitant Jared du regard, elle s'agrippa le coude avec la main. La gêne se colla à lui comme du film transparent, et il eut l'impression de suffoquer.

— Comment on va faire pour déblayer la neige ? demanda Emmie.

— Je suis sûr que Sylvie a une ou deux pelles quelque part pour dégager les voitures l'hiver, répondit-il.

S'ils voulaient sortir de là, il allait falloir avoir l'esprit pratique.

— On trouvera des outils. Des seaux, aussi. On n'a qu'à vider la neige dans une des baignoires à l'étage et mettre le chauffage à fond pour la faire fondre.

— Il va falloir monter des seaux de neige ? se lamenta Megan, incrédule. Je n'ai pas les bras assez puissants pour ça…

— Et les miens sont hors d'usage. Au moins un des deux, précisa Emmie en étudiant son attelle.

Il n'y avait pas d'ascenseur dans le café, rien que des escaliers. Deux niveaux de café, un étage pour l'appartement d'Emmie et un autre pour celui de Megan.

— Vous deux n'avez qu'à creuser devant la porte d'entrée, proposa Jared. Moi, je serai de corvée d'escalier.

15

Jared finit par les aider à creuser en plus de porter les seaux de neige à l'étage. Emmie se servait de sa main valide pour retirer des petits copeaux de neige, qu'elle lâchait dans des seaux qu'ils avaient trouvés dans la cuisine. Megan y allait plus franchement, hors d'haleine. Entre deux trajets à l'étage, il les aidait à enlever de gros blocs dans l'entrée. Au moins Sylvie était-elle bien préparée pour d'importantes chutes de neige ; ils avaient déniché des pelles dans un placard près de la porte de service, ainsi que d'autres outils et des bidons d'antigel. Ce n'était pas le plus facile, mais la hausse des températures aidait à faire fondre la neige – avec le peu de pluie qui parvenait à tomber –, et ils avaient progressé. Déjà, on voyait un petit éclat de lumière laiteuse en haut de la porte. Leur premier signe de liberté.

Une petite part de lui se demanda s'il reverrait souvent Emmie une fois qu'ils seraient sortis. Serait-il renvoyé du café quand Sylvie apprendrait son mensonge ? Il se surprit à vouloir rester, continuer de travailler ici, et s'aperçut qu'il avait d'autres questions pour Emmie qu'il ne lui avait pas posées pendant leur jeu à boire. Il y avait tellement de choses qu'il avait envie de savoir sur elle. Que se passerait-il lorsqu'ils reparleraient enfin de ce baiser ? Était-il seulement prêt pour une nouvelle relation ?

— C'est bon, tu peux monter ça, lança Megan, à bout de souffle, en écartant ses cheveux de son visage et en montrant les seaux remplis.

— Ça marche, dit-il.

Il n'aimait pas qu'elle lui donne des ordres, mais n'avait pas envie de s'engager dans une dispute pour autant. Il savait qu'elle était encore contrariée par ce qui s'était passé entre eux.

— Merci, dit Emmie.

Celle-ci avait retroussé les manches de son pull, et son petit nez en trompette avait rosi de manière adorable. Ils avaient décidé de vider toute la neige dans sa baignoire, puis dans celle de Megan une fois qu'ils auraient rempli celle-ci.

Il emporta les seaux. Qu'il était pénible de devoir les traîner jusqu'aux escaliers en franchissant les divers portes et sas ! Il avait beau avoir suffisamment la forme pour randonner autour des lacs et dans les forêts environnantes avec Shane le week-end, il était à bout de souffle en atteignant l'appartement d'Emmie. Les seaux étaient bien plus lourds que prévu. Il s'arrêta et se pencha pour reprendre haleine, avec un point de côté qui l'élançait en guise de protestation. Lorsqu'il eut un peu récupéré, il poussa la porte de l'appartement d'Emmie et traîna les seaux à l'intérieur. Il ne put s'empêcher de s'arrêter pour contempler le lieu où elle passait son temps.

À droite se trouvait une fenêtre qui s'étirait le long du mur, les stores relevés pour montrer le ciel blanc et l'enchevêtrement de toits d'Oakside, le tout recouvert de neige. Un bureau trônait sous la vitre, avec un ordinateur portable décoré d'autocollants d'animaux, un écran externe, un clavier et une souris de gamer. Au centre de la pièce, en face d'un téléviseur, se dressaient une table basse en verre et un canapé crème deux places. Les coussins du divan étaient tous en forme d'étoiles, d'avocats et de personnages de jeux vidéo. Il sourit. Megan n'avait jamais vraiment compris son intérêt pour les jeux vidéo, et avait même été vexée les fois où il avait voulu passer quelques heures à jouer le soir au lieu de regarder la télé avec elle.

Il y avait une cuisine sur la gauche. Même là, au milieu des accessoires habituels, on trouvait des indices de la personnalité d'Emmie un peu partout : autocollants Game Boy sur le frigo, tapis imprimé de fraises devant les placards, bocal en verre rempli d'une collection de cuillères en forme de chats blancs.

Jared porta prudemment les seaux jusqu'à la salle de bains, où il les posa sur le carrelage. En chemin, il passa devant la chambre. La porte était entrouverte, et il aperçut son dessus-de-lit lilas. Il se demanda à quoi l'intérieur pouvait bien ressembler. Mais il aurait été trop intrusif d'aller voir, aussi se borna-t-il à vider les seaux dans la baignoire et à chercher le thermostat.

Une fois le chauffage allumé, il jeta un dernier coup d'œil à l'appartement avant de repartir, en ayant la curieuse impression de la connaître un peu mieux.

*

Quand Jared redescendit dans l'entrée principale, Megan cognait encore sur la neige devant la porte. Elle ne lui dit rien, et la gêne s'abattit sur lui comme un voile brumeux.

— Ça va ? lui demanda-t-il.

— Ça va, répondit-elle sans se retourner. Emmie se repose dans le Chatlon – je lui ai dit d'y aller mollo avec son poignet. Ce seau n'est pas encore rempli.

Ce fut le signal pour que Jared reparte. Il trouva effectivement Emmie dans le Chatlon, agenouillée devant le fauteuil. À présent que le courant était revenu, le chauffage central parvenait aisément à dissiper le froid. Emmie caressait Salem, qui était assis les pattes calées sous son torse et la tête blottie sur le côté.

— Le véto va venir aujourd'hui ? s'enquit-il.

Après tout ce qui s'était passé, et les mystérieux grattements, il avait complètement oublié de lui demander ce qu'avait donné le coup de fil avec le vétérinaire à domicile.

Elle pivota vers lui.

— Non, il m'a dit qu'il ne pouvait pas se déplacer. Un arbre a écrasé leur van.

— Quoi ? s'écria Jared, pris d'une bouffée de chaleur désagréable.

Le chat n'avait pas mangé et avait à peine bougé depuis qu'ils étaient coincés là.

— Ce n'est pas son boulot, de se déplacer ? Il devrait se trouver un autre van et rappliquer direct !

— Il m'a conseillé d'emmener Salem dans une clinique de garde, mais…

— Mais ? demanda Jared.

Il songeait à Poppy, au fait qu'un diagnostic posé plus tôt lui aurait peut-être sauvé la vie.

— Il faut tout faire pour l'emmener, insista-t-il. Ça pourrait être grave.

— Je sais. Mais je n'ai pas de voiture, Jared, tu te souviens…

— Alors, on te trouvera un taxi ou un bus dès qu'on sera sortis d'ici, l'interrompit-il. Tu aurais dû me dire que le véto ne pouvait pas venir. On aurait travaillé plus vite !

Elle bredouilla des paroles incompréhensibles, l'air déroutée.

— On a déjà fait au plus vite, et je ne veux pas stresser tout le monde, affirma-t-elle. En plus de quoi, je ne sais même pas si les transports sont de nouveau opérationnels. À moins qu'on puisse prendre la voiture de Megan ?

Ils devaient sortir immédiatement et emmener tout de suite Salem chez le vétérinaire, décida Jared. C'était la seule option possible.

— On n'a qu'à lui demander, décréta-t-il. Il faut qu'on soit sûrs que Salem va s'en sortir.

Le visage d'Emmie s'adoucit. Elle se leva, traversa la pièce et prit sa main dans la sienne.

— C'est ce qu'on va faire. Je te le promets.

16

Alors qu'ils raclaient encore la neige devant la porte d'entrée, Emmie vit que Jared était contrarié par l'histoire de Salem, même s'il n'en disait rien. Elle fut touchée par son inquiétude pour un petit chat qui n'était même pas le sien. Jared disparut à l'étage pour vider un seau dans la baignoire et, à son retour, il attrapa une pelle et lança un nouvel assaut contre le mur glacé.

Megan questionna Emmie du regard quand Jared eut détourné la tête. *Qu'est-ce qu'il a ?* articula-t-elle en silence.

Salem, répondit-elle.

Emmie s'inquiétait tout autant pour Jared – si ce n'était plus, car Sylvie l'avait nommée responsable des lieux. Le doute et l'inquiétude la rongeaient de l'intérieur comme une souris grignotant du bois. Très vite, le silence lui parut insoutenable.

— Tu es bien silencieux, lâcha-t-elle à Jared en se redressant et en balayant les cheveux qu'elle avait dans les yeux.

Elle était en sueur après tout ce labeur, mais ils avaient dégagé au moins la moitié de l'entrée. Bientôt, ils pourraient sortir.

— Je suis occupé, c'est tout, et concentré, souffla-t-il en vidant une nouvelle pelletée de neige dans le seau, désormais à moitié rempli.

Il était penché et ses cheveux camouflaient une bonne partie de son visage, de sorte qu'elle n'aurait su dire ce qu'il avait en tête.

— Si on continue comme ça, on ne devrait pas tarder à avoir déblayé toute cette neige.

Megan leur décocha un regard, et Emmie poussa un soupir en se frottant les tempes. Elle avait mal au poignet, elle était fatiguée, et elle s'inquiétait pour Salem. L'ambiance tendue n'aidait en rien, même s'il avait fallu s'y attendre, à présent que Jared avait dit le fond de sa pensée à Megan.

— Continuons à travailler, lança Jared, comme s'il lisait en elle.

— Je fais une pause, déclara Emmie.

Jared et Megan allaient devoir se supporter l'un l'autre pendant qu'elle reposait son poignet et qu'elle jetait un nouveau coup d'œil à Salem.

Elle se rendit dans le Chatlon, où Salem était toujours assis dans la même position, roulé en boule sur le fauteuil. Elle le caressa doucement et il remua en se hérissant légèrement à son contact. Même son pelage n'était pas comme d'habitude – il avait perdu de son lustre, et ses poils étaient vaguement dressés le long de sa colonne vertébrale.

— Salut, petit gars, chuchota-t-elle. On va t'emmener voir un véto, ne t'inquiète pas. Tout le monde travaille dur pour ça.

Elle lui caressa longuement la tête. Elle s'inquiétait de plus en plus pour lui et, même s'ils parvenaient à sortir, elle ne savait pas comment elle allait faire pour l'emmener jusqu'à la clinique. Il fallait qu'elle demande à Megan si elle accepterait de lui prêter sa voiture. Mais même là, elle ne pourrait pas la conduire. Peut-être que Megan pourrait prendre le volant. Elle la paierait, au besoin.

Emmie présenta encore à Salem quelques croquettes du distributeur, mais il bougea à peine, se contentant d'ouvrir un œil vert et de fixer la nourriture avec indifférence. Au moins continuait-il de boire.

Elle envoya un message à Sylvie.

On a commencé à déblayer, c'est presque fini. Je vais emmener Salem à la clinique de garde. Le véto à domicile n'est pas disponible. Je l'ai appelé. Je te tiens au courant. xxx

Elle attendit un peu, mais Sylvie ne répondit pas. Elle éteignit l'écran. C'était l'après-midi, elle devait être occupée avec les grands-parents d'Emmie. Sylvie lui avait envoyé un message plus tôt pour lui dire qu'ils reprendraient la voiture dans les prochains jours – ils avaient manqué Noël, mais ses grands-parents voulaient quand même la voir, ainsi que le café, et ils y resteraient jusqu'à la fin de l'année.

Elle jeta un coup d'œil aux prévisions météo. La neige s'était arrêtée dans une bonne partie du pays, et les conditions devaient s'améliorer dans les jours à venir. La tempête Marie était officiellement terminée.

Emmie quitta le Chatlon pour regagner le café. Megan était assise à une table avec un mug. Jared n'était pas là ; il devait être resté vers la porte, à racler la neige pour la jeter dans les seaux en plastique.

— Megan ? lança Emmie en se glissant sur le siège en face du sien. J'ai besoin d'un énorme service.

— Lequel ? demanda la jeune femme en vidant sa tasse de café avant de la reposer.

— Je n'ai pas le permis, et il faut vraiment qu'on emmène Salem à la clinique de garde dès qu'on sera sortis. J'ai appelé le vétérinaire à domicile hier, mais il ne peut pas venir.

Megan crispa les mains sur sa tasse.

— Je ne connais pas bien les routes d'ici et les conditions seront encore dangereuses, dit-elle en se mordant la lèvre. Je ne suis pas à l'aise au volant…

— Mais il faut absolument emmener Salem. Je ne sais pas si je peux compter sur les bus et les taxis si tôt après la tempête. S'il te plaît…

Elle aurait pu contacter Faye, mais celle-ci vivait près de l'université. Il lui faudrait des plombes pour arriver – en supposant que sa propre voiture ne soit pas enfouie sous trois mètres de neige.

— Je… D'accord, je te conduirai, accepta Megan.

Emmie s'abandonna sur son siège avec soulagement, une main sur le cœur.

— Merci.

Elle allait devoir laisser les autres chats ici quelques heures le temps que Salem se fasse examiner. Jared pourrait-il s'occuper d'eux ? Elle était sûre qu'il l'accepterait, si elle le lui demandait.

Ayant élaboré au moins un semblant de plan, elle se releva. Elle commençait enfin à se sentir à sa place au café. Elle avait su quoi faire pendant une violente tempête ; elle avait pris soin des animaux pour Sylvie. Il n'y avait pas eu Dustin penché par-dessus son épaule, l'haleine chargée d'alcool.

Elle ferait également le nécessaire pour Salem. Il le fallait.

*

Quelques heures plus tard, ils étaient parvenus à déblayer toute la neige qui bloquait l'entrée, et Emmie relâcha lentement son souffle. Elle n'avait jamais été aussi heureuse de voir le trottoir d'en face. Jared dégageait un passage le long de l'allée, tout en parcourant occasionnellement du regard la blancheur qui recouvrait les alentours tels des nuages bas. On ne distinguait pas la route du trottoir et les arbres étaient tapissés de neige, leurs branches alourdies comme des cous penchés. Derrière l'épaule d'Emmie, Megan observait Jared.

— Enfin ! s'exclama-t-elle. Nous revoilà libres.

— C'est clair.

— J'ai appelé quelqu'un d'autre pour le van, annonça Jared en les rejoignant. Un garagiste du coin. Il n'est pas loin, et il veut bien passer aujourd'hui vu qu'il y a moins de neige et que la tempête sera bientôt finie. Il va le remorquer.

Il appuya la pelle contre le mur. Toutes deux firent un pas de côté pour le laisser passer dans l'entrée.

— Salem ? demanda-t-il.

— Megan dit qu'elle va m'emmener en voiture à la clinique de garde…, commença Emmie.

— Megan ? s'étonna-t-il en haussant un sourcil. Tu es sûre ?

Megan passa d'un pied sur l'autre avec un air incertain et referma la porte après Jared pour chasser la morsure du froid.

— C'est que… Je ne connais pas bien les routes, ni le chemin jusqu'à Penrith, et avec toutes ces intempéries… La nuit ne va pas tarder à tomber, bredouilla-t-elle.

— Je ne peux pas conduire, rappela Emmie, à présent inquiète à l'idée que Megan revienne sur sa parole. Et il faut que quelqu'un reste ici pour s'occuper du café et des animaux.

— Moi, je peux t'emmener, affirma aussitôt Jared.

Il se frotta la nuque en glissant un regard en coin à Megan.

— Écoute, je sais que tu n'aimes déjà pas prendre le volant en temps normal. Et je comprends, les routes seront enneigées. Si ça ne te dérange pas de me prêter ta voiture… J'ai laissé la mienne chez moi.

Megan secoua la tête, visiblement soulagée à l'idée de ne pas conduire.

— Ma location ne prend fin que dans quelques jours, alors je peux rester ici pour l'instant… Contente-toi de la ramener en un seul morceau. Je vais aller chercher les clés.

— Il faudrait donner son traitement à Kitty en notre absence, signala Emmie.

Et les autres chats aussi auraient besoin qu'on prenne soin d'eux.

— Des cachets, précisa-t-elle. Dans pas longtemps. Il y a des indications sur le frigo de la salle de pause.

— D'accord. Ne t'inquiète pas. Je m'en occupe.

— Je vais vérifier qu'il n'y a pas de routes fermées sur le chemin, déclara Jared. Tu devrais appeler la clinique pour leur annoncer notre venue.

Emmie hocha la tête et partit chercher son téléphone, ravie qu'ils parviennent enfin à œuvrer tous ensemble.

*

Jared roula lentement jusqu'au café, se gara le long du trottoir et baissa la vitre. Megan conduisait une Fiat bleu clair, et le désodorisant rose pailleté en forme de couronne suspendu au rétroviseur diffusait un vague parfum d'ananas. Une écharpe blanche duveteuse avait été jetée sur la banquette arrière, où elle scintillait faiblement. Il mit le chauffage et les salua toutes les deux de la main.

— Prends Salem et allons-y ! lança-t-il à Emmie.

La jeune femme leva les deux pouces en l'air avant de disparaître à l'intérieur du café. Lorsqu'elle revint, elle avait mis un manteau bleu par-dessus son jean et son pull, et portait un sac de transport en tissu noir soigneusement fermé. Salem était quasiment invisible à l'intérieur, camouflé par l'étoffe, et on ne voyait de lui que la lueur de ses yeux vert-jaune. Emmie s'arrêta sur le seuil pour dire quelque chose à Megan avant de longer précipitamment l'allée encore bordée d'épais tas de neige.

— Tout va bien, Salem, fredonna-t-elle en s'installant sur la banquette arrière et en posant le sac de transport à côté d'elle, de sorte à le voir à travers la porte grillagée. On va te soigner !

Dans le rétroviseur, il la vit saluer de la main Megan, qui disparut de nouveau dans le café.

Une fois que Salem fut en sécurité dans son sac et qu'Emmie eut bouclé sa ceinture de sécurité, Jared fixa son téléphone au support à ventouse près du volant et tapota l'écran pour faire apparaître Google Maps.

— Tu peux me donner le code postal de là où on va ? demanda-t-il à Emmie. Je ne me suis jamais rendu dans cette clinique. Et je ne suis pas allé à Penrith plus de deux ou trois fois.

— Bien sûr, répondit-elle en furetant dans sa poche pour en extraire un bout de papier réglé.

Une fois qu'elle lui eut lu le code postal, et qu'il l'eut tapé dans l'application, Jared s'éloigna de *Chatpuccino*.

— Merci de m'emmener, dit Emmie, qui penchait toujours la tête pour se focaliser sur Salem.

— Aucun souci, lui assura-t-il.

Il songea au pli qui se creusait sur le front d'Emmie chaque fois qu'elle allait voir Salem, qu'elle lui murmurait des paroles rassurantes, qu'elle essayait de le faire manger.

Et ce chat qui semblait si léthargique, comme Poppy sur la fin, jusqu'à son refus de s'alimenter…

Jared fit serpenter la voiture sur les routes qui traversaient la petite ville d'Oakside. Salem miaulait doucement dans le sac de transport, pendant qu'Emmie chantonnait en essayant de le calmer.

— Tout va bien, petit gars, souffla-t-elle.

Quand Jared jeta un bref coup d'œil au rétroviseur, il la vit se pencher pour planter le doigt sur la porte grillagée et l'agiter devant son petit museau noir.

— J'aimerais tellement pouvoir lui expliquer… pourquoi on l'emmène dehors comme ça, dit-elle à Jared. Chut, Salem, tout va bien se passer.

Jared déglutit. Le souvenir des derniers jours de Poppy était encore trop frais dans sa mémoire. Sa disparition ne remontait qu'à quelques semaines, et il avait le ventre noué à l'idée de retourner chez un vétérinaire, comme s'il s'attendait déjà à de mauvaises nouvelles. Il avait eu la même réaction qu'Emmie chaque fois qu'il avait emmené Poppy chez le véto ou qu'il avait fallu lui donner son traitement.

— Quel dommage qu'ils ne sachent pas parler, approuva-t-il à voix basse. Et qu'ils ne nous comprennent pas.

— Ils savent qu'on les aime, répliqua-t-elle. S'il prend des médicaments et commence à aller mieux, il comprendra peut-être que c'est pour son bien.

Ses paroles remuèrent quelque chose en lui dont il tâcha de ne pas tenir compte, et sa gorge le brûla.

Il conduisait prudemment, au ralenti, dans les rues enneigées. La route devant la voiture était ensevelie sous la neige, tout comme les habitations ; les toits en étaient recouverts et, lorsqu'ils passèrent devant l'aire de jeux, les équipements étaient à peine visibles sous la blancheur. Quelqu'un avait façonné un énorme bonhomme de neige au milieu du parc, avec une carotte en guise de nez. Les toits inclinés offraient un décor de carte postale, le genre qu'on aurait pu trouver dans une boutique de souvenirs. Un arbre immense s'était écrasé sur la route devant eux, la bloquant et détruisant l'arrêt de bus d'en face. Il y avait des éclats de verre partout ; de l'arrêt de bus, il ne restait plus qu'un panneau indiquant les numéros et les itinéraires, ainsi qu'un petit siège en bois.

Jared vira dans une ruelle pour continuer d'avancer, et l'application se mit à corriger son trajet.

— Je me demande combien d'autres dégâts la tempête Marie a pu occasionner, réfléchit Emmie à voix haute. Il faut qu'on fasse attention sur la route.

— Je vais passer par Ambleside et Grasmere, pas par Kirkstone Pass, déclara-t-il. On ferait mieux d'éviter ce coin-là.

— Pourquoi pas Kirkstone Pass ? s'étonna Emmie en calmant encore Salem, qui venait de lâcher un long miaulement inquiet.

— Eh bien, il est fermé par la municipalité en cas d'intempérie. C'est déjà un cauchemar d'y passer même par beau temps, expliqua Jared en manœuvrant la voiture dans des ruelles étroites bordées d'édifices en briques aux jardins enneigés remplis de pots de fleurs vides. La femme de mon frère Shane, Danni, est tombée en panne une fois là-bas, et elle est restée seule dans le noir pendant des heures. Dans le coin, on appelle la route pour y aller depuis Ambleside « The Struggle ».

Emmie éclata de rire.

— « The Struggle » – l'épreuve ? En effet, mieux vaut l'éviter. On a déjà une sacrée épreuve sur les bras avec ce petit gars.

Sa voix s'adoucit, et elle marmonna d'autres paroles apaisantes à l'intention du chat.

— Au moins, maintenant, on est en route.

— Apparemment, The Struggle a été dégagé, annonça Jared. Et la route est ouverte. J'ai vérifié. Mais il est quand même déconseillé d'y passer, à cause du verglas.

Le GPS jacassait d'une voix féminine et mécanique pour leur indiquer le chemin. Bientôt, le grand lac Windermere s'étendit sur leur gauche, avec ses monts saupoudrés de neige et parsemés de taches sombres qui marquaient la présence d'arbres et de rochers. La lumière du soleil de l'après-midi tentait de percer les nuages et illuminait le lac gelé de mouchetures jaunes, faisant briller la surface comme s'il s'agissait d'une plaque de verre. Des branches étaient figées dans l'eau, en suspension, alourdies par la neige. Jared continua de rouler au pas, en faisant attention à la neige et au verglas. Dans le silence de la voiture, il songea à ce baiser, aux lèvres d'Emmie pressées sur les siennes, au feu qu'il avait vu dans ses yeux… Devait-il l'évoquer ? Ils avaient un chat malade sur les bras. Et il avait besoin de temps pour y réfléchir, de prendre un peu le large – à présent qu'ils n'étaient plus bloqués – pour savoir s'il était réellement prêt à retenter le coup avec une autre.

— Ouah, c'est superbe, souffla Emmie. On dirait une œuvre d'art.

En entendant sa voix entrecoupée, il jeta un coup d'œil au rétroviseur. Les yeux écarquillés et l'air émerveillé, elle calait ses cheveux sous son bonnet et se penchait vers la vitre pour contempler le lac. Le sourire aux lèvres, il reporta son attention sur la route.

— Tu pourrais peut-être l'intégrer à un de tes dessins, suggéra-t-il.

— Pourquoi pas ! Je comprends ce qui a pu fasciner les poètes ici… Mais cette neige, c'est du jamais-vu, ajouta-t-elle vivement. Je parie qu'on pourrait faire un bonhomme de dingue.

— Je suis sûr que oui.

— Ou un super ange de neige.

— Je n'en ai jamais vraiment fait. Ça caille beaucoup trop pour se coucher là-dedans.

Emmie rit.

— Jamais, vraiment ? C'est comme un rite de passage ! Même pas à Noël ?

— Eh non.

— Quoi, seulement parce qu'il fait froid ? Je ne t'aurais pas pris pour une telle mauviette, décocha-t-elle d'un ton léger.

— Je ne suis pas une mauviette ! protesta-t-il, sans pouvoir s'empêcher de rire avec elle.

— Bon, alors c'est décidé, trancha-t-elle. Tu vas devoir faire des anges de neige et m'envoyer les photos.

— Et pourquoi tu n'en fais pas, toi, si tu adores tant la neige ? renvoya-t-il.

— Très bien, riposta-t-elle. Je les ferai avec toi. On pourrait peut-être se débrouiller pour que ça soit un peu des chats de neige, histoire de faire de la pub pour *Chatpuccino*... Pour la queue, on va devoir improviser, pourquoi pas ajouter une écharpe...

Il lâcha un nouveau rire, qui venait du bas-ventre. Le genre de rire profond qui lui donnait l'impression d'avoir relâché son souffle. Quand il eut fini, son torse lui parut plus léger, comme s'il s'était libéré d'un poids mort.

L'espace d'un instant, on n'entendit plus que les cris de Salem et ses grattements pour tenter de sortir du sac de transport, ce qui lui rappela les fois où il avait dû emmener Poppy chez le vétérinaire. Aussitôt, il se sentit irrationnellement coupable d'avoir ri alors que, deux semaines plus tôt, il avait perdu le seul être qui avait donné tant de sens à sa vie, au point de le sauver.

Emmie murmura pour apaiser Salem.

— Tu as fait beaucoup de tourisme depuis ton arrivée ? lui demanda Jared, tâchant de ne pas entendre les miaulements et grattements du chat.

— Pas vraiment. J'ai été trop prise par le boulot – le café, mes dessins…, répondit-elle d'une voix lourde de regrets, avant d'ajouter avec plus d'entrain : Mais j'adore Beatrix Potter ! Je voulais aller visiter le cottage de Hill Top et le musée…

— Tu devrais. Ce n'est pas bon de travailler tout le temps. Tu m'as dit que tu étais accro au boulot.

Elle sombra dans le silence – lorsqu'il jeta un coup d'œil au rétroviseur, il constata qu'elle semblait un peu triste –, puis reporta son attention sur Salem en lui faisant des bruits de bisou. Jared se demanda pourquoi elle avait pris cet air-là. Était-ce parce qu'elle s'inquiétait pour la visite chez le véto ? Ou à cause de ce qu'il avait dit sur son rapport au travail ?

— On peut trouver beaucoup de sources d'inspiration dans les environs, lâcha-t-il.

Une invitation naquit sur le bout de sa langue : lui proposer de l'emmener au cottage, de la promener en voiture, de lui montrer toutes les merveilles naturelles visibles dans le coin.

— Il y a de super randonnées, de superbes paysages, reprit-il. Tu devrais profiter de ton temps ici. C'est un bon endroit pour les artistes.

On ne peut pas avoir d'inspiration si on ne fait jamais de pause.

— Tu as raison, reconnut-elle. J'imagine que… Je ne sais pas combien de temps je vais rester. C'était censé n'être que temporaire, tu sais ? Le temps de lancer ma carrière artistique, de savoir quoi faire par la suite…

— Ah. Vraiment ?

Il l'ignorait. Un sentiment qui ressemblait étrangement à de la déception s'abattit sur lui – « temporaire », ça pouvait vouloir dire quelques semaines, ou quelques mois. Le visage souriant de la jeune femme surgit dans son esprit, sa voix enjouée pendant qu'elle buvait du whisky et le bombardait de questions. Le dessin qu'elle avait fait de lui et Poppy, ses paroles douces, sa gentillesse. Ce *baiser*, qui l'enflammait encore de l'intérieur.

Imbécile ! Quel idiot il faisait. Il venait à peine d'apaiser la situation avec Megan. Il avait des problèmes d'argent à résoudre. Et puis si elle partait de toute manière…

Ils poursuivirent le long des routes sinueuses au milieu de collines couvertes de neige qui ressemblaient aux pics d'un grand gâteau de mariage. Génial, voilà qu'il faisait des comparaisons avec des gâteaux de mariage ! Qu'est-ce qui lui prenait, à la fin ?

Il fallait qu'il arrête de faire l'idiot. Rester enfermé avec son ex et Emmie, qui l'attirait, lui avait manifestement embrouillé l'esprit.

*

— Enfin ! s'écria Emmie, alors qu'ils pénétraient sur le grand parking sur le côté de la clinique de garde.

Il leur avait fallu un peu plus d'une heure pour y arriver, et elle avait angoissé pendant tout le trajet – un trajet qui, d'après Jared, prenait généralement trois quarts d'heure, quand on n'avait pas peur de déraper dans un arbre ou un mur de briques. Chaque miaulement de Salem avait ajouté une nouvelle couche d'inquiétude à ses multiples soucis ; elle n'aimait pas entendre ce pauvre chat si contrarié. La tension lui crispait les épaules et les mâchoires. Un immense panneau surplombant le parking indiquait « CENTRE VÉTÉRINAIRE PINNACLE » en caractères gras, avec le logo d'un chat et d'un chien entrelacés qui se serraient la patte.

— Merci beaucoup, Jared, dit Emmie en ouvrant sa portière. Je t'en dois une.

Jared balaya son commentaire d'un geste de la main en coupant le moteur.

— Aucun souci, lui assura-t-il.

Elle descendit du véhicule et en retira difficilement Salem, qui tentait encore désespérément de s'échapper de son sac en fourrant son petit museau noir dans l'ouverture. Elle sentit son cœur se serrer. Jared la suivit et verrouilla la voiture.

— Je t'accompagne, déclara-t-il d'une voix rauque.

— Tu es sûr ? s'étonna-t-elle. Tu n'y es pas obligé. Je sais que ça risque d'être dur pour toi, après…

— Non, ça ira. Je vais entrer. Tu ne devrais pas y aller seule, au cas où…

Il laissa sa phrase en suspens. La gorge nouée, Emmie hocha la tête. Elle n'y avait pas songé, mais il avait raison. Elle lui en savait gré, à tel point qu'elle en avait les jambes en coton. Elle agrippa le sac de Salem de plus belle.

— Attends, je m'en charge, dit-il en le lui prenant doucement des mains. Tu forces trop sur ton poignet en ce moment.

Le vétérinaire avait accepté d'examiner Salem quand Emmie l'avait appelé plus tôt, mais elle était sur les nerfs malgré tout, et se demandait ce qui allait se passer. Elle traversa le parking avec Jared en direction de l'entrée principale – une petite alcôve percée dans le côté du bâtiment, avec un porche qui dépassait et des marches flanquées de pots de fleurs couverts de neige. Des champs enneigés s'étiraient de part et d'autre, une grappe de collines et de montagnes au loin. Un certain nombre d'édifices en briques, de barrières et de murs de pierres entouraient la clinique. L'endroit était assez isolé, et plutôt à la périphérie de Penrith – c'était à peine s'ils avaient dépassé un garage et deux ou trois maisons sur la route. Un grand van blanc et quelques voitures étaient dispersés par-ci par-là, garés sous des arbres.

En atteignant le porche principal, Emmie pressa un bouton d'interphone sur le côté de la porte et fut accueillie par un bourdonnement métallique. Un instant plus tard, il s'anima en grésillant, et une voix de femme retentit.

— Bonjour, que puis-je faire pour vous ?

— Je suis venue avec Salem, annonça Emmie.

— Ah oui, entrez. Le vétérinaire vous attend.

Un nouveau bourdonnement résonna dans l'interphone, et Emmie poussa la porte, avant de la tenir pour permettre à Jared d'entrer avec le sac de transport. Ils se retrouvèrent dans une petite salle d'attente bien éclairée. L'accueil se situait contre le mur de gauche ; sur la droite, des étagères étaient remplies d'aliments vétérinaires pour chiens et chats, ainsi que de jouets, écuelles et accessoires. Des prospectus et des tableaux d'affichage colorés ornaient le coin autour du rebord de fenêtre.

Emmie s'approcha de l'accueil, talonnée par Jared. La réceptionniste, qui avait la quarantaine, avait des cheveux auburn ramassés en une queue-de-cheval soignée et ne portait pas de maquillage. Son chemisier bleu marine arborait le logo de la clinique vétérinaire, et sa tête dépassait à peine au-dessus de l'écran de l'ordinateur.

— Salem ? lança la réceptionniste en la gratifiant d'un sourire bienveillant. Vous pouvez vous asseoir. Le docteur Frank sera à vous dans un instant. Vous avez beaucoup de chance que ce soit aussi calme aujourd'hui.

— Merci, dit Emmie, en se dirigeant vers deux chaises en plastique sous la fenêtre.

À peine eut-elle posé les fesses sur le siège qu'une porte latérale s'ouvrit et qu'un gros homme souriant aux larges épaules et à la barbe grise apparut. Comme sa collègue, il portait du bleu marine, avec une collection de stylos colorés qui dépassaient de sa poche et un badge indiquant « DOCTEUR CARSTEN FRANK : VÉTÉRINAIRE » épinglé à son torse. L'un des stylos avait un bouchon en forme d'oreilles de chat blanc. Ce détail, en plus de ses yeux chaleureux et de son sourire sympathique, mit tout de suite Emmie à l'aise, et la tension qu'elle portait sur ses épaules depuis leur départ du café se dissipa un peu.

— Salem ? lança le vétérinaire.

— Oui, bonjour. Je suis Emmie, se présenta-t-elle en lui adressant un sourire tremblant. Voici Jared.

Elle désigna le jeune homme, qui s'était levé derrière elle en tenant le sac de transport. Salem s'était replié vers le fond, tapi dans l'ombre.

— Suivez-moi, dit Carsten en montrant la porte.

Emmie hocha la tête et s'avança pour entrer dans la petite salle d'examen avec Jared. Contre les murs, peints dans un bleu pâle et apaisant, se trouvaient une table d'examen et une balance, avec un ordinateur et quelques meubles à tiroirs tout au fond. À l'autre bout de la pièce s'ouvrait une autre porte, derrière laquelle Emmie aperçut un mur jaune ainsi qu'une accumulation d'affiches pour des vaccins et des analyses sanguines. Elle avait la gorge très sèche à présent qu'elle était là. Si Salem avait un problème… Que ferait-elle ? Tante Sylvie allait bientôt rentrer, mais Emmie se posait sérieusement des questions, se demandant si elle aurait dû déployer davantage d'efforts pour quitter le café plus tôt. Cela dit, qu'aurait-elle pu faire d'autre pendant une telle tempête ?

— Vous pouvez ouvrir le sac et le mettre sur la table. Vous m'avez dit qu'il ne mangeait pas ? demanda Carsten en enfilant des gants sortis d'une boîte.

Le son fit tressaillir Jared.

Emmie déglutit.

— Ça fait quelques jours qu'il n'a pas mangé, répondit-elle. Nous avons été bloqués par la neige et nous n'avons pas pu l'amener tout de suite, alors j'ai tenu à venir au plus vite.

Jared posa le sac sur la table et ouvrit la fermeture Éclair. Le pauvre Salem était voûté au fond et refusait de bouger ; avec l'aide de Carsten, ils retournèrent le sac jusqu'à le faire doucement tomber sur la table. Aussitôt, le chat rampa vers

Emmie, enfouit le museau dans son coude et se tassa sur lui-même autant qu'il le put.

Elle sentit sa gorge se nouer.

— Allez, petit gars, le calma-t-elle en essayant de l'écarter du creux de son coude, ce qui était difficile à faire d'une main. On va t'ausculter.

Avec des murmures apaisants, Jared caressa la tête de Salem.

— Je vais l'examiner et voir ce qu'il en est, déclara Carsten d'une voix douce.

Quand Emmie éloigna le chat effrayé de son bras, Carsten s'empara de lui prudemment pour inspecter ses yeux et l'intérieur de ses oreilles. Lorsqu'il renversa la tête de Salem en arrière pour lui examiner le gosier, Emmie se crispa ; Salem avait l'air pétrifié, mais Carsten fredonna pour essayer de le calmer. Jared, lui, préférait étudier le mur plutôt que d'assister à la séance.

— Là, tout va bien, dit Carsten d'une voix rassurante tout en continuant d'ausculter Salem. Ça va paraître un peu désagréable, mais je vous promets que ça ne fera pas mal, expliqua-t-il à Emmie. Vous voulez bien me le tenir, s'il vous plaît ?

— Tu pourrais… ? demanda-t-elle à Jared.

Le jeune homme était livide, mais hocha la tête, et maintint Salem pendant que Carsten le palpait autour de l'estomac et de l'abdomen. Une fois qu'il eut fini, il fureta sur son bureau et sortit un thermomètre propre d'un sachet.

— Maintenant, je dois prendre sa température – vous pouvez le tenir, je vous prie ? Ça risque de ne pas être très agréable pour lui.

Jared attrapa Salem au niveau des pattes avant. Le chat voulut s'échapper pour retourner s'enfouir dans le bras d'Emmie, mais Carsten parvint à lui soulever la queue pour insérer le thermomètre. Emmie sentit le pauvre chat se raidir.

L'espace d'un bref instant, elle ne put songer à rien d'autre qu'à Jared et à la chatte qu'il avait perdue. Elle ne connaissait pas les détails de l'histoire, mais était-ce là ce qu'il avait dû endurer avant qu'elle ne disparaisse ? Les manipulations, les palpations, la pauvre bête qui avait une trouille bleue et ne comprenait pas ce qui se passait ? Elle n'arrivait même pas à s'imaginer devoir gérer ça pendant une période prolongée, avec un animal qu'on avait côtoyé et avec lequel on avait tissé des liens pendant si longtemps. Et puis, le perdre, sans avoir rien pu faire pour l'empêcher… Et Jared était là quand même. Il l'aidait, dans le cabinet d'un vétérinaire, alors qu'il aurait tout aussi bien pu patienter dehors.

— Chut, petit gars, tout va bien, c'est presque fini, rassura-t-elle Salem, en le caressant du bout des doigts avec des bruits de bisou.

— Il a un peu de température, constata Carsten en sortant le thermomètre pour l'étudier. Vous pourriez le poser là, sur cette balance, s'il vous plaît ?

Redoutant le pire, Emmie regarda Jared porter Salem de l'autre côté de la pièce pour le poser sur la balance. Il fallut le convaincre de rester sans bouger, et tous deux gardèrent les mains suspendues au-dessus de lui pour permettre à Carsten de noter son poids.

— On va probablement devoir faire une prise de sang, conclut le vétérinaire. Je sens une masse au niveau de l'abdomen, mais c'est dur de savoir de quoi il s'agit sans échographie. Ça pourrait être une simple inflammation, ou quelque chose de plus grave. Si la prise de sang ne donne rien, je prescrirai une échographie et des examens plus poussés.

Emmie sentit son cœur chavirer.

— « Plus grave » ?

— Je ne veux pas vous inquiéter outre mesure, précisa aimablement Carsten. Ces examens nous permettront d'en savoir plus. Êtes-vous assurée pour Salem ? Je peux vous dire quelles possibilités s'offrent à vous si je connais mieux votre situation, mais je vous recommande déjà une prise de sang, et une échographie par la suite si besoin. J'aimerais également le garder ici en observation. En cas de déshydratation, il se peut qu'il ait besoin d'un traitement adapté.

— Cela vous dérange si j'appelle ma tante ? demanda Emmie. Quand j'ai appelé tout à l'heure, j'ai expliqué que ce chat était le sien, mais elle n'est pas là et n'a pas encore pu rentrer à cause de la tempête…

— Bien sûr, répondit Carsten, et la lueur de compassion qu'elle lut dans son regard lui serra la gorge.

Elle pria pour qu'il n'y ait rien de grave.

17

Par chance, Emmie parvint à contacter Sylvie, qui donna son accord pour les différents examens et déclara qu'elle les mettrait sur son assurance. Emmie perçut l'émotion dans la voix de sa tante.

— Je repars demain matin, affirma Sylvie. Je sais que j'aurais dû rentrer plus tôt, mais certaines des routes étaient toujours fermées et, avec ces intempéries… Je serai bientôt de retour. Je m'en veux tellement…

Emmie lui assura que ce n'était pas sa faute. Que Salem soit tombé malade en son absence – et pendant une tempête, en plus –, ce n'était simplement pas de chance. Ils n'auraient pas pu deviner que tout allait arriver en même temps.

Emmie laissa Salem à Carsten, qui lui promit de la contacter dès qu'il aurait les résultats de la prise de sang. Si tout allait bien, et si ce n'était qu'une simple infection, on réhydraterait Salem pendant la nuit, et ils pourraient le récupérer dès le lendemain avec des antibiotiques.

Lorsqu'ils regagnèrent la voiture – cette fois, Emmie s'assit à l'avant –, Jared affichait autant d'inquiétude qu'elle en éprouvait.

— Encore merci de m'avoir emmenée, dit-elle, alors qu'ils s'éloignaient de la clinique pour reprendre la route.

— Aucun problème.

Elle secoua la tête.

— Je m'en veux, avoua-t-elle. Après ce qui est arrivé à Poppy…

— Je sais, mais c'est pour ça que je tenais à ce qu'il y ait quelqu'un avec toi. Il valait mieux que tu ne sois pas seule.

Bon sang, il était tellement gentil qu'elle eut soudain envie de pleurer. Ce n'était peut-être que le contrecoup de tout ce qui s'était passé dernièrement.

— Merci. Je suis contente qu'il soit là, maintenant.

— Ils vont prendre soin de lui, la rassura-t-il. Ils savent ce qu'ils font. Salem est entre de bonnes mains.

Ils sombrèrent dans le silence alors qu'ils reprenaient la direction d'Oakside, guidés par le GPS et entourés de tous côtés par des champs tapissés de neige, qui laissèrent bientôt place à d'imposantes collines et rochers déchiquetés. Certaines des routes étant encore verglacées, Jared conduisait lentement.

Le GPS débitait des instructions d'une voix monocorde. La nuit commençait déjà à tomber et le ciel se colorait de bleu foncé tandis que, dans le crépuscule, les collines prenaient des airs de géants flous. Une route unique s'étirait devant eux, bordée d'un muret de briques recouvert de neige, avec très peu d'autres voitures. Jared fronça les sourcils en faisant passer son regard du téléphone à la route, le nez plissé.

— On n'était pas censés passer par là ! lança-t-il subitement. On est sur le col de Kirkstone Pass ! The Struggle !

Emmie étouffa un rire – le nom que les gens du coin donnaient à cette route lui avait paru ridicule, et assez approprié après tout ce qu'ils venaient de traverser. Mais à présent qu'il faisait sombre, et que les routes étaient dangereuses et glissantes, ça n'avait plus rien de drôle.

— Tu ne m'as pas vraiment expliqué pourquoi ça s'appelait « The Struggle », dit-elle, tâchant de parler d'une voix égale.

— Eh bien, la montée est l'étape la plus difficile, mais ça reste pénible de redescendre The Struggle dans ces conditions… C'est tellement raide ! Et il y a aussi des virages et des remontées sur la descente…

Il fit défiler la carte sur l'écran de son téléphone.

— Il n'y a aucun embranchement dans les alentours. On n'a pas d'autre choix que de poursuivre.

— Prends ton temps, dit Emmie. On n'est pas obligés de foncer comme des dingues.

Elle regarda par le pare-brise. La route semblait à peine assez large pour que deux voitures se croisent. Heureusement que Salem n'était plus avec eux.

— Je suis désolé, Emmie. Je n'avais pas l'intention de passer par là.

— Mais non. Ce n'est pas ta faute.

Jared se tut et se concentra sur la route mais, voûté sur le volant, les épaules au niveau des oreilles, il paraissait nerveux. Il n'y avait aucun lampadaire dans le coin – pas sur cette longue bande de route déserte –, et le soleil disparaissait derrière les gigantesques montagnes qui les entouraient. Il faisait sombre et froid, et un voile de brume se déposait sur les sommets des collines en les enveloppant comme un souffle. Certains des virages étaient tellement serrés qu'il était impossible de voir ce qui venait en face. L'obscurité s'était abattue très vite, comme un interrupteur qu'on aurait enclenché, et Emmie sentit un frisson lui parcourir la nuque. L'unique lumière était celle que projetaient les phares de la voiture sur la route, et qui faisait l'effet d'un projecteur braqué sur le néant.

Ils négociaient un virage particulièrement dangereux quand une voiture arriva en face à toute allure, dans un torrent de lumière et de mouvement.

Elle était trop proche. Il n'y avait pas la place.

Poussant un cri étranglé comme celui d'un animal pris par surprise, Jared fit une brusque embardée. L'autre voiture les heurta, percutant brutalement le flanc de leur véhicule avant de disparaître dans une ruée de phares. Le cœur d'Emmie bondit dans sa poitrine, et elle étouffa un cri.

Leurs pneus dérapèrent sur un épais mélange de neige et de verglas, et ils perdirent le contrôle malgré les efforts désespérés de Jared. Emmie hurla, ballottée sur son siège. Seule sa ceinture la maintenait en place alors que Jared s'efforçait de se remettre droit.

— Je n'arrive pas à l'arrêter ! cria-t-il. Emmie…

La voiture virevolta avec un affreux craquement. Dans le tourbillonnement ambré des phares, une barrière en bois apparut, un mur de pierres de part et d'autre, et la voiture fonça dedans. Malgré la ceinture qui la retenait, Emmie eut l'impression de s'élever, de rebondir sur son siège, et puis sentit quelque chose lui rentrer brusquement dans l'épaule.

Après quoi, il n'y eut plus que l'obscurité.

18

Rien à faire, Jared ne put empêcher la voiture de déraper frénétiquement. Alors qu'il se débattait avec le volant pour le stabiliser, il gémit en apercevant une large clôture qui fermait un champ. S'ils enfonçaient la barrière, cela leur éviterait de s'écraser contre le mur de briques qui longeait le Pass et de percuter une autre voiture dans le virage en épingle.

Il tira sur le volant de toutes ses forces pour maîtriser le tournoiement jusqu'à heurter la clôture en bois, qui vola en éclats. Il aperçut deux moutons blancs qui partirent en courant. À côté de lui, Emmie poussait un hurlement à glacer le sang. La voiture cahota sur la lande et sa joue s'écrasa contre le volant. Il sentit une de ses dents se fêler, et un éclair de douleur dans le côté de sa bouche, comme une mini-explosion.

Ils continuèrent à rouler en rebondissant avant de chuter brièvement. La voiture s'immobilisa brutalement sur une plaque de neige, et ses dents s'entrechoquèrent dans son crâne comme des billes. Une nouvelle douleur lui traversa la mâchoire. Les deux airbags avaient jailli pour les protéger, immenses, blancs et éclatants, mais trop tard pour sauver sa dent.

Jared s'écarta en gémissant de l'airbag gonflé.

— Emmie ? lâcha-t-il d'une voix rauque.

Les hurlements s'étaient tus. Il n'entendait plus qu'un affreux silence, uniquement rompu par le *bêê* d'un mouton. La pente n'avait pas été si raide que ça. Emmie s'en était forcément tirée. Il jeta un regard vers elle, de l'autre côté de l'airbag.

Elle était voûtée en avant sur son airbag.

— Emmie ? risqua-t-il encore en tendant une main vers son épaule.

Une douleur cuisante lui traversa le bras, et il tressaillit. L'ignorant, il tapota doucement l'épaule d'Emmie pour attirer son attention dans le cas où elle aurait été touchée.

— Emmie, tu m'entends ? Tu es blessée ?

Pas de réponse. Elle devait être inconsciente. Et si elle…

Le cœur de Jared lui martela la poitrine, et chaque battement résonna dans sa dent cassée, intensifiant la douleur dans son bras. Mais lui se portait bien ; il n'était pas gravement blessé. C'était surtout pour elle qu'il s'inquiétait.

Il défit sa ceinture de sécurité et fouilla dans sa poche pour en sortir son téléphone – dont la lueur crue envoya une nouvelle décharge de douleur dans sa mâchoire – et vérifier les barres de réseau. Aucun signal.

— Merde, siffla-t-il.

Il le brandit devant lui, comme si cela pouvait améliorer les choses, mais toujours rien.

Dehors, il faisait nuit noire. On ne voyait rien au-delà de l'amas d'herbes et de plantes éparses visibles dans les phares. Il jeta un regard à Emmie, toujours muette, sa chevelure déployée autour de son visage comme des roseaux. Il fallait…

Merde. Il tendit le bras pour lui tâter le cou, perçut son pouls. Aucune trace de sang. Il relâcha son souffle. Malgré tout, le fait qu'elle se soit évanouie n'était pas bon signe.

Il quitta la voiture pour sortir dans le froid. Les rétroviseurs latéraux étaient détruits, défoncés, leurs éclats de verre miroitaient dans la neige à ses pieds. Avec un frisson, il tourna le regard vers là d'où ils venaient, vers la route en haut de la pente. Il avait vu juste – ils n'avaient pas beaucoup chuté, il ne s'était agi que d'une petite déclivité. Dieu merci.

Avec une hésitation, Jared regagna la voiture, la poitrine vrillée par l'incertitude. Il ne voulait pas laisser Emmie là mais, si elle était blessée, il n'allait pas pouvoir la déplacer non plus. Il risquerait d'empirer les choses. Il se pencha dans la voiture, sans se préoccuper de l'intense douleur qui lui poignardait le bras ni de l'élancement dans sa dent.

— Je reviendrai te chercher, d'accord ? Je te le jure. Emmie, ne t'en va pas. Je t'en supplie.

Une petite part de lui espérait qu'elle l'entendait. S'armant de courage pour la suite, il recula et referma la portière. La laisser ici lui faisait l'effet d'un abandon. Et s'il lui arrivait quelque chose ? Mais s'il restait là, il ne pourrait pas chercher des secours, et elle en avait besoin.

Jared colla son bras blessé contre son flanc et se mit en marche vers la lande en bordure de route. Là-haut, le signal devrait être meilleur – après tout, le GPS avait bien fonctionné. Sinon, il allait devoir regagner à pied l'auberge qu'ils avaient dépassée un peu plus tôt. Il le ferait si nécessaire, et essaierait de héler une autre voiture en chemin.

En attendant, tiens bon, Emmie.

Remonter la côte avec un bras fragile – qu'il soupçonnait à présent d'être cassé – n'avait rien de facile, et il éclaira le chemin à l'aide de la lampe de son téléphone. Il grimpa en dérapant sur la terre neigeuse, prenant appui sur des rochers. À un moment donné, il atteignit le sommet d'une pente et glissa, patina jusqu'en bas, faillit atterrir sur son bras blessé et pivota à la dernière minute pour éviter ça. Il pesta, furibard, se redressa et pinça les lèvres – l'air glacé sifflait à travers ses dents, ce qui ne faisait qu'accentuer la douleur. Il repartit, en avançant de biais cette fois.

Lorsqu'il parvint en haut de la côte, il haletait, et son souffle créait des nuages blancs dans l'air. La clôture en bois détruite se trouvait sur sa droite, visible à la lueur de son téléphone : quelques débris éparpillés dans les tas de neige, le reste suspendu en équilibre précaire à la structure principale.

Dans le ciel obscurci brillait la lune, fin croissant entouré d'une constellation d'étoiles. Jared brandit son téléphone et composa le numéro des secours sans même vérifier le signal. L'appel ne passa pas.

Il lâcha une bordée de jurons en regardant par-dessus son épaule. Tout en bas, il distinguait à peine la silhouette sombre de la voiture, dont les phares encore allumés éclairaient la neige blanche et des touffes de fougères par-ci par-là.

— Tiens bon, Emmie, chuchota-t-il en commençant à longer la route.

*

Il marchait depuis longtemps, et avait l'impression d'avoir les pieds en sang lorsqu'il parvint enfin à repérer un coin où son téléphone captait, lui permettant d'appeler les secours. Cela l'avait perturbé de cheminer en longeant le mur de pierres sur sa gauche, avec les ombres et son inquiétude pour Emmie pour seuls compagnons. Il avait eu peur de se faire percuter par une voiture en chemin. Après avoir passé le coup de fil, attendre l'arrivée des secours fut encore pire

– debout dans le noir complet, avec la lampe de son téléphone allumée et une petite voix dans sa tête qui lui soufflait qu'il avait laissé Emmie toute seule, qu'elle n'allait peut-être pas bien. Ses dents claquaient si fort qu'il avait l'impression d'avoir le cerveau tout entier qui vibrait, et ses pieds étaient à la fois engourdis et douloureux.

Ce fut l'équipe de secours en montagne qui vint – à cause du temps et de l'état des routes. Il entendit hurler les sirènes avant de voir clignoter les lumières bleues et d'apercevoir les deux énormes Land Rover, qui s'immobilisèrent dans un crissement de freins.

— *Jared ?*

Shane fonça hors d'un des deux véhicules avec un autre membre de son équipe. Jared n'avait jamais été aussi soulagé de voir le visage de son frère, et ses genoux cédèrent enfin.

— Ouh là, doucement !

Shane se précipita pour le stabiliser.

— Où est l'autre personne, et la voiture ? Elle est blessée ?

— Emmie, souffla-t-il. Je ne sais pas… Elle était inconsciente.

Il dut les mener jusqu'au véhicule. On aurait dit que le brouillard enveloppait tout, ralentissait le temps, lui embrumait l'esprit – repenserait-il un jour, des années plus tard, à cette journée en se disant que c'était l'une des pires de sa vie ? Celle où il avait commis une erreur monumentale…

celle où quelqu'un à qui il tenait s'était blessé à cause de lui, ou pire… ? Il ne put réprimer des frissons, et il n'aurait su dire si c'était uniquement dû au froid.

Il ne garda qu'un vague souvenir du moment où l'équipe de secours atteignit Emmie et la libéra de la voiture, puis il se retrouva calé dans l'un des véhicules à côté d'elle. Elle semblait si fragile et vulnérable sur le brancard, ses cheveux étalés de part et d'autre de sa tête. Il ne pouvait songer à rien d'autre qu'au fait que c'était sa faute, qu'elle ne s'en sortirait peut-être pas. C'était lui qui était au volant, aussi était-il responsable. Comment avait-il pu laisser cet accident se produire ?

Pendant qu'ils roulaient, Jared garda sa main serrée sur celle d'Emmie. Il faisait froid, et elle ne bougeait pas, mais au moins, elle était vivante. Elle respirait. Assis à côté de lui, Shane ne cessait de tourner vers lui des regards inquiets.

— Ne t'en fais pas, lui dit son frère alors qu'ils filaient toutes sirènes hurlantes, aussi vite que les conditions le leur permettaient. On est arrivés rapidement, on va la faire examiner, et…

Jared comprenait à peine les paroles rassurantes de son frère. Il hocha mollement la tête.

Une fois devant l'hôpital, il descendit, hébété, du Land Rover ; autour de lui, les mouvements des secouristes qui déplaçaient le brancard d'Emmie lui paraissaient flous. Il répondit à des questions, mais avait l'impression d'évoluer en dehors de son corps, de n'être qu'un fantôme. Shane resta à ses côtés.

L'infirmière affirma qu'il devait être en état de choc ; il comprit ce qu'elle lui dit, mais tout juste. Il se fit examiner pendant qu'on emmenait Emmie au loin, on vérifia ses signes vitaux – rythme cardiaque, tension artérielle, entre autres. On aurait dit que ça n'allait jamais s'arrêter. Là encore, il n'avait pas l'impression d'être présent pendant qu'on le tâtait, le palpait, le questionnait. Tout ce qu'il voulait savoir, c'était si Emmie allait bien.

— Emmie, répéta-t-il à plusieurs reprises. Est-ce qu'elle…

— On va d'abord s'occuper de vous, et puis on ira se renseigner, répondit gentiment l'une des infirmières.

Shane rôdait autour de lui, une lueur d'inquiétude dans le regard.

Ils nettoyèrent les écorchures sur ses joues, et lui posèrent un pansement. Jared s'aperçut à peine qu'on l'installait sur une chaise en plastique verte et qu'on lui tendait une tasse de thé bien infusée pour le tirer de son état de choc. Les mains tremblantes, il agrippa la tasse de plus belle pour la stabiliser, ce qui eut pour seul effet de lui faire renverser du thé sur son jean.

— Vous avez de la chance, déclara l'infirmière. Vous n'avez que quelques écorchures, une dent fêlée et un bras cassé, mais ça aurait pu être bien pire. On va vous mettre un plâtre, et vous allez devoir consulter un dentiste pour cette dent.

Jared hocha la tête avec hébétude.

— Pour les écorchures, il va falloir changer le pansement et nettoyer les plaies tous les deux ou trois jours. Et on va vous donner des antibiotiques pour éviter une infection…

Elle poursuivit, évoquant d'autres formalités et modalités. Les mots se fondaient les uns dans les autres – au moins Shane, lui, était-il attentif. Même si, au bout du compte, il ne fut pas nécessaire de tout retenir. Elle pianota sur le clavier de son ordinateur jusqu'à ce que l'imprimante s'anime sur la table derrière elle et crache un résumé de ce qu'elle venait de dire. Une guirlande était enroulée autour de son bureau, des cartes de Noël accrochées au mur. Il n'arrivait pas à croire que, quelques jours plus tôt seulement, il avait préparé un repas de Noël pour eux trois au café.

Quand l'imprimante eut fini de distribuer les feuilles, l'infirmière les lui tendit et sourit.

— Je sais que ça fait beaucoup à assimiler et que vous avez été mis à rude épreuve ce soir, pas vrai ? Je vais aller voir si je peux prendre des nouvelles de votre Emmie, et puis on s'occupera de votre plâtre.

Votre Emmie.

Son Emmie. Il remua sur son siège. Il ne corrigea pas l'infirmière. Voulait-il qu'elle soit son

Emmie ? Il semblait que tout était devenu plus net à présent qu'elle était blessée.

Il se tourna vers son frère qui, visiblement fatigué, tenait un gobelet de café dans ses mains. Jared avait l'impression que la douleur dans sa poitrine allait lui broyer les os – comme si son sentiment de culpabilité et de souffrance était une maladie qui se propageait partout.

— Je ferais mieux d'appeler maman…, lâcha Shane d'une voix hésitante.

Il devait retenir ces paroles depuis un bon moment, préférant attendre que Jared ait fini d'être examiné.

— Ne fais pas ça, le supplia vivement Jared. Pas encore. Elle voudra venir, et il y a toujours du verglas. Je ne veux pas qu'elle ait un accident, elle aussi.

— Mais…

— Je… ne peux pas perdre Emmie, dit-il, reportant ses pensées sur la jeune femme. Je ne le peux pas.

Sa voix se brisa, et il prit sa tête entre ses mains pour enfouir les doigts dans ses cheveux. Il se sentait complètement impuissant.

— Elle sait ce que tu ressens pour elle ? demanda Shane, oubliant leur mère – et Jared lui en sut gré.

Il n'aurait pas supporté qu'une personne de plus se blesse ce soir-là.

Jared ne répondit pas, se borna à scruter le carrelage. Il avait mis Emmie en danger. Quelle importance à présent, ce qu'il pouvait ressentir pour elle ?

— Lorsqu'elle se réveillera, tu pourras le lui dire, l'incita Shane. Je suis sûr qu'elle voudra l'entendre.

Tu entends ça, Emmie ? songea Jared, au comble du désespoir. *Tu ne peux pas t'en aller, pas quand j'ai encore tellement de choses à te dire.*

*

Jared descendit du taxi devant le bar à chats. Les services de transport étant enfin revenus à la normale, il avait préféré venir ici plutôt que de rentrer chez lui. Il ne pouvait pas rester assis, à ne rien faire, pendant qu'Emmie était à l'hôpital ; la culpabilité le rongeait, il se sentait responsable. Il fallait qu'il fasse quelque chose de productif pour s'empêcher de devenir dingue à force de tourner en rond. Et puis, il s'était souvenu du chat errant. Dans leur précipitation pour amener Salem à la clinique de garde, et avec l'accident qui s'était ensuivi, ils avaient oublié de venir voir.

Derrière lui, le taxi s'éloigna pour redescendre lentement la pente. Le van de Jared avait déjà été remorqué ; Sylvie avait apprécié qu'il appelle un service de dépannage, mais elle avait pu faire jouer sa propre police d'assurance, qui allait prendre en charge les réparations. Le parking était désert, silencieux, uniquement rempli du doux sifflement du vent.

Il contourna l'édifice pour gagner la devanture du café et poursuivre jusqu'au mur latéral, avant de s'immobiliser devant l'immense fresque qui y avait été peinte dans des teintes vives de rouge, jaune, vert et orange. Il ne l'avait encore jamais vue, même si Emmie lui en avait parlé : un énorme jardin sauvage peint sur les briques, des chats brossés sommairement autour des tiges des fleurs, avec de grands yeux jaunes et de longues queues. Ne décelant aucun signe du chat errant, il faillit tourner les talons quand son regard accrocha un détail au sol.

Une traînée de plumes.

Il s'avança, suivant la piste jusqu'au mur, et aperçut un oiseau mort – ou ce qu'il en restait, c'est-à-dire pas grand-chose.

En s'approchant encore, il remarqua une brèche dans le mur sur le côté gauche de la fresque. Jared sortit son téléphone et alluma la lampe. Il s'agissait d'un trou allongé, qui s'enfonçait profondément dans le mur et, lorsqu'il s'agenouilla pour mieux voir, qu'il éclaira l'intérieur avec son téléphone, la surprise lui coupa le souffle. Là, à l'intérieur, un chat noir était roulé en boule.

Le félin leva la tête, montra ses petits crocs blancs et feula, les yeux fous. Sous son menton se trouvait la barbe blanche caractéristique dont lui avait parlé Emmie.

— Te voilà, dit Jared avec un léger sourire.

Pauvre bête. Le chat reculait vers le fond du trou, mais il n'avait nulle part où aller – et il n'allait pas foncer dehors, pas avec Jared qui était planté là et qui représentait une menace potentielle.

— Tout va bien, petit gars, lui dit-il doucement. On va s'occuper de toi.

Il ouvrit Google sur son téléphone, trouva le numéro du refuge et l'appela. Après quoi, il ne lui restait plus qu'à attendre qu'ils arrivent. Il patienterait le temps qu'il faudrait pour que le chat soit secouru.

*

Lorsqu'elle rouvrit les yeux, Emmie eut l'impression d'avoir dormi plusieurs semaines. Elle avait mal à la tête et à la nuque, son corps lui semblait lourd, et elle prit conscience d'être couchée dans un lit, enveloppée de draps et de couvertures. En clignant des paupières pour dissiper le flou environnant, elle aperçut un plafond blanc auréolé d'une forte lueur.

Elle se redressa dans un bruissement de tissu. Ce n'étaient pas les plaids habituels du café, mais des draps blancs et une lourde couverture verte jetée sur ses jambes. Et il y avait une porte en chêne, à côté d'une petite fenêtre. Elle se trouvait dans un lit d'hôpital, vêtue d'une blouse blanche.

Soudain, tout lui revint par à-coups. Le trajet chez le vétérinaire, avec Salem. La route du retour, avec Jared. Et la neige, le dérapage, le tête-à-queue…

Elle eut le vertige rien que d'y penser. Elle prit quelques inspirations.

Emmie se tourna, s'attendant à voir Jared à son chevet, mais il n'y avait qu'une chaise en plastique vide poussée contre le mur. Sur sa gauche, une commode en chêne, et un immense bouquet de roses crème et rose pâle plongées dans un vase transparent, parsemées de feuilles vertes recourbées. Son téléphone était posé sur la table à côté ; il n'avait pas l'air abîmé, car il était resté dans la poche de son manteau.

Aussitôt, son cœur se mit à battre la chamade, comme pour la pousser à passer à l'action, à poser un milliard de questions. *Jared.* Allait-il bien ? Que lui était-il arrivé ? Où était-il ? Et s'il… Une série d'images lui traversa l'esprit, terrifiante – Jared qu'on emmenait sur un brancard, couché dans un lit d'hôpital avec des tuyaux partout, opéré en soins intensifs. Ou pire encore… Non. Elle refusait de l'imaginer. Cela lui faisait mal à la poitrine, pesant lourdement sur son cœur. Elle avait besoin de savoir s'il allait bien ou pas.

À cet instant, quelqu'un fit irruption dans la chambre. En se retournant pour voir qui c'était, Emmie eut mal au cou. Elle leva une main pour se toucher la nuque.

— Attention, lui conseilla l'infirmière qui venait d'entrer.

Elle portait une blouse stérile, ses cheveux blonds comme le soleil ramassés en une queue-de-cheval stricte.

— Comment vous sentez-vous ?

— J'ai mal partout. Où est… l'homme qui était avec moi dans la voiture… Jared ?

Malgré sa voix éraillée, elle poursuivit.

— Il va bien ? Il n'est pas blessé ? Est-ce qu'il…

— Il se porte à merveille, ma belle. Ne vous agitez pas. Aucune blessure grave – je crois que c'est vous qui vous en tirez le moins bien, mais ça ira.

La femme lui adressa un sourire.

— Vous vous souvenez de ce qui vous est arrivé, à tous les deux ?

Le soulagement d'apprendre que Jared n'était pas blessé lui ôta un poids et, brusquement, son cœur lui parut léger comme une plume. Toute tension quitta ses omoplates crispées.

— Oui, souffla Emmie en se retenant de hocher la tête. Dans les grandes lignes.

— Vous êtes restée inconsciente un certain temps après l'accident, et nous vous avons mise sous perfusion. Attendez, je vais vous aider à vous asseoir.

L'infirmière l'aida à s'avancer et cala les oreillers pour qu'elle puisse s'installer plus confortablement.

Emmie soupira en sentant les oreillers contre son dos – ils étaient doux et moelleux.

— Merci. Ça fait combien de temps que je suis là ?

— Depuis hier soir. On vous a fait passer quelques examens et, comme on n'a trouvé aucun signe de traumatisme dû à l'accident, on en a déduit que votre évanouissement était consécutif au choc – mais si vous avez mal au cou, il est également possible que vous ayez subi un traumatisme cervical.

Elle sourit et désigna l'attelle d'Emmie.

— Vous avez de la chance de ne pas vous être cassé le poignet, puisque vous avez déjà une blessure. De ce côté-là, le processus de guérison devrait se poursuivre normalement.

— Je… vois. Alors… qu'est-ce que…

— Je sais que ça fait beaucoup. Pas d'inquiétude. On va vous garder encore quelques jours en observation pour s'assurer que vous êtes sur la voie de la guérison. Il va falloir faire quelques analyses supplémentaires et un nouvel examen à présent que vous êtes réveillée. Vous devez avoir faim.

Emmie songea avec envie aux restes du repas de Noël, là-bas, au café.

— Je meurs de faim.

— Très bien, je vais m'en occuper.

L'infirmière la gratifia d'un nouveau sourire, avec un pétillement dans ses yeux bleu océan.

— Jared vous a laissé une carte.

Elle s'affaira de l'autre côté de son lit et cueillit une carte au milieu des fleurs – Emmie ne l'avait pas remarquée parmi les feuilles et les pétales.

— Tenez. Votre tante aussi est ici, elle vient de partir à la machine à café.

L'infirmière lui tendit la carte. Emmie la retourna. Son nom était écrit dessus en majuscules inclinées.

— Vous avez de la chance de l'avoir, déclara l'infirmière. Il a gravi tout le col à pied jusqu'à pouvoir appeler les secours.

— Oh… Nous ne sommes pas…

Emmie s'interrompit, préférant ne pas se lancer dans des explications, car cela lui aurait donné mal au crâne et, de toute façon, elle ne savait pas encore ce qu'ils étaient au juste l'un pour l'autre. Mais il avait fait tout ça, pour elle ? Les joues en feu, elle déplia la carte et lut le message.

Emmie,

Je suis vraiment désolé que tu te sois blessée. On n'aurait jamais dû emprunter le Pass. J'espère que ces fleurs sauront me faire pardonner.

Repose-toi.

Jared x

À la fois troublée et sidérée, Emmie referma la carte dans un claquement et émit un rire rauque. Il aurait pu obtenir son numéro de téléphone et se contenter de lui envoyer un texto – mais non, il lui avait offert des fleurs. Personne n'avait encore jamais fait ça pour elle. Lorsqu'elle posa la carte sur la table, elle ne put s'empêcher de porter ses mains à ses joues en souriant.

— Je vais demander qu'on vous apporte à manger, dit gentiment l'infirmière. Votre tante ne devrait pas tarder.

— Merci.

L'infirmière repartit, et Emmie se retrouva seule avec les fleurs. Elle ne pouvait quitter du regard leur splendeur crème et rose, ces pétales vifs et immenses dans cette austère chambre d'hôpital. Elles égayaient toute la pièce – et la situation avec. Elle n'arrivait pas à croire qu'ils avaient fini par avoir un accident. Ses souvenirs étaient vagues, et les efforts déployés pour tâcher de se rappeler avec plus de clarté lui flanquèrent la migraine. Elle appuya les doigts sur l'arête de son nez. Tout ce qu'elle savait, c'était que le Pass était dangereux, et que ce n'était pas la faute de Jared si elle s'était retrouvée là-haut. Il fallait à tout prix qu'elle lui dise qu'elle ne lui en tenait pas rigueur, absolument pas. D'ailleurs, elle lui savait gré pour tout ce qu'il avait fait, du repas qu'il leur avait cuisiné jusqu'à son aide avec Salem et tout le reste.

La porte s'entrebâilla en grinçant.

— Emmie ?

La jeune femme aperçut le visage de sa tante encadré dans l'embrasure, ses cheveux auburn rassemblés au sommet de son crâne en un chignon désordonné. Elle avait l'air épuisé, blême

– et on aurait dit qu'elle avait enfilé les premiers vêtements qui lui étaient tombés sous la main : une chemise ample sous un pull à capuche et un jean lâche. Lorsqu'elle constata qu'Emmie était réveillée, son visage s'illumina.

Sa tante s'approcha à la hâte et posa un gobelet de café sur la table de chevet.

— Je viens de croiser l'infirmière, qui m'a dit que tu étais réveillée ! Comment ça va, ma chérie ?

— Une légère migraine, et j'ai mal au cou, répondit Emmie.

— Ça n'a rien d'étonnant. Je suis soulagée que tu n'aies pas été blessée plus que ça.

Sylvie se pencha pour lui planter un baiser sur le front et lui lisser les cheveux en arrière. Son visage était plissé par l'inquiétude et pâle comme un nuage ; sa tante n'était pas entrée dans cet hôpital depuis la mort d'oncle Bennie.

— Elles sont de Jared, dit Sylvie en désignant les fleurs du menton.

— Je sais. Elles sont superbes.

Sylvie recula et secoua la tête.

— Il s'en veut, tu sais – Jared. Je lui ai dit que ce n'était pas sa faute. Les routes étaient tellement glissantes.

— Tu as raison, ce n'était vraiment pas sa faute.

— Il le cachait bien, mais j'ai vu qu'il n'était pas lui-même. Il tient vraiment à toi, Emmie.

La jeune femme remua contre les oreillers, sentant son cœur s'élancer dans sa poitrine aux paroles de sa tante.

— Je sais, dit-elle doucement. Moi aussi, je tiens à lui.

— Il n'y a pas d'urgence, mais quand tu sortiras d'ici… Je pense qu'il aura besoin de l'entendre de ta bouche.

Tante Sylvie déglutit, visiblement aux prises avec l'émotion.

— La vie est trop courte pour se taire, ma chérie.

— Tu as sûrement raison, répondit Emmie, la gorge nouée.

Peut-être aussi que la vie était trop courte pour se laisser dévorer par ses efforts de réussite, après tout le mal qu'elle s'était donné. Soudain, elle fut envahie par une bouffée de reconnaissance, pour tout : sa tante et le café, ses collègues, les magnifiques environs qu'elle n'avait pas pris le temps d'explorer tellement elle s'était laissé dévorer par le travail. Pour Jared, sa gentillesse, ses encouragements. Pour ses grands-parents.

— Où sont… papy et mamie ? demanda-t-elle en regardant par-dessus l'épaule de sa tante.

— Chez moi. Ils sont venus pendant que tu dormais, mais je les ai ramenés pour qu'ils se reposent. Ta mamie s'inquiétait tellement pour toi qu'elle a à peine dormi.

— J'ai hâte de les revoir.

— Ton papy n'arrêtait pas de serrer la main de Jared quand il a appris ce qu'il avait fait pour te secourir.

— Est-ce que Jared a vraiment…, commença Emmie, peinant à formuler la phrase alors que son crâne se mettait à la marteler. Jared a remonté Kirkstone Pass jusqu'à pouvoir appeler les secours ? Dans la neige et le froid ?

Sylvie acquiesça d'un signe de tête.

— Oui. Il a marché longtemps jusqu'à avoir assez de réseau pour pouvoir passer un coup de fil. Mais ça l'a attristé de devoir te laisser. Il ne savait pas s'il avait raison de le faire, mais je pense qu'il a bien agi.

Des larmes montèrent aux yeux d'Emmie. Il avait marché sans s'arrêter pour appeler les secours… pour elle ? Et il l'avait emmenée en voiture jusque chez le vétérinaire avec Salem, il était même entré avec elle après tout ce qu'il avait traversé.

— Salem ! s'écria Emmie en se redressant subitement. Est-ce qu'il…

— Ne t'inquiète pas, l'interrompit tante Sylvie en appuyant doucement sur l'épaule d'Emmie pour la forcer à se reposer sur les oreillers. Salem va bien. Je suis passée le récupérer pendant que tu dormais.

Elle se mordit la lèvre.

— Je ne voulais pas que tu te réveilles en mon absence, mais…

— Non, tu as bien fait. Alors, il va bien ? Qu'est-ce qu'il avait ?

— Ils pensent que c'est une infection qui lui a causé des problèmes gastriques, du coup il est sous antibiotiques et a été mis sous perfusion, pour le réhydrater. On verra ce que ça donne. Avec un peu de chance, ça suffira à ce qu'il guérisse. Comme toi, ajouta-t-elle.

Emmie expira longuement, laissant ses épaules se détendre contre les oreillers moelleux.

— Quel soulagement.

Sylvie reporta son attention sur les fleurs.

— Jared est quelqu'un de bien, affirma-t-elle. Je suis contente qu'il ait été là pour veiller sur toi – sur toi et Salem – en mon absence.

Emmie hocha la tête, sentant ce sentiment familier enfler dans sa poitrine, comme si elle s'emplissait d'air chaud. Il y avait une part de reconnaissance, mais quelque chose d'autre aussi, quelque chose qui lui donnait l'impression d'être heureuse et légère, gonflée à bloc.

Est-ce que je… Serait-il possible que je sois en train de… tomber amoureuse de lui ? se demanda-t-elle, car c'était l'effet que ça lui faisait. Ça ressemblait, vraiment, à de l'amour.

19

La mère de Jared habitait une maison mitoyenne peinte en blanc à Ambleside – le genre de logement qu'elle avait pu obtenir lorsqu'il était petit avec un emprunt immobilier sans caution, et qu'elle avait presque entièrement remboursé. Ces jours-ci, il y avait tellement de paperasse lorsqu'on voulait acheter un endroit comme celui-ci, et vu ce qu'il touchait – en étant freelance à temps partiel, en prime –, il n'avait pas la moindre chance d'obtenir un crédit suffisant. Il la jalousait un peu, même à cet instant, alors qu'il sonnait à sa porte d'entrée. Avec tous les soucis d'argent qui le minaient actuellement, le stress et la pression… Il ne pouvait même pas s'imaginer n'avoir plus que six mois avant de rembourser un emprunt immobilier et de devenir pleinement propriétaire de son logement. Cela dit, quelle importance au fond ? Ses soucis lui apparaissaient dérisoires depuis l'accident, tels des vêtements colorés qui se seraient délavés après une lessive.

Il était vivant, en bonne santé. Emmie aussi. Ç'aurait pu être tellement pire. Il eut un petit sourire. Emmie semblait avoir déteint sur lui.

— Mon chéri ! s'écria sa mère en ouvrant la porte, avant de le serrer dans ses bras et de l'embrasser sur la joue.

Il tressaillit lorsqu'elle frôla ses coupures et blessures, qui n'avaient pas encore tout à fait guéri.

— Je suis tellement heureuse que tu ailles bien. Par contre, on dirait que tu t'es fait charcuter par un cuisinier en pétard !

Une fois qu'il avait été sûr qu'Emmie allait bien, il avait appelé sa mère pour la mettre au courant, et elle s'était aussitôt mise à paniquer.

— C'est pour ça que j'ai arrêté la cuisine, blagua-t-il. Tous ces chefs cuisiniers furax qui couraient partout avec des hachoirs ! Mais ce n'est pas aussi grave que ça en a l'air.

— Tu aurais dû me laisser venir à l'hôpital…

— Emmie était encore plus mal en point que moi. Elle n'avait pas besoin qu'on en fasse toute une histoire, et puis elle dormait.

Le visage de sa mère s'adoucit.

— Entre. Je vais faire bouillir de l'eau. Comment va-t-elle ?

— Elle récupère. Sylvie dit qu'ils la gardent encore en observation pour s'en assurer.

Il franchit le seuil. Il avait apporté de chez lui le sac de cadeaux de Noël qu'il n'avait pas encore pu lui offrir. Il adorait venir ici ; il s'y sentait toujours chez lui, ça débordait de nostalgie. Il y avait aussi des mauvais souvenirs, bien sûr, mais ils s'étaient estompés avec le temps, comme du vieux papier. À l'intérieur, tout était vert, blanc et en bois, et bourré à craquer de plantes et de photos de famille, de clichés de lui, de Shane et de leur mère, qui longeaient le couloir menant jusqu'au séjour. Il laissa sa mère s'affairer dans la cuisine pendant qu'il fendait le rideau de perles suspendu dans l'entrée du séjour et qu'il allait s'installer sur le sofa.

Ici, tout était décoré pour le travail de sa mère. D'épais tapis pelucheux, des illustrations représentant la lune et des étoiles aux murs, des placards vitrés garnis de cristaux et de lampes de sel, actuellement éteintes. De l'autre côté de la pièce, elle avait installé une table ronde en chêne recouverte d'une nappe en satin violet avec deux chaises. Un vieux lecteur CD qu'il se rappelait avoir utilisé enfant reposait sur une étagère, à côté d'une collection de vinyles et de CD.

Sa mère revint en portant deux tasses fumantes de thé bien infusé. Il posa le sac de cadeaux près du sapin qui clignotait dans le coin, et elle lui tendit une tasse indiquant « POSITIVI-THÉ ».

— C'est un message caché ? plaisanta-t-il en lui montrant l'inscription.

— Ne dis pas de bêtises, rétorqua-t-elle en apportant sa propre tasse vers le fauteuil près de la petite fenêtre partiellement dissimulée derrière un lourd voilage à volants.

Elle posa son thé sur une table basse, s'assit sur le bord du fauteuil et l'étudia, laissant son collier de cristal pendre en avant.

— Tout va bien, fiston ? Ça a dû te secouer, cet accident.

Elle porta une main à son cœur.

— Je suis tellement heureuse que vous vous en soyez sortis tous les deux.

— Je vais bien, vraiment. Moi aussi, j'en suis heureux.

Il but une gorgée de thé chaud. Elle avait dû brûler de l'encens quelque part dans la maison, car une odeur de bois de santal lui chatouilla les narines. Quand Shane et lui étaient petits, elle s'intéressait déjà un peu au mysticisme – un cristal par-ci, une visite chez la voyante par-là. Lorsqu'elle avait enfin trouvé le courage de quitter leur père, elle s'y était jetée à corps perdu, allant jusqu'à en faire son gagne-pain. Pour sa part, il n'y croyait guère, mais elle si, et si cela la réconfortait, alors pourquoi pas. Parfois, il aurait aimé avoir accès à ce genre d'exutoire ou de mécanisme de défense ; la plupart du temps, il se bornait à la suivre tant bien que mal, comme s'il tâtonnait dans le noir pour chercher l'interrupteur.

— Tu en as pas mal bavé ces derniers temps, dit doucement sa mère. D'abord Poppy, et puis toute cette neige qui t'a bloqué au travail, et enfin cet accident.

— Je sais, reconnut Jared en humant l'air chargé de bois de santal. Aujourd'hui, je ne suis pas allé à l'hôpital, ajouta-t-il en baissant le menton, préférant contempler les motifs de tourbillons sur le tapis à pompons qui ressemblait vaguement à un tapis volant. J'ai laissé des fleurs, mais… je ne l'ai pas vue, et Sylvie m'a dit qu'elle s'était réveillée.

Sa mère se cala dans le fond de son siège, et il entendit le fauteuil craquer.

— Tu t'en veux ?

— Comment pourrais-je ne pas m'en vouloir ? C'est moi qui ai emmené Emmie sur Kirkstone Pass. Si elle est à l'hosto, c'est à cause de moi.

— Il faut que tu arrêtes de t'accuser de ce qui échappe à ton contrôle, martela-t-elle. Ça ne t'aide pas. Tu l'as fait avec Poppy, et maintenant avec Emmie… Tu l'as toujours fait.

Il tressaillit, sans savoir si c'était à cause de l'allusion à Poppy ou de l'acuité avec laquelle sa mère était capable de lire en lui et d'en tirer la vérité comme le fil d'une bobine.

— Pour Poppy, ce n'était pas ta faute, poursuivit-elle avec douceur. Tu as fait tout ce que tu as pu pour cette chatte, pour la soigner, mais son temps était venu, et tu lui as donné une fin clémente. Une fin bienveillante.

Bon sang, voilà qu'il sentait l'arrière de ses yeux le brûler, ses côtes se comprimer. Il revit le vétérinaire entrer dans la maison, Poppy faible et fatiguée qu'il tenait enroulée dans une couverture avant la fin. Il cligna des yeux pour réprimer l'émotion, tâchant de la repousser là où elle ne pourrait plus l'atteindre.

— Ne chasse pas tes émotions, Jared, lui conseilla-t-elle en se penchant pour serrer sa main dans la sienne. Ça fait plus de mal que de bien.

— Mais ça ne devrait plus me contrarier autant, lâcha-t-il en ravalant le nœud dans sa gorge.

Ses paroles manquaient de sincérité, lui semblaient creuses dans sa bouche – n'avait-il pas réprimandé son frère pour avoir laissé entendre que la mort de Poppy importait moins parce qu'elle n'était pas humaine ? Et voilà qu'il s'imposait une sorte de date limite pour s'en remettre ?

Elle lui serra la main de plus belle.

— Tu as traversé beaucoup d'épreuves ces derniers jours. Et le deuil est une curieuse entité. Nous lui rendons visite occasionnellement, il va et vient. Nous nous asseyons avec lui, mais n'y demeurons pas éternellement. Souviens-t'en. Il y aura des bons et des mauvais jours.

Il laissa échapper un rire rauque.

— Tu sais, j'adore avoir une grande sage comme mère.

— Une grande sauvage, plutôt, d'après certains. Emmie aussi m'a l'air d'en être une, ajouta-t-elle avec un éclat malicieux dans le regard.

Elle lui lâcha la main et se cala encore dans son fauteuil.

— Quant à Emmie… Tu n'as pas fait exprès de l'emmener sur le Pass. Ce n'est pas comme si tu lui avais fait traverser une clôture à dessein, ou que tu avais voulu qu'elle finisse à l'hôpital.

Il y avait dans sa voix un sourire qui ne tarda pas à gagner ses lèvres.

— À moins que mon fils ne soit devenu le personnage principal d'une série Netflix tordue dont il ne m'a pas encore parlé ?

Il s'esclaffa.

— Non, non.

— Bon, alors ! Il n'y a aucune inquiétude à avoir. Ce n'était pas ta faute.

Il hocha la tête. Il craignait qu'Emmie ne le tienne pour responsable de cet accident, et évidemment, il n'avait pas eu l'intention de blesser qui que ce soit. Il savait à présent ce que Megan avait dû ressentir lorsqu'il lui avait parlé de Poppy. Elle non plus n'avait pas été animée par de mauvaises intentions. Oui, elle avait menti au sujet d'Ethan. Mais elle ne s'en était pas prise à Poppy. Il se réjouit soudain d'en avoir parlé avec elle pendant qu'ils étaient coincés dans le café.

— Mais si…

Il ne put terminer sa phrase. Il se sentait crispé de partout – dans les épaules, le cou. Il amorça une torsion pour tenter d'apaiser la tension.

— Et si elle t'en voulait ? acheva-t-elle à sa place.

Il acquiesça d'un signe de tête.

— Mon chéri, tu es assis là, dans tous tes états, à te demander si elle t'en veut, à te sentir coupable de ce qui est arrivé. Si elle ressent ne serait-ce qu'une once de ce que tu éprouves manifestement pour elle, elle ne t'en tiendra absolument pas rigueur. Elle te voudra à ses côtés.

— J'ai des… casseroles, lui rappela-t-il, brusquement écœuré par tout le sucre qu'elle avait mis dans son thé. Tu le sais. Peut-être qu'elle n'en voudra pas.

— De quoi ? Tes soucis psychologiques ?

Elle reprit sa tasse de thé, la vida en partie. Le soleil d'hiver peinait à filtrer au travers du voilage, projetant des taches de lumière sur le tapis.

— On a tous des problèmes, Jared, des soucis à gérer. Un couple, ce ne sont pas deux personnes parfaites ensemble. C'est un choix, celui de se mettre avec l'autre malgré tous ses problèmes – et celui de décider lesquels on est prêts à essayer de résoudre ensemble. Et lesquels sont rédhibitoires.

Il sombra dans le silence. Sa mère ne le regardait pas, lui, mais la rangée de photos alignées sur le rebord de fenêtre, toutes de Jared et de Shane, le visage poupin et fendu d'un grand sourire. Il n'y avait aucune figure paternelle sur ces clichés, et il savait qu'elle avait cueilli cette sagesse-là de sa propre existence, comme une perle, après avoir enfin pris la décision de quitter leur père.

— Et si c'est moi qui suis rédhibitoire ? reprit-il à voix basse. Si elle n'a pas envie de subir mes conneries ?

Sa mère eut un petit sourire.

— Alors, ce serait une idiote de ne pas voir toutes tes merveilleuses qualités. Mais tu t'en remettrais. Tu passerais à autre chose. Comme nous tous.

Elle se leva, traversa la pièce et planta un baiser sur son front en lissant ses cheveux en arrière comme s'il avait encore cinq ans.

— Reste là. J'ai quelque chose pour toi. Je l'ai mis de côté pour être sûre de pouvoir te regarder l'ouvrir.

Sur ce, elle traversa le rideau de perles violettes dans l'entrée du séjour.

Perplexe, il sirota son thé en écoutant les marches grincer sous ses pas alors qu'elle se rendait dans sa chambre. Lorsqu'elle redescendit, elle tenait un sac en papier marron dans ses mains, avec une forme carrée qui dépassait de l'ouverture.

— Joyeux Noël, dit-elle en le lui tendant.

Du papier de soie imprimé de motifs de rennes enveloppait une boîte argentée. Alors qu'elle reprenait place dans son fauteuil, il l'ouvrit et en sortit soigneusement le contenu : un cadre à la bordure argentée.

Il crut qu'il s'agissait d'une photographie mais, lorsqu'il le retourna dans ses mains, son cœur s'arrêta. Des coups de crayon rudimentaires formaient du pelage, des moustaches, de grands yeux verts et des oreilles pointues. La tache orange caractéristique de Poppy au-dessus de son œil avait été fidèlement reproduite. Elle avait le même air doux et aimant qui lui manquait si amèrement.

— Maman, souffla-t-il. C'est incroyable.

Il passa le pouce au-dessus de la signature, dans le coin inférieur droit.

— C'est toi qui l'as fait ?

Elle hocha la tête, le sourire jusqu'aux oreilles.

— Je me suis un peu remise au dessin, alors j'ai pensé la dessiner pour toi.

— Je l'adore.

Il posa le cadre sur le côté et se leva pour la serrer contre lui, à la fois suffoqué par l'émotion et touché qu'elle ait fait ça pour lui – comme Emmie, lorsqu'ils avaient été bloqués par la neige.

— Merci, maman, murmura-t-il en la serrant contre son cœur, sentant ses mèches rousses lui chatouiller le menton.

— Il y a encore d'autres cadeaux pour toi sous le sapin, dit-elle en les lui montrant.

Elle se frotta les mains avec impatience, comme une enfant qui avait attendu que le père Noël atterrisse sur le toit.

— Et j'ai envie de voir les miens !

De toute évidence, il avait l'incroyable chance d'être entouré de gens aimants et attentionnés. Et, comprit-il, Emmie en faisait partie. Il avait envie d'elle dans sa vie. Et peut-être bien qu'il était en train de tomber amoureux d'elle.

*

Jared avait envoyé un texto à Sylvie pour lui dire qu'il avait besoin de lui parler, et lui avait donné rendez-vous dans un petit café d'Oakside. L'établissement qu'il avait choisi était un salon de thé dans la même rue que *Chatpuccino*, en face de la bibliothèque du quartier. La neige était encore entassée sur les toits et longeait les trottoirs comme des guirlandes blanches, mais elle commençait à fondre, et les saleuses étaient sorties dégager le passage sur la plupart des routes.

Sylvie était déjà là lorsqu'il pénétra dans le salon de thé en faisant tinter une clochette au-dessus de sa tête. Elle le salua de la main depuis un coin près d'une fenêtre, et il se dépêcha de la rejoindre. La vitre donnait sur un parking et, au loin, on voyait les collines sur lesquelles la neige fondait déjà.

— Merci d'avoir attendu. Vous êtes là depuis longtemps ? demanda-t-il en retirant son écharpe et son manteau avant de les suspendre à son siège.

— Quelques minutes. Je n'ai pas encore commandé.

Elle désigna le menu plastifié sur la table, puis lui adressa un grand sourire.

— Je suis ravie que tu aies réussi à trouver ce chat errant. Du coup, le refuge est passé le prendre ? J'espère que ton allergie ne t'a pas trop fait souffrir ?

Jared hocha la tête mais, en son for intérieur, il faisait la grimace, car c'était justement ce qui avait motivé ce rendez-vous. Il avait évoqué le chat errant dans son message, sans préciser d'autre raison.

— J'ai attendu qu'ils arrivent. Ils vont faire leur possible pour retrouver ses maîtres. Ils disent que le chat doit avoir un an et quelques. Et que c'est une chatte.

— Bon sang ! Peut-être qu'elle s'est enfuie de chez elle, qu'elle s'est perdue. Je suis contente qu'ils prennent soin d'elle.

Pendant qu'elle consultait le menu, il aspira une goulée d'air. Il avait promis à Emmie qu'il dirait la vérité, et l'heure était venue.

— Si on commandait d'abord, et qu'on évoquait ensuite ce dont tu voulais me parler ? lui proposa-t-elle.

Lorsqu'elle leva le visage vers lui, ses yeux étaient emplis de bienveillance, et son sourire creusait une fossette dans sa joue.

— Bien sûr.

Sylvie commanda du thé et le plat du jour. Jared n'avait pas très faim mais, comme elle avait pris à manger, il opta pour un *latte* et un muffin au bacon. Quand la serveuse posa leurs boissons sur la table et leur annonça que la suite arrivait, il sucra son *latte* et le mélangea à la mousse, tout en se demandant par quoi commencer.

— Je vous dois des excuses, débuta-t-il.

Sylvie haussa les sourcils, surprise. Elle se concentra pour verser le thé, avant d'y ajouter du lait et de porter la tasse à ses lèvres.

— Pourquoi ? Tu as aidé Emmie en mon absence, et quand elle a eu besoin d'emmener Salem chez le…

— Je parle d'avant. Quand j'ai commencé à travailler chez vous.

— Ah ?

— Je vous ai menti, dès le début. Je sais que je vais avoir l'air de me chercher des excuses, mais j'avais mes raisons.

— Tu as menti sur quoi ? demanda-t-elle prudemment.

— Je ne suis pas allergique aux chats.

Elle le dévisagea, sa tasse de thé encore en l'air.

— Hein ?

— Je ne suis pas allergique.

Il agrippa la poignée de sa tasse, histoire de s'occuper les mains.

— Je vous ai dit ça parce que je ne voulais pas entrer dans le café.

Plus il progressait dans cette conversation, plus il se rendait compte qu'il n'avait aucune envie de se faire renvoyer. Il ne s'agissait plus seulement de payer son loyer et ses factures. Il aimait ce travail, il aimait conduire en pleine campagne avec la radio à fond et croiser Emmie à la porte de service du café lorsqu'il venait récupérer des livraisons. C'était relax, sans trop de pression, pile ce qui lui convenait en attendant qu'il se remette d'aplomb côté free-lance. Et puis, il avait vraiment envie de rester.

— Je ne comprends pas, dit Sylvie.

Il expira à nouveau, le regard rivé sur les collines et le ciel pâle de l'autre côté de la vitre. Des oiseaux survolaient les toits en décrivant des V abrupts.

— J'ai perdu mon chat. Quelques semaines avant de commencer à travailler chez vous. Je sais que pas mal de gens trouvent ça idiot, mais moi, j'ai du mal à m'en remettre. Et je n'avais pas envie de me trouver en présence d'autres animaux.

Tout ça semblait tellement ridicule. Il secoua la tête, mais le nœud dans sa gorge lui rappela combien elle lui manquait.

— Elle m'a sauvé, ajouta-t-il.

Il attendit, but une rasade de café pendant qu'elle réfléchissait à ce qu'il venait de dire.

Enfin, elle reposa sa tasse de thé.

— Jared, lança-t-elle doucement. C'est tout ? Tu aurais pu me le dire dès le début, espèce d'idiot.

Jared releva la tête si vite qu'il faillit se faire un torticolis.

— Pardon ?

— Tu n'avais pas à me mentir là-dessus.

Sylvie secoua la tête, et son doux sourire revint.

Il y eut un silence pendant lequel la serveuse leur apporta leurs assiettes et posa quelques condiments au centre de la table. Sylvie la remercia, et elle repartit vers la caisse. Jared était encore sous le coup de ses paroles.

— Je sais ce que les chats – et les animaux domestiques en général – peuvent représenter, poursuivit Sylvie, en attrapant la vinaigrette pour en verser sur sa salade. Je le sais mieux que quiconque. J'ai eu tellement de chats au fil des ans, même avant d'avoir ce café ! Et tu sais, j'ai toujours cru au pouvoir de guérison des animaux. C'est un peu pour ça que j'ai ouvert cet établissement. J'aurais sans doute dû te parler de Bennie dès le début.

— Bennie ?

— Mon mari, expliqua Sylvie. J'ai emménagé à Oakside avec lui, et il a toujours aimé les chats, tout comme moi.

Elle esquissa un drôle de sourire qui n'atteignit pas tout à fait ses yeux.

— Lorsqu'il est mort – du cancer – et que j'ai touché son assurance-vie, j'ai acheté ce bâtiment à Oakside, qui était autrefois un café, et je l'ai transformé en *Chatpuccino*.

Jared n'en croyait pas ses oreilles et se sentait particulièrement bête. Pendant tout ce temps, il avait été tellement convaincu que les gens ne pouvaient pas le comprendre qu'il n'avait même pas songé que Sylvie, elle, pourrait tout à fait compatir.

— Nos chats… Ils l'ont vraiment aidé, à la fin. Ils sont restés couchés avec lui pendant qu'il s'éteignait paisiblement à la maison.

Ses yeux se mirent à briller, et elle cligna plusieurs fois des paupières.

— Non mais regarde-moi, voilà que je deviens sentimentale ! Bref, si je te dis tout ça, c'est seulement parce que je comprends. Tu n'avais pas besoin de me le cacher. J'aurais pris les dispositions nécessaires.

— Je…

Sa voix s'estompa. Il ne savait pas quoi dire.

— Je suis désolé pour votre mari.

— Ça va, lui assura Sylvie avec un petit sourire. Je ne suis pas une harpie, Jared. Tu croyais que j'allais faire quoi, lâcher une horde de chats à tes trousses ?

— Euh… Me renvoyer ? suggéra Jared avec un sourire. Je ne devrais peut-être pas vous donner d'idées.

— Ah ! Non. Je n'ai aucune envie de te renvoyer, Jared.

Soulagé, le jeune homme but une gorgée de café. L'idée qui infiltrait son esprit se trouva brusquement projetée au premier plan. Emmie était sa nièce, alors elle serait sûrement d'accord, non ?

— Si je ne suis pas renvoyé, je peux peut-être vous soumettre une idée ? risqua-t-il. Pour le café.

Elle prit son couteau et sa fourchette, qu'elle planta dans sa salade.

— Je t'écoute.

20

Emmie avait enfin pu sortir de l'hôpital après plusieurs journées d'ennui dans sa chambre, et où elle s'était rendu compte à quel point ça la rendait folle de rester sans rien faire. Elle avait dû y passer le jour de l'An, et le lendemain aussi, mais ça n'avait pas été si mal ; ses grands-parents étaient venus fêter ça en avance, et elle avait été très heureuse de les revoir après si longtemps. Les autres employés de *Chatpuccino* avaient tous signé une carte de prompt rétablissement, et Clem avait même préparé une fournée de cookies spécialement pour elle, ce qui compensait toute cette ignoble nourriture d'hôpital.

Ce jour-là, tante Sylvie avait gentiment proposé de récupérer Emmie à l'hôpital et de la ramener à *Chatpuccino*. Lorsqu'elle arriva, Emmie espéra presque que Jared l'accompagnerait, et dut se retenir de tendre le cou – les infirmières lui avaient dit qu'elle n'avait pas besoin de minerve, mais qu'elle devait faire attention et se déplacer lentement au début, le temps de se remettre complètement. Elle se contenta donc de se dresser sur la pointe des pieds. À sa grande déception, Jared n'était pas là. Elle reposa la plante de ses pieds au sol. Avait-il décidé qu'en fin de compte, il n'avait pas envie de lui parler ? Évoqueraient-ils un jour ce baiser, et ce qu'ils représentaient l'un pour l'autre ?

— Emmie, ma chérie !

Sylvie l'enlaça dans une étreinte chaleureuse enveloppée de son parfum floral.

— Je parie que tu te réjouis de sortir d'ici.

Elles se dirigèrent vers la voiture, pendant que Sylvie pianotait sur son téléphone. Sur le chemin pour regagner Oakside, Emmie lui expliqua qu'elle allait pouvoir reprendre le travail rapidement. Apparemment, conserver une activité aidait à se remettre d'un traumatisme cervical. Le poignet fracturé, lui, posait plus problème, et l'attelle était plus encombrante que jamais.

— Aucun souci, lui assura tante Sylvie. Faye et moi serons là pour t'assister.

Elle adressa un grand sourire à sa nièce depuis le volant.

— Je suis tellement fière de toi.

Emmie balaya ce commentaire d'un geste de la main.

— Non, c'est vrai, insista Sylvie. Tu t'es vraiment occupée de tout pendant mon absence, dans les pires circonstances possibles. Je savais que je pouvais compter sur toi.

— Merci.

Emmie lui rendit son sourire.

Les collines et les champs étaient encore blancs alors qu'elles regagnaient Oakside et longeaient les rues. La neige avait cessé de tomber, et seuls quelques flocons avaient voltigé depuis la tempête Marie, mais les intempéries avaient laissé des dégâts partout : arbres déracinés, lampadaires penchés, boutiques encore fermées. Le froid cinglant de l'hiver lui mordait la peau, mais le ciel n'était plus totalement blanc, laissant place à des pans de ciel bleu et à la promesse de jours sans neige. Emmie sourit en montant la côte vers *Chatpuccino*. Elle n'était pas partie très longtemps, mais l'endroit lui avait manqué.

À présent, elle se sentait ici chez elle, se rendit-elle compte en descendant de la voiture. En claquant la portière, elle remarqua que le café semblait plein à craquer, et que toutes les tables et chaises étaient occupées. Dans la vitrine, les guirlandes lumineuses scintillaient comme des stalactites, et Emmie aperçut Faye en pleine discussion. Elle ne portait pas le tablier du café, mais était plus habillée, avec un pull rose à paillettes et des créoles jaune vif. Emmie pivota vers tante Sylvie, qui venait de sortir de l'autre côté de la voiture. Maintenant qu'elle y pensait, Sylvie aussi semblait presque élégante sous son manteau. Emmie repéra le collier qui scintillait à sa gorge et ses belles bottines à talons aux boucles dorées.

— Pourquoi est-ce que tout le monde est pomponné comme ça ? s'étonna Emmie. Faye n'est même pas en uniforme.

— Allez, viens, lui dit sa tante en lui décochant un clin d'œil.

Elle enroula un bras autour des épaules de sa nièce. Avant qu'elles aient pu entrer, quelqu'un cria :

— Emmie !

Elles se retournèrent ; Megan agitait la main depuis l'autre côté du café, emmitouflée dans un bonnet à larges mailles et une paire de gants en cuir. Elle portait un sac sur l'épaule.

— Elle a libéré sa chambre ce matin, lui expliqua Sylvie. Vous partez, ma chérie ? lança-t-elle.

— Oui, répondit Megan. Emmie, on peut se parler deux secondes ?

— Je reviens tout de suite, dit Emmie à sa tante.

Sylvie patienta près de la porte du café pendant que sa nièce se dirigeait vers le coin de la rue pour échanger avec Megan.

— J'ai fait mes valises, annonça la locataire en tirant sur la lanière de son sac. Je ne vais pas tarder à appeler un taxi.

— Je suis vraiment désolée pour ta voiture…, commença Emmie.

Megan secoua la tête.

— T'inquiète, on va se débrouiller avec mon assurance. Je suis surtout soulagée que vous vous en soyez sortis vivants tous les deux ! Je voulais absolument te parler avant de partir, alors j'ai fait un tour en ville. Sylvie m'a dit que tu étais sur le chemin du retour.

— Tu as attendu que je revienne ? Tu n'étais pas obligée ! Tu aurais simplement pu lui demander mon numéro de téléphone ou je ne sais quoi.

Megan passa d'un pied sur l'autre en se mordant la lèvre.

— Je ne pense pas que ça soit une bonne idée, déclara-t-elle.

— Bon…

— J'ai l'impression qu'on aurait pu être amies, avoua Megan. Mais je ne suis pas idiote, je vois bien ce que Jared éprouve pour toi. Je n'ai pas envie de devenir un obstacle, ni pour lui ni pour toi.

Emmie ne sut que dire. Tous les signes avaient été là, et ils s'étaient retenus tous les deux – Emmie, au début, parce qu'elle était venue pour se concentrer sur son travail et échapper à son frère, et ensuite, pour ne pas faire de peine à Megan. Mais à présent, il n'y avait plus rien pour les empêcher. Elle se demanda si Jared trouverait encore une raison d'étouffer ses sentiments.

— Je vois ce que tu veux dire, reconnut Emmie. Pour ce que ça vaut, moi aussi, je pense qu'on aurait pu être amies.

Le visage de Megan s'éclaira.

— Oui, hein ? Carrément.

Puis elle reprit son air grave.

— Mais on devrait tous tourner la page, moi comprise. Seulement, je ne voulais pas partir sans t'avoir dit au revoir.

— Je peux au moins te faire un câlin ? Un câlin un peu galère.

Emmie baissa les yeux sur l'attelle qui lui enveloppait la main, puis ouvrit les bras maladroitement.

— Ça marche.

Megan sourit, et ses mèches de cheveux sombres chatouillèrent la joue d'Emmie pendant qu'elle la serrait contre elle avant de reculer.

— Prends soin de toi, Emmie.

— Toi aussi.

Emmie marqua une pause, songeant à son frère et à l'ex de Megan, Ethan. Toutes deux avaient dû gérer des individus difficiles ; c'était sans doute ce qui avait tissé le fil argenté qui les reliait.

— Tu finiras par y arriver, tu sais, ajouta-t-elle. Tu trouveras la personne qui te convient.

— Je sais.

Megan la gratifia d'un dernier sourire et agita de nouveau la main, avant de porter son téléphone à son oreille pour appeler un taxi.

*

Sylvie patientait encore devant *Chatpuccino*. Emmie s'apprêtait à la suivre à l'intérieur quand quelqu'un poussa les portes du café derrière sa tante – et là, elle sentit son cœur faire un bond dans sa poitrine.

Dustin.

Il contourna leur tante. En le voyant, Emmie étouffa un cri. Il avait l'air si différent.

Son frère avait toujours été grand et massif – quand elle était petite, elle disait qu'il ressemblait à un ours – mais, depuis qu'il s'était mis à boire et à jouer à des jeux d'argent, il était devenu maigre et blafard, préférant l'alcool à la nourriture. Ses cheveux, de la même couleur que ceux de sa sœur, étaient coupés court ; lorsqu'elle avait quitté la maison, ils étaient longs et décoiffés, emmêlés. Ses yeux bleus aussi semblaient changés, ils recelaient un éclat qui n'y était pas auparavant. Il ne chancelait pas, ne titubait pas, et portait un élégant jean sombre sous un long manteau épais.

— Qu'est-ce qui se passe ? demanda Emmie, interloquée. Qu'est-ce que tu fais là ?

Sylvie plissa les yeux.

— Tu ferais mieux de partir, Dustin, lança-t-elle.

— Je suis venu voir Emmie. Apporter mon soutien à cet événement, ajouta-t-il.

Et il parlait distinctement, en plus.

— Cet « événement » ? répéta Emmie, relevant ce terme au milieu de toute cette confusion. De quoi tu parles ?

— Je sais que tu ne m'as pas invité, Em. Mais j'ai essayé d'aller te voir à l'hôpital – papy m'a parlé de l'accident –, et Sylvie n'a pas voulu me laisser venir. Je me suis beaucoup inquiété pour toi.

Emmie jeta un regard interrogateur à sa tante.

L'air abattu, Sylvie toucha le bras de sa nièce.

— Je suis désolée. J'essayais de te protéger, ma chérie. J'ai pensé qu'il risquait d'être saoul et que toi, tu avais besoin de repos…

— Je n'aurais pas fait ça, protesta Dustin. Je le jure. Je n'ai pas bu une goutte depuis la dernière fois que j'ai eu Emmie au téléphone.

Il fourra les mains dans ses poches, et sa pomme d'Adam s'agita lorsqu'il déglutit.

— J'ai pris un traitement pour me sevrer. Je vois un psychothérapeute.

Emmie ouvrit la bouche, puis la referma. Elle n'arrivait pas à croire ce qu'il lui disait. Toutes ces fois où elle l'avait incité à se faire aider, à voir un médecin ou un psy, et qu'il l'avait rabrouée. Elle le détailla encore du regard, étudia ses vêtements propres, ses cheveux coupés de frais. Il s'était même rasé.

— Je te rejoins à l'intérieur, dit-elle à Sylvie.

— Tu en es sûre ?

Emmie fit « oui » de la tête.

— D'accord…

Sa tante lui serra le coude avant de s'éloigner, mais elle hésita.

— Si tu as besoin de moi…

— Je sais.

Les portes du café se refermèrent en claquant derrière Sylvie, et Emmie se retrouva seule sur le trottoir avec son frère.

— C'est vrai, tout ce que tu viens de dire ? lui demanda-t-elle en s'approchant de quelques pas. Tu vois un psy ?

Il hocha la tête.

— Oui, c'est vrai. Je peux te montrer des mails et des lettres pour te le prouver – et je ne t'en voudrais pas si tu demandais à les voir.

Il soupira et, dans le froid, son souffle forma un nuage éclatant.

— Je suis désolé. Je suis seulement venu te dire que… Je sais que tu as bloqué mon numéro, ce qui était ton droit, et je me suis dit que tu ne me croirais pas si je te le disais par mail. Il fallait que je te montre que j'étais clean. Je t'ai traitée comme de la merde, toi et tout le monde. Je t'ai… menti, manipulée. Maintenant, je m'en rends compte.

— Pourquoi maintenant ? souffla Emmie. Je n'arrêtais pas de te dire que tu devais te faire aider…

— Je l'ai compris… quand tu as dit que tu ne voulais plus jamais me revoir, je… Je suppose que ça a fait tilt, que je me suis rendu compte que j'avais perdu une grande partie de ma famille.

Elle ouvrit la bouche pour répliquer, mais il avait déjà repris la parole.

— Tu n'as pas à dire quoi que ce soit. J'ai simplement pensé que, si ça continuait comme ça, je risquais vraiment de tout perdre. Ma famille, et puis moi. Que peut-être que la violence dont j'étais capable irait au-delà d'un simple coup de poing dans le mur. Que tout ce qui me constituait finirait par… s'envoler, et tout ça pour quoi ? Franchement ? Ça m'a flanqué la trouille.

À court de mots, Emmie se précipita pour le serrer contre son cœur. Il était plus grand qu'elle, et l'enveloppa dans ses bras.

— Je suis fière de toi, chuchota-t-elle.

— Je suis là pour toi, petite ourse, lui dit-il à l'oreille.

— Dustin, qu'est-ce qui t'est arrivé ? demanda-t-elle, la gorge nouée par l'émotion. Tu ne m'as jamais expliqué pourquoi tout ça a commencé.

Elle n'y avait rien compris – ce qui avait pu l'inciter à se tourner vers l'alcool, pourquoi il s'y était embourbé à ce point. Elle s'était posé la question pendant des années, et il ne s'était jamais confié à elle. Elle avait eu le sentiment de perdre son frère, de faire le deuil d'un être aimé – car ce n'était plus lui. Elle savait qu'il s'était passé quelque chose, une chose qui avait tout changé fondamentalement, qui avait provoqué une cassure. Seulement, elle ignorait quoi.

— J'aurais dû vous en parler, à vous tous, répondit-il, déglutissant encore. Dans ma tête, j'en discutais avec mamie et papy. Je… Je ne sais pas si j'ai déjà les mots pour l'expliquer. Je suis encore…

Sentant son torse frémir, Emmie s'écarta.

— Je suis encore en plein travail, avec mon psy, reprit-il. Mais je… j'ai perdu quelqu'un. Quelqu'un de proche, de la pire des manières. Je ne sais pas si je suis encore capable d'en parler.

Elle lui prit les mains et les serra fort dans les siennes.

— Je serai là, quoi qu'il arrive, quand tu auras envie d'en parler. Et pour l'instant, tu peux te joindre à nous pour cet « événement », quel qu'il soit.

Elle lui adressa un sourire larmoyant.

— Ça me plairait, affirma-t-il.

— Alors, viens. Allons-y ensemble.

Elle entraîna son frère vers l'entrée du café, par la porte séparée pour pénétrer dans la boutique de souvenirs et l'accueil, puis dans la pièce principale, de l'autre côté du portail.

Lorsqu'ils franchirent le seuil, tout le monde se retourna et rit de la mine qu'affichait Emmie. Des lumières colorées étaient suspendues au plafond, hors de portée des chats, et quelqu'un avait constitué un bouquet de ballons brillants adaptés aux félins dans un vase posé sur le comptoir près de la caisse. Le tableau noir, qui servait habituellement à annoncer le menu, indiquait « GALERIE D'EMMIE » tout en haut, en majuscules. Un chat avait été dessiné sommairement en dessous, avec un grand sourire et de longues moustaches.

— Je ne comprends pas, bredouilla Emmie, désorientée.

Puis, elle regarda plus attentivement autour d'elle. Des cadres étaient accrochés au mur, des cadres qui n'y étaient pas avant, chacun d'une teinte pastel différente – lilas, jaune, pêche, crème. Et, dans les cadres, ses portraits colorés des chats résidents du café. Elle avait travaillé dessus le soir dans sa chambre, et Sylvie avait dû les sortir de son carnet de croquis pour les encadrer. La jeune femme lâcha une exclamation en comprenant ce qui se passait.

— Ce sont…

Elle embrassa l'assemblée du regard. Près du comptoir, Faye agitait la main à son intention avec un grand sourire, les cheveux coiffés en un chignon lisse, et leur réceptionniste Kaitlyn se tenait à côté d'elle, vêtue d'une jolie robe. Ses grands-parents, dans un coin, la saluèrent d'un geste – son grand-père lui fit une grimace, comme toujours, et elle éclata de rire. Et il y avait d'autres visages qu'elle reconnaissait, des gens assis aux tables et sur les chaises disposées autour de la pièce. Le couple âgé qui venait toujours une fois par mois, un mercredi, était assis devant une théière. Couché sur une table voisine, Thomas déployait ses coussinets roses. Quelques employés du refuge avec lequel ils s'étaient associés étaient venus aussi. Et un certain nombre de leurs clients réguliers étaient attablés. Sophie et Miles la saluèrent depuis un coin de la salle, tous deux souriants et sur leur trente-et-un. La seule personne notable qui manquait était Clem.

Sur la droite d'Emmie, blotti dans un fauteuil sur un coussin moelleux, trônait Salem, somnolent, et l'air plutôt satisfait.

— Salem ! s'écria-t-elle en se penchant pour le gratter derrière les oreilles.

En quelques instants, il se mit à ronronner ; elle perçut la vibration sous ses doigts.

— Salut, petit gars.

— Il s'est bien fait caresser aujourd'hui, déclara Sylvie derrière l'épaule d'Emmie. Et les antibiotiques ont fonctionné à merveille. Le vétérinaire pense qu'il va vite se rétablir.

Faye fit alors le silence, disant à tous de se taire. Le cœur d'Emmie fit un bond. Jared émergea de la foule – elle n'avait même pas remarqué sa présence –, vêtu d'un pull bleu foncé et d'un jean noir, ses longs cheveux calés derrière ses oreilles et légèrement ébouriffés. Malgré sa barbe bien taillée, il conservait une beauté brute. Il était chic, et carrément beau à tomber, même avec le bras dans le plâtre. Son regard se posa sur Emmie, puis Dustin, à qui il adressa un petit hochement de tête. Avaient-ils discuté, peut-être, avant l'arrivée d'Emmie ?

— Emmie ! appela-t-il. Content de te revoir. Tout ça, c'est pour toi.

Il désigna ses alentours d'un grand geste. Pour la première fois, Emmie remarqua les chats assis sur certains des étagères murales ou des arbres à chat. Jess se faufila entre les tables en quête d'un distributeur de croquettes, avant de s'affaler sous une chaise et de se faire caresser par la femme qui y était assise.

— Je sais que tu as perdu confiance en tes dessins, et la dernière manifestation – la foire d'hiver – ne s'est pas franchement passée comme prévu. Alors, on s'est dit qu'on pourrait faire autre chose pour toi.

— « On » ? répéta Emmie en jetant un coup d'œil à sa tante.

Sylvie acquiesça d'un signe de tête.

— L'idée venait de Jared, mais j'étais entièrement d'accord. Tu devrais être fière de ton travail, Emmie, quoi qu'il arrive. Alors, j'ai accroché tes dessins ici pour que tout le monde les voie et, si tu l'acceptes, Jared pensait les vendre ce soir aux enchères. Et reverser les recettes au refuge.

Elle jeta un regard aux deux employés du refuge, qui lui adressèrent un sourire et un hochement de tête.

— Tout le monde ici a très envie de s'offrir une de tes œuvres.

— Je…

Emmie avait la gorge tellement nouée qu'elle n'arrivait pas à parler. Ce qu'elle avait ressenti en se réveillant à l'hôpital – qu'elle devait moins s'acharner à travailler pour obtenir un niveau arbitraire de réussite – lui revint. C'était ça, la réussite, non ? Aucune importance si elle ne travaillait pas pour une entreprise en tant qu'illustratrice ni si elle ne décrochait jamais de contrat pour un album illustré. Elle pouvait aimer dessiner et profiter de sa créativité malgré tout, et même s'il n'y avait qu'une poignée de personnes pour l'apprécier – des gens qu'elle aimait –, c'était une forme de réussite en soi.

— Ce serait génial, parvint-elle à articuler.

— Bien. Parce que ces enchères, c'est ma manière à moi de te remercier de t'être occupée du café et de Salem.

Tante Sylvie enroula un bras autour des épaules de sa nièce. Emmie sentit sa poitrine se serrer. Elle était à court de mots. Il savait combien l'échec de la foire artisanale l'avait marquée, et avait planifié tout cela. Elle était touchée par son geste.

Ses yeux trouvèrent les siens, et la manière qu'il avait de la contempler… L'avait-on déjà regardée ainsi ? Comme si elle était la seule personne dans la pièce ?

— Emmie, lâcha-t-il. Tu as beaucoup fait pour cet endroit. Et pour moi, ajouta-t-il en s'éclaircissant la voix. Tu le mérites.

Il montra une fois de plus les murs du café, ses dessins qui y étaient accrochés, provoquant de multiples sourires et hochements de tête de la part de l'assemblée.

— Et je… En toute franchise, j'ai le sentiment que ma place est à tes côtés. Si tu veux bien de moi.

Elle avait beau connaître sa réponse, elle hésita, les paumes moites, prise de timidité devant tous ces gens. Mais, quand Faye lança : « Allez, vas-y ! », elle éclata de rire.

— Bien sûr que je veux de toi, dit Emmie. Mais d'abord, tu vas devoir m'attraper. Tu me dois un ange de neige.

Sur ces mots, elle fonça par le portail, franchit l'accueil et déboucha dans la rue.

*

Un petit bois s'étendait en haut de la pente du café, où les gens du coin aimaient venir promener leurs chiens. Emmie courut dehors et remonta la pente en gloussant, pendant que Jared s'époumonait derrière elle. Elle l'entendit rire, lui demander de revenir. Elle eut un petit sourire. L'embrasser devant tous ces gens ? Jamais de la vie ! Elle n'était pas de celles que l'on demandait en mariage à l'aéroport. Non pas qu'elle se soit attendue à une demande à ce stade, mais n'importe quel geste romantique lui convenait mieux loin des regards. Et c'était vrai, en plus, qu'il lui devait un ange de neige et quelques ébats dans ce qu'il restait de neige, même si elle n'allait pas pouvoir faire grand-chose avec son cou qui était en cours de guérison.

— Emmie, tu vas finir par te casser l'autre poignet ! la prévint Jared, hors d'haleine, alors qu'il la suivait sur la pente.

— Tout va bien ! répondit-elle d'une voix forte.

Le rire qu'il lâcha retentit jusqu'au sommet de la colline.

— On peut s'arrêter ? Tu sais, si tu trouves qu'on devrait être ensemble, fuir n'est pas franchement la meilleure solution…

Elle sourit et, sans répondre, emprunta le sentier qui menait à la forêt, en serpentant au milieu des fougères. Enfin, elle atteignit le champ, entouré d'arbres massifs. On se serait crus dans une carte postale, avec la neige crayeuse qui, piétinée par des dizaines de pieds et de pattes, formait un chemin vers la forêt. La lumière laiteuse du soleil perçait le branchage des arbres pour lui réchauffer le côté du visage et éclairer les restes de neige.

Jared attrapa son poignet intact et la tira doucement par la manche.

— Ohé, souffla-t-il, d'une voix aussi douce que la neige qui tombait. Je t'ai attrapée.

Elle pivota vers lui. Voyant ses joues rosies par l'effort, elle sourit. Au soleil, sa peau semblait d'or, comme saupoudrée d'étoiles gorgées de miel.

— Pourquoi tu as couru ? lui demanda-t-il.

— Pour fuir les regards des curieux, répondit-elle en s'approchant de lui. Je n'aime pas avoir de spectateurs pour ce genre de choses.

— Ah oui, désolé.

Le sourire aux lèvres, il se gratta la nuque. Il avait repris son sérieux lorsqu'elle accrocha de nouveau son regard et inspira un grand coup.

— Je me pendrais bien à ton cou pour rendre l'instant encore plus romantique, mais je suis un peu… handicapée, déclara-t-elle en brandissant son attelle.

— Pareil.

Il souleva son plâtre, et tous deux éclatèrent de rire. Jared prit sa main valide dans les siennes et la posa sur sa nuque, là où sa peau était chaude. Ses cheveux lui recouvrirent les doigts, lui chatouillèrent les jointures, et il se pencha vers elle pour prendre tendrement son visage dans ses paumes, comme s'il craignait de la briser.

— Tu n'as pas mal au cou… ?

— Non, pas du tout. On m'a dit qu'il valait mieux rester en mouvement, tu sais, pour guérir. Alors…

— Tant mieux, répliqua-t-il.

Il l'embrassa, et elle s'abandonna, goûtant le café, la douceur et le désir, tout à la fois. Sentant la danse lascive de ses lèvres, elle lui agrippa la nuque de plus belle. Grisée par la joie, par la douceur de sa bouche sur la sienne, elle arrivait à peine à réfléchir. Il s'aventura à poser les mains sur sa taille pour l'attirer contre lui, et la brusque chaleur du soleil les inonda.

Lorsqu'ils rompirent leur baiser, sa douceur s'attarda sur les lèvres d'Emmie. Elle eut encore envie de l'embrasser, mais il sourit contre sa bouche et pressa un doigt sur la lèvre inférieure de la jeune femme, qu'il gardait serrée contre lui.

— Enfin, murmura-t-il. On retourne voir tes invités ?

— Ils attendront bien deux minutes de plus – après tout, c'est bon pour mon cou, décréta-t-elle.

Et elle l'embrassa de nouveau, savourant sur ses lèvres le café, la joie, et tout l'avenir qui s'offrait à eux.

21

Avril, quatre mois plus tard

Jacinthes et jonquilles avaient poussé partout à Oakside, marquant le début du printemps avec leurs couleurs vives et leurs têtes qui dodelinaient. Devant le bar à chats, le cerisier lui aussi était en pleine floraison, et déversait ses pétales sur le trottoir et les tables et chaises disposées sous l'auvent, prêtant au paysage des airs de livre pour enfants inondé de rose. Emmie sourit et huma l'air frais en s'éloignant du café après sa matinée de travail, tout en saluant Faye par la vitre au passage. Elle n'eut que dix minutes de marche avant d'atteindre le nouvel appartement de Jared qui, niché derrière l'église et le cimetière, était enseveli dans l'ombre d'un arbre immense.

Elle gravit les marches jusqu'à l'appartement, et sonna à l'interphone pour qu'il lui ouvre. Une fois qu'elle eut pénétré dans l'entrée et refermé derrière elle, il ne fallut pas longtemps pour entendre des pattes s'approcher, et qu'un petit chat noir bondisse le long du couloir. Ça sentait délicieusement bon : la viande, l'ail et les épices.

— Salut, Nova, gazouilla Emmie en se penchant pour caresser le dos soyeux de la chatte noire, qui émit des ronronnements de contentement en se frottant contre ses jambes. Je t'ai manqué ?

— Salut, lança Jared.

Il se tenait dans l'embrasure de la porte au bout du couloir, un torchon à la main et le sourire aux lèvres. Son T-shirt vert faisait ressortir le reflet doré de ses cheveux. Elle se précipita vers lui, incapable de résister à l'envie d'enrouler ses bras autour de sa taille et de se blottir contre lui.

— Salut, toi, répondit-elle en pressant ses lèvres contre les siennes.

Il lui rendit son baiser en enfouissant les mains dans ses cheveux et, quand ils s'écartèrent, il avait encore un grand sourire. Le torchon s'était retrouvé par terre sans qu'on sache trop comment et Nova était en train de l'inspecter.

— Ça sent bon par ici, commenta Emmie, qui avait l'eau à la bouche.

— Je pensais te faire à manger, vu que tu m'avais dit que tu serais occupée ce matin. Je prépare les burgers à la dinde les plus classes que tu aies jamais mangés !

Il pivota et regagna la cuisine pour jeter un coup d'œil à sa préparation.

— Avec des frites de patate douce ! ajouta-t-il.

Emmie se fendit d'un sourire et le suivit, talonnée par Nova, qui traquait l'ourlet de sa longue robe. Une casserole bouillait sur la cuisinière, et deux filets de dinde grésillaient sur le gril. Quelques petits pains pour hamburgers avaient été disposés sur le plan de travail, aux côtés d'une collection de sauces et de salades. Un haut-parleur posé sur le frigo diffusait une playlist de groupes d'indie et folk-rock, qu'elle en était venue à apprécier. Jared envoya valser une souris en peluche de l'autre côté de la cuisine jusque dans le couloir. Sans perdre de temps, Nova fonça après, dans un flou de poils noirs.

— Je suis tellement contente que tu aies pris l'un des chatons, déclara Emmie en traversant la cuisine pour se tenir à côté de lui pendant qu'il retournait les tranches de dinde.

En fin de compte, le refuge n'avait jamais découvert à qui appartenait la chatte que Jared avait dénichée dans le mur – ils avaient tout essayé, et elle n'était pas pucée. En revanche, elle était pleine. Au bout du compte, Jared avait fini par adopter l'un de ses chatons. Les autres aussi avaient trouvé des foyers – Sylvie avait même pris l'un d'eux chez elle, et avait également adopté la mère.

Emmie se réjouissait aussi que Jared se soit trouvé ce nouvel appartement, qui était loué par un de leurs clients réguliers. Elle savait que

Jared n'avait pas été heureux dans son ancien logement, car il était rempli de trop nombreux souvenirs, pas seulement de Poppy, mais aussi du temps qu'il avait passé avec Megan – une période difficile. Emménager ici, dans ce nouvel endroit, l'avait aidé à mettre le passé derrière lui, à repartir de zéro. Elle savait que ce ne serait jamais si simple, qu'il y aurait toujours des hauts et des bas, mais elle était heureuse de le voir aussi épanoui, et de pouvoir passer du temps avec lui et Nova.

— Nova ? répliqua-t-il et, lorsqu'elle hocha la tête, il pivota vers elle en souriant. Ce n'est pas la seule que je suis heureux d'avoir trouvée, Em. Tu sais que je t'aime, toi ?

Il l'attrapa par les hanches, l'attira vivement vers lui comme s'ils allaient danser, et elle laissa échapper un rire avant de se fondre dans un baiser.

— Bien sûr, riposta-t-elle. Sauf que moi, je t'aime encore plus.

— Ça se discute. Tu sais, murmura-t-il en égrenant le long de sa mâchoire un chapelet de baisers qui lui provoquèrent des frissons de plaisir. Il faudrait vraiment que tu aies ta propre clé.

— J'aimerais bien, surtout que ça me permettrait de goûter encore plus souvent à ta cuisine…, chuchota-t-elle.

Elle rit en voyant Nova revenir en trottinant avec sa souris coincée entre les dents. Il s'agissait d'un de ses jouets préférés, et c'était un cadeau de Dustin. Il avait trouvé du travail dans une gigantesque animalerie, et bénéficiait de remises sur les meilleurs articles.

Jared la serra plus fort contre lui, et elle sentit son souffle dans son cou alors qu'il se penchait pour l'embrasser encore, avant de lui butiner le cou.

— Il faut que tu arrêtes d'être aussi irrésistible, ou je vais finir par laisser brûler notre déjeuner pour déguster un mets encore plus savoureux.

Emmie, couverte de chair de poule, s'écarta avec un sourire pour lui permettre de poursuivre.

— Alors vas-y, monsieur le cuisinier, lança-t-elle en lui administrant une claque enjouée sur les fesses. On n'aura qu'à garder ça pour la chambre à coucher – après le déjeuner.

— Pour le dessert, alors ? conclut-il avec une lueur dans le regard.

Un peu plus tard, Sylvie vint voir Nova – le café était fermé, puisqu'on était dimanche –, et ils la laissèrent avec la chatte pendant qu'ils prenaient la voiture pour se rendre chez la mère de Jared. Emmie y était allée à plusieurs reprises, et s'était même fait lire les lignes de la main et tirer le tarot. On lui avait appris qu'un long et heureux avenir les attendait, même si elle se demandait si ce n'était pas surtout l'interprétation biaisée de la mère de Jared. Elle avait même assuré à Emmie qu'une autre relation essentielle à son existence était en voie de guérison, et Emmie avait tout de suite songé à Dustin, qui n'avait toujours pas retouché à une goutte d'alcool – et qui ne s'était pas connecté sur le moindre site de jeux d'argent. Il avait même recontacté leurs parents, et s'était joint à elle lors d'une de leurs discussions vidéo. Tout n'était pas parfait, mais elle était heureuse de voir que ça allait de mieux en mieux.

À leur arrivée, la maison peinte en blanc était inondée par le soleil du printemps, et le long de la porte d'entrée serpentaient des fleurs roses et des feuilles vertes. Pendant que la mère de Jared faisait bouillir de l'eau et s'affairait en quête de biscuits au gingembre, ils se dirigèrent vers le jardin.

Dehors, comme en reflet de la mère de Jared, tout semblait vaguement mystique. Un sentier de pierres menait à une bande de gazon bien entretenu et à un petit abri au toit recouvert de mousse. Derrière l'abri, elle avait créé un espace circulaire de plantes grimpantes qui sinuaient le long de la clôture, agrémenté d'une collection de pots remplis de fleurs noires, rouges et orange. Des carillons chantaient dans la brise douce et des capteurs de soleil en forme d'étoiles projetaient des arcs-en-ciel sur la clôture. Il y avait la place pour un petit banc et, près des fleurs, sa mère avait réalisé une plaque en bois, peinte en noir, avec le nom de *Poppy* en lettres dorées.

Ils restèrent plantés là, devant ce petit jardin, pendant que Jared agrippait le tube vert contenant les cendres de Poppy. Il en avait déjà pris un peu pour confectionner quelques objets – un collier en forme de boule qui pendait à son cou, et une décoration de chat en bois qui reposait sur sa bibliothèque, de sorte à toujours conserver une part d'elle avec lui. Mais le reste de ses cendres reposerait ici, dans ce petit coin mystique.

— Elle aimait venir ici, déclara-t-il. Elle n'a jamais été une chatte d'extérieur, mais quand j'ai vécu un peu chez ma mère avant d'emménager dans un nouvel appartement, elle aimait venir se coucher au vent, se rouler dans le soleil. Il m'arrivait de m'asseoir avec elle, d'apporter mon ordinateur portable et de travailler un peu.

Emmie lui prit la main et la serra ; son poignet était guéri à présent, même s'il lui semblait parfois plus faible que l'autre.

— Eh bien, tu pourras revenir ici chaque fois que tu en ressentiras le besoin. Elle sera là.

Jared hocha la tête, s'avança avec le tube et en retira le couvercle.

— Maintenant, tu peux profiter de la brise autant que tu veux, Poppy, dit-il, avant d'éparpiller ses cendres dans le jardin, les fleurs et le vent.

Emmie enroula son bras autour de lui, et il l'attira contre lui. Dans le jardin voleta un papillon aux couleurs curieusement familières, noires et orange avec une tache sur le côté de son aile. C'était presque, songea Emmie, comme si Poppy aussi était venue participer à l'instant – non pas pour dire au revoir, mais « salut, je suis encore là ». Elle regarda le papillon danser au-dessus des fleurs avant de s'élever dans le ciel bleu.

REMERCIEMENTS

En ce qui me concerne, le chemin pour signer un contrat d'édition a été long et difficile. J'ai beaucoup de chance d'avoir ma merveilleuse agente, Thérèse Coen. Je ne te remercierai jamais assez d'avoir cru en moi – même quand je n'y croyais pas moi-même – et d'être restée à mes côtés pendant si longtemps. Je te suis infiniment reconnaissante pour tes conseils, ton soutien, ton aide éditoriale et tes incitations à aller dans la bonne direction (et les GIF de chat enthousiastes quand on a vendu ce livre). On a réussi !

À Cara Chimirri, mon éditrice, ta charmante lettre est un des plus beaux cadeaux de Noël qu'on m'ait jamais offerts, et c'est en voyant combien tu comprenais le personnage de Jared et son chagrin que j'ai su que j'avais trouvé la parfaite maison pour mes chats. Merci aussi au reste de l'équipe de chez Hodder & Stoughton d'être tombé amoureux comme moi de ce bar à chats, et d'avoir permis de faire connaître *Chatpuccino* aux lecteurs. Et à Kelley McMorris, dont j'admirais le superbe travail bien avant d'apprendre qu'elle allait illustrer ma couverture – j'ai été folle de joie que tu viennes faire pleuvoir ta magie sur le bar à chats.

Écrire et publier peut s'avérer difficile, et je sais gré à mes amis écrivains d'avoir été là pour moi. D'abord, à Dandy Smith – tu m'as guidée vers l'écriture de ce roman quand je me sentais perdue et incertaine. Merci de m'avoir encouragée à tenter quelque chose de nouveau. À Maria Kuzniar, d'avoir été si douce et gentille, d'avoir toujours été là pour m'écouter et me prodiguer des conseils quand j'en avais besoin. À Dave McCreery et Isabella Hunter, pour les discussions sur l'écriture devant des tasses de café et des bols de ramen, pour avoir été d'aussi bons amis, et de m'avoir signalé toute occasion d'acheter des produits dérivés de *Final Fantasy VII*. Merci d'avoir été parmi les premiers à fêter ça avec moi. À Molly Aitken, qui a cru en moi depuis que nous nous sommes rencontrées à un atelier d'écriture il y a des années de ça – n'importe qui devrait se considérer comme chanceux de t'avoir comme amie. Aux autres membres de cet atelier, nous nous sommes certes séparés, mais vous étiez tous merveilleux, et je ne suis pas sûre de pouvoir un jour retrouver un groupe d'écriture à la hauteur de celui-là.

Amita Parikh, Aisha Bushby, Rebecca Gibson et Bryony Leath Smith m'ont envoyé tellement de messages encourageants durant le processus d'écriture et d'édition – je vous remercie pour votre soutien. Merci aussi à Una McKeown, dont les premiers retours sur ce livre – et son aide pour des déclarations d'impôts étrangères – m'ont beaucoup aidée. Et à Jody Wenner, qui a révisé une des versions précoces de mes premiers chapitres.

Spéciale dédicace au *Cat Café Liverpool*, dans lequel je me suis rendue pour visualiser la disposition d'un bar à chats et son fonctionnement, et à *Sheila's Cottage* à Ambleside, qui existe réellement. Shau Mei Yau, qui est aussi obsédée que moi par les chats, a eu la gentillesse de prendre sur son temps pour visiter Liverpool avec moi et me faire la joie de m'accompagner.

Maman, un grand merci de m'avoir appris à faire ce qui me rend heureuse, quelle que soit cette activité, et pour de charmants séjours mère-fille dans le Lake District et au-delà. Je ne serais pas là sans tout ce que tu as fait pour moi. Et à Glynn, Joe, mes grands-parents, mon père et le reste de ma famille (chats compris), votre soutien est tout pour moi. J'ai tellement de chance d'avoir pu grandir au milieu de gens qui ont toujours encouragé mon amour du récit.

Reconnaissance et amour infinis à mon mari, Neil. J'ai tellement de chance de partager cette existence avec un être humain aussi merveilleux. Merci de m'avoir rappelé quels étaient mes rêves, même quand je croyais les avoir perdus, de m'avoir apporté des collations surprises pendant que je travaillais, et de toujours savoir me faire sourire. Et même s'ils ne peuvent pas lire ces mots, merci à Haru et Jesper, qui m'apportent tellement de joie. Je suis sûre que Haru a ajouté un ou deux caractères à ce livre en marchant sur mon clavier.

Ce livre ne serait pas le même sans ma douce chatte calico Lily, qui s'est éteinte en janvier 2023, après quatorze années de vie commune. Les mots me manquent pour exprimer tout ce qu'elle représentait pour moi, et elle me manque chaque jour – mais son souvenir se perpétue dans ce livre.

Les lecteurs ont aimé !

« Une histoire qui réchauffe le coeur, idéale pour la saison des fêtes. Les personnages sont attachants, chacun apportant sa propre petite dose de complexité et d'humanité à l'intrigue. »

@entre_les_lignes_de_lucie

« Une douce histoire de Noël qui aborde des thèmes touchants comme la perte d'un chat, ce lien qui nous unit même après sa mort, la famille, la trahison, le pardon... »

@sevetseslectures

« Ce roman m'a fait passer un excellent moment de lecture, ponctué de douceur et d'humour. »

@leslecturesdepau

« J'ai apprécié cette lecture, légère, cocooning et réconfortante. L'atmosphère est chaleureuse et j'ai aimé les personnages d'Emmie et de Jared. »

@jujufeelbook

« Quel beau roman. J'ai été embarquée très vite grâce aux personnages si finement dessinés. »

@manonlitaussi

« Une lecture qui vous fera passer un Noël cosy entouré de chats. »

@lectures.de.sarah

« Ce roman vous fera passer par une multitude d'émotions dans une ambiance de Noël parfaitement posée. Préparez-vous à faire le grand saut dans un hiver félin à souhait ! »

@lepandarouxquilit

« Un roman que j'ai adoré ! C'est une recette parfaite : Noël, café, chats, amour et rebondissements. »

@livre_bzh

« L'histoire est originale et s'écarte des clichés traditionnels. La présence des chats et leur rôle crucial dans l'intrigue enrichissent le récit. »

@lire1x

PEFC PEFC/14-38-00277

Cet ouvrage est composé de matériaux issus
de forêts gérées durablement certifiées PEFC™.
Le Programme de reconnaissance des certifications forestières (PEFC™)
est le plus grand organisme mondial indépendant
de contrôle pour une gestion durable des forêts.
Pour en savoir plus, consultez le site www.pefc-france.org

Achevé d'imprimer en juillet 2025
par Novoprint
Dépôt légal : octobre 2025
Imprimé en Slovaquie